हिन्द पॉकेट बुक्स

बड़े बाबू
तथा अन्य कहानियाँ

प्रेमचंद हिन्दी और उर्दू के महानतम भारतीय लेखकों में से एक हैं। वे एक संवेदनशील लेखक, सचेत नागरिक, कुशल वक्ता तथा सुधी (विद्वान) संपादक थे। उपन्यास के क्षेत्र में उनके योगदान को देखकर बंगाल के विख्यात उपन्यासकार शरतचंद्र चट्टोपाध्याय ने उन्हें उपन्यास सम्राट कहकर संबोधित किया था। प्रेमचंद ने हिन्दी कहानी और उपन्यास की एक ऐसी परंपरा का विकास किया जिसने पूरी सदी के साहित्य का मार्गदर्शन किया। आगामी एक पूरी पीढ़ी को गहराई तक प्रभावित कर प्रेमचंद ने साहित्य की यथार्थवादी परंपरा की नींव रखी। उनका लेखन हिन्दी साहित्य की एक ऐसी विरासत है जिसके बिना हिन्दी के विकास का अध्ययन अधूरा होगा।

बड़े बाबू
तथा अन्य कहानियाँ

प्रेमचंद

हिन्द पॉकेट बुक्स
पेंगुइन रैंडम हाउस इम्प्रिंट

हिन्द पॉकेट बुक्स

यूएसए। कनाडा। यूके। आयरलैंड। ऑस्ट्रेलिया। सिंगापुर
न्यू ज़ीलैंड। भारत। दक्षिण अफ्रीका। चीन

हिन्द पॉकेट बुक्स, पेंगुइन रैंडम हाउस ग्रुप ऑफ़ कम्पनीज़ का हिस्सा है,
जिसका पता global.penguinrandomhouse.com पर मिलेगा

पेंगुइन रैंडम हाउस इंडिया प्रा. लि.,
चौथी मंजिल, कैपिटल टावर -1, एम जी रोड,
गुड़गांव 122 002, हरियाणा, भारत

पेंगुइन
रैंडम हाउस
इंडिया

प्रथम हिन्दी संस्करण हिन्द पॉकेट बुक्स द्वारा 1986 में प्रकाशित
यह हिन्दी संस्करण हिन्द पॉकेट बुक्स में पेंगुइन रैंडम हाउस द्वारा 2022 में प्रकाशित

10 9 8 7 6 5 4 3 2

इस पुस्तक में व्यक्त विचार लेखक के अपने हैं, जिनका यथासंभव तथ्यात्मक
सत्यापन किया गया है, और इस संबंध में प्रकाशक एवं सहयोगी
प्रकाशक किसी भी रूप में उत्तरदायी नहीं हैं।

ISBN 9789353496586

मुद्रक : मणिपाल टेक्नॉलजीस् लिमिटेड, भारत

www.penguin.co.in

FSC www.fsc.org MIX Paper | Supporting responsible forestry FSC® C043100

आमुख

प्रेमचंद के सभी अनुरागियों के लिए बड़ी खुशी की बात हैं कि प्रेमचंद का कथा-साहित्य अब 'हिन्द पॉकेट बुक्स' के माध्यम से भी उनके पास पहुंच रहा है। आपने जब से होश संभाला आप प्रेमचंद को पढ़ते और प्यार करते आये हैं। बचपन से लेकर उम्र ढलने तक प्रेमचंद आपके संग-संग चलता रहाहै। निश्चय ही आप में से कितनों का ही प्रेमचंद साहित्य से गहरा परिचय भी होगा और मुझे विश्वास है कि प्रेमचंद के जीवन-परिचय की मोटी-मोटी बातें भी आप काफी कुछ जानते होंगे। जैसे यही कि उनका जन्म 31 जुलाई 1880 को बनारस शहर से चार मील दूर लमही नाम के एक गांव में हुआ था और उनके पिता मुंशी अजायब लाल एक डाकमुंशी थे। घर पर साधारण खाने-पीने, पहनने-ओढ़ने की मुहताजी तो न थी, पर इतना शायद कभी न हो पाया कि उधर से निश्चिन्त हुआ जा सके।

मगर यह सब तो बड़े लोगों की चिन्ता थी, जहां तक इस लड़के नवाब या धनपत की बात थी—यही उनके असल नाम थे, 'प्रेमचंद' तो लेखकीय उपनाम था, ठीक-ठीक अर्थों में छद्म नाम, जो उन्होंने 'सोज़े बतन' नामक अपनी पुस्तिका के सरकार द्वारा जब्त करके जला दिये जाने के बाद 1910 में अपनाया था, ताकि उस गोरी सरकार की नौकरी में रहते हुए भी वह पूर्ववत् लिखते रह सकें और उन्हें फिर राजकोप का शिकार न बनना पड़े—उसका बचपन भी गांव के और सब बच्चों की तरह खेलकुद में बीता, जो बचपन का अपना बरदान है।

छ-सात साल की उम्र में, कायस्थ घरानों की पुरानी परंपरा के अनुसार, उसे भी पास ही लालगंज नाम के एक गांव में एक मौलवी साहब के पास, जो यों पेशे से दर्जी थे, फारसी और उसी के साथ घलुए में उर्दू पढ़ने के लिए भेजा जाने लगा, पर उससे नवाब के खेल-तमाशे में कोई फर्क नहीं पड़ा, क्योंकि मौलवी साहब काफी मौजी तबियत के ढीलमढाल आदमी थे, जिन का किस्सा नवाब ने आगे चलकर अपनी कहानी 'चोरी' में खूब रस ले-लेकर सुनाया है, पर वह जैसे भी ढीलमढाल रहे हों, वह शायद पढ़ाते अच्छा ही थे, क्योंकि लोग कहते हैं, मुंशी प्रेमचंद का फारसी पर अच्छा अधिकार था। फारसी भाषा का प्यार भी मौलवी साहब ने लड़के के मन में ज़रूर अच्छा जगाया होगा, क्योंकि बी. ए. तक की

परीक्षा में प्रेमचंद का एक विषय फारसी रहा।

थोड़ी-सी पढ़ाई और ढेरों खिलवाड़ और गांव की जिंदगी के अपने मज़ों के साथ माँ और दादी के लाड़-प्यार में लिपटे हुए दिन बड़ी मस्ती में बीत रहे थे कि गोया आसमान से इस बच्चे का इतना सुख न देखा गया और उसी साल मां ने बिस्तर पकड़ लिया। मुंशी अजायब लाल की ही तरह वह भी संग्रहणी की पुरानी मरीज़ थीं। इस बार का हमला जानलेवा साबित हुआ। नवाब तब सात साल का था और उसकी बड़ी बहन सुग्गी पंद्रह की। उसी साल उसका ब्याह मिर्जापुर के पास लहौली नाम के गांव में हुआ था। गौना भी हो गया था। मां के मरने के आठ-दस रोज़ पहले आयी, बड़ी-बड़ी सेवा की। नवाब भी मां के सिरहाने बैठा पंखा झलता रहता और उसके चचेरे बड़े भाई बलदेव लाल, जो बीस साल के नौजवान थे और एक अंग्रेज़ के यहां टेनिस की गेंद उठा-उठाकर खिलाड़ी को देने पर नौकर थे, दवा-दारू के इंतजाम में लगे रहते, लेकिन सब व्यर्थ हुआ। सात साल के नवाब को अकेला छोड़कर मां चल बसीं और उसी दिन वह नवाब जिसे मां पान के पत्ते की तरह फेरती रहती थी, देखते-देखते सयाना हो गया। अब उसके सर पर तपता हुआ नीला आकाश था, नीचे जलती हुई भूरी धरती थी, पैरों में जूते न थे और न बदन पर साबित कपड़े, इसलिए नहीं कियकायक पैसे का टोटा पड़ गया था, बल्कि इसलिए कि उन सब पर नज़र रखने वाली मां की आंखें मुंद गयी थीं। बाप यों भी कब मां की जगह ले पाता है, उस पर से वह काम के बोझ से दबे रहते। तबादलों का चक्कर अलग से। कभी बांदा तो कभी बस्ती, कभी गोरखपुर तो कभी कानपुर, कभी इलाबाद तो कभी लखनऊ, कभी जीयनपुर तो कभी बड़हलगंज, किसी एक जगह जमकर न रहने पाते। बेटे को उनके संग-साथ की, दोस्ती की भी ज़रूरत हो सकती है, इसके लिए उनके पास न तो समझ थी और न समय। 'कजाकी' में मुंशीजी ने शायद अपनी ही बात बच्चे के मुंह से कहलवायी है:

> बाबूजी बड़े गुस्सेवर थे। उन्हें काम बहुत करना पड़ता था, इसी से बात-बात पर झुंझला पड़ते थे। मैं तो उनके सामने कभी आता ही न था, वह भी मुझे कभी प्यार न करते थे।

यानी कि प्यार, दोस्ती, संग-साथ नवाब को जो कुछ मिलता था, अपनी मां से मिलता था। सो मां अब नहीं रही। मां जैसा ही प्यार कुछ-कुछ बड़ी बहन से मिलता था, सो वह अपने घर चली गयी। यह कमी कितनी गहरी, कितनी तड़पानेवाली रही होगी, जो सारी जिंदगी यह आदमी उससे उबर नहीं सका और उसने बार-बार ऐसे

पात्रों की सृष्टि की, जिनकी मां बचपन में ही मर गयी और फिर उनकी दुनिया सूनी हो गयी। 'कर्मभूमि' में अमरकान्त कहता है :

> जिंदगी की वह उम्र, जब इंसान को मुहब्बत की सबसे ज्यादा ज़रूरत होती है, बचपन है। उस वक्त पौदे को तरी मिल जाये, तो जिंदगी भर के लिए उसकी जड़े मज़बूत हो जाती हैं। उस वक्त खुराक न पाकर उसकी जिंदगी खुश्क हो जाती है। मेरी मां का उसी ज़माने में देहान्त हुआ और तब से मेरी रूह को खुराक नहीं मिली। वही भूख मेरी जिंदगी है।

और फिर दूसरी मां के आ जाने का भी शायद वह अपना ही अनुभव है, जिसे मुंशीजी ने उसी अमरकान्त की कहानी कहते हुए यों व्यक्त किया है:

> समरकान्त ने मित्रों के कहने-सुनने से दूसरा विवाह कर लिया था। उस साल साल के बालक ने नयी मां का बड़े प्रेम से स्वागत किया; लेकिन उसे जल्द मालुम हो गया कि उसकी नयी मां उसकी ज़िद और शरारतों को उस क्षमादृष्टि से नहीं देखती, जैसे उसकी मां देखती थी। वह अपनी मां का अकेला लाड़ला था, बड़ा जिद्दी, बड़ा नटखट जो बात मुंह से निकल जाती, उसे पूरा करके ही छोड़ता। नयी माताजी बात-बात पर डांटती थीं। यहां तक कि उसे माता से द्वेष हो गया, जिस बात को वह मना करती, उसे अदबदाकर करता। पिता से भी ढीठ हो गया। पिता और पुत्र में स्नेह का बंधन न रहा।

यह मनः स्थिति ठीक वह थी, जिसमें इस लड़के नवाब के बहक जाने का पूरा सामना था, लेकिन प्रकृति जैसे अपने और तमाम जंगली फूल-पौदों को, जिनकी सेवा-टहल के लिए कोई माली नहीं होता, नष्ट होने से बचाती है, उसी तरह इस आवारा छोकरे को भी बचाने का एक ढंग उसने निकाला जो उसकी नैसर्गिक प्रतिमा के अनुकल था। आवारागर्दी को उसने बंद नहीं किया, बस एक हल्का-सा मोड़ दे दिया, मोटी-मोटी तिलिस्म और ऐयारी की किताबों में, जिनका रस छन-छनकर उसके भीतर के किस्सागो को खुराक पहंचाने लगा। इन किताबों में सबसे बढ़कर थी फ़ैज़ी की 'तिलिस्म होश-रूबा, दो-दो हजार पन्नों की अठारह जिल्दे। तेरह साल के इस लड़के ने उसको तो पढ़ ही डाला और भी बहुत कुछ पढ़ डाला, जैसे रेनाल्ड की 'मिस्ट्रीज़ ऑफ़ द कोर्ट ऑफ़ लंडन' की पचीसों कितावों के उर्दू तर्जुमे, मौलाना सज्जाद हुसैन की हास्य-कृतियां, मिर्जा रुसवा और रतननाथ सरशार के ढेरों किस्से। कोई पूछे कि इतनी सब किताबें इस लड़के को मिलती कहां थीं?

> रेत पर एक बुकसेलर बुद्धिलाल नाम का रहता था। मैं उसकी दूकान पर जा बैठता था और उसके स्टाक से उपन्यास ले—लेकर पढ़ता था। मगर दुकान पर सारे दिन तो बैठ न सकता था, इसलिए मैं उसकी दुकान से अंग्रेजी पुस्तकों की कुंजियां और नोट्स लेकर अपने स्कूल के लड़कों के हाथ बेचा करता था और उसके मुआवजे में दूकान से उपन्यास घर लाकर पढ़ता था। दो-तीन वर्षों में मैंने सैकड़ों ही उपन्यास पढ़ डाले होंगे।

यह गोरखपुर की बात है, जहां उन दिनों वह अपने पिता और दूसरी मां के साथ रहता था और रावत पाठशाला में पड़ता था जहां उसने आठवीं कक्षा तक पढ़ाई की।

कहने की ज़रूरत नहीं कि जहां ऐसी अच्छी-अच्छी किताबों की पढ़ाई दिन-रात चल रही हो, वहां स्कूल की नीरस किताबों को कौन देखता होगा और क्यों देखे, पर हमारे कथासाहित्य की दृष्टि से जो हुआ, अच्छा हुआ, क्योंकि सच्चे अर्थों में इन्हीं दिनों, इन्हीं सब तैयारियों में से होकर उस अमर कथाकार प्रेमचंद का जन्म हुआ, जो आगे चलकर उर्दु और हिन्दी दोनों ही भाषाओं में आधुनिक कहानी का जन्मदाता बना और आज दुनिया से चले जाने के पचास बरस बाद भी अपने उसी सर्वोच्च शिखर पर बैठा है और जिसने दुनिया को ऐसी लगभग तीन सौ कहानियां और चौदह छोटे-बड़ उपन्यास दिये, जिन्हें एक बार उठा लेने पर फिर छोड़ा नहीं जा सकता, जेसा कि आप सभी उनके असंख्य पाठकों का नित्य का अनुभव है। स्वाभाविक ही है कि प्रेमचंद की गिनती आज दुनिया के महान लेखकों में होती है और उनके साहित्य का अनुवाद भारत की सभी भाषाओं में ही नहीं दुनिया की और भी पचासों भाषाओं में किया जा चुका है, रूसी, चीनी जैसी किन्हीं-किन्हीं भाषाओं में तो शायद संपूर्ण प्रेमचंद साहित्य।

लेकिन वह लेखक कितना भी बड़ा क्यों न हो, आदमी बहुत ही सीधा-सादा था, नितान्न सरल, निश्छल, विनयशील और वैसी ही सीधी-साधी उसकी जीवन-शैली थी। सोलहों आने वैसी ही, जैसी किसी भी दफ्तर के बाबू या मास्टर की होती है। जवेरे नो-दस बजे घर से सीधे अपने काम और शाम को पांच बजे सीधे अपने घर। अपने ही जैसे दो-चार संगी-साथियों और अपने परिवार की छोटी-सी दुनिया ही उसकी कुल दुनिया है, जिसमें घर का बाजार-हाट भी है, बच्चों की सर्दी-खांसी भी है और परिवार की दांताकिलाकिल भी है और फिर उन सबके बीच समर्पित भाव से किया गया इतना सब अजन्न लेखन है, जो सचमुच आश्चर्यजनक लगता है, जब इस

बात को ओर ध्यान जाता है कि इतना सब जो लिखा गया है, वह लगभग सारी उम्र सात-आठ घंटे की एक न एक नौकरी करते हुए लिखा गया है। मजे से पूरे समय लिख सके, इतनी भी सुविधा बेचारे को न जुट पायी। शुरू से लेकर आखीर तक अभाव और जीवन संघर्ष की एक ही गाथा।

वह अभी मुशकिल से पंद्रह का था कि घरवालों ने उसका विवाह कर दिया, जो बहुत ही दुर्भाग्यपूर्ण रहा। सोलह का होते-होते पिताजी गिरस्ती का सब बोझ लड़के पर डालकर परलोक सिधारे। फलतः उस वर्ष वह मैट्रिक की परीक्षा भी नहीं दे पाया। अगले साल परीक्षा में बैठा। द्वितीय श्रेणी में पास तो हो गया, लेकिन कालेज में प्रवेश न मिल पाया, पर हां, संयोग से बनारस के पास ही चुनाकर के एक स्कूल में मास्टरी मिल गयी और 1899 से स्कूल की मास्टरी का जो सिलसिला चला, वह पूरे बाईस साल यानी 1921 तक चला, जब कि मुंशीजी ने गांधीजी के आह्वान पर गोरखपुर के सरकारी स्कूल से इस्तीफा दिया। नौकरी करते हुए ही उन्होंने इंटर और बी. ए. पास किया।

स्कूलमास्टरी के इस लंवे सिलसिले में प्रेमचंद को धाट-घाट का पानी पीना पड़ा। कुछ-कुछ बरस में यहां से वहां तबादले होते. रहे। प्रतापगढ़ से इलाहाबाद से कानपुर से हमीरपुर से बस्ती से गोरखपुर। इन सब स्थान-परिवर्तनों में शरीर को कष्ट तो हुभा ही होगा और सच तो यह है कि इसी जगह-जगह के पानी ने उन्हें पेचिस की दायमी बीमारी दे दी, जिससे उन्हें फिर कभी छुटकारा नहीं मिला, लेकिन कभी-कभी लगता है कि यह कुछ-कुछ बरसों में हवा-पानी का बदलना, नये-नये लोगों के संपर्क में आना, नयी—नयी जीवन-स्थितियों में से होकर गुज़रना, कभी घोड़े और कभी बैलगाड़ी पर गांव-गांव घूमते हुए प्राइमरी स्कूलों का मुआयना करने के सिलासिले में अपने देश के जन जीवन को गहराई में पैठकर देखना, नयी—नयी सामाजिक समस्याओं और उनके नये-नये रूपों से रूबरू होना उनके लिए रचनाकार के नाते एक बहुत बड़ा वरदान भी था। दूसरे किसी बादमी को यह दर-दर का भटकना शायद भटका भी सकता था, बिखेर भी सकता था, पर मुंशीबी का अपनी साहित्य-सर्जना के प्रति जसा अनुशासित एकचित्त समर्पण आरंभ से ही था, यह अनुभव-संपदा निश्चय ही उनके लिए अत्यंत मूल्यवान सिद्ध हुई होगी।

जीवन-परिचय के संदर्भ में एक बात जो यथास्थान नहीं आ पायी, वह यह कि प्रेमचंद ने शिवरात्रि के दिन 1906 में, लगभग उन्हीं दिनों जब वह शायद अपना

छोटा उपन्यास 'प्रेमा' (उर्दू में हमखुर्मा ओ हमसवाब) हिन्दी में लिख रहे होंगे (उसका प्रकाशन 1907 में हुआ) जिसका नायक एक विधवा लड़की से विवाह करता है, उन्होंने स्वयं एक विधवा लड़की शिवरानी देवी से विवाह किया, जो कालान्तर में उनके छ'बच्चों की मां बनी, जिनमें से तीन अभी जीवित हैं।

शिवरानी देवी बहुत सच्ची, अक्खड़ निडर, अहंकार की सीमा तक स्वाभिमानी, दबंग, शासनप्रिय महिला थीं। प्रेमचंद खुद जैसे कोमल स्वभाव के आदमी थे, उन्हें शायद ऐसी ही जीवन-सहचरी की जरूरत थी और शायद इसीलिए प्रेमचंद के जीवन में उनकी बड़ी महत्त्वपूर्ण भूमिका रही। जब जितना मिला उतने में घर चलाया, परिवारिक चिन्ताओं और रगड़ों-झगड़ों से उन्हें मुक्त किया—जिसका ही नतीजा था कि सब अभाओं के बीच भी वह शान्ति से अपना काम कर सके—और बराबर उनके साथ कंध-से-कंधा लगाकर उनकी शक्ति के एक स्तंभ के रूप में खड़ी रहीं। फरवरी, 1921 को गांधीजी ने गोरखपुर की एक सभा में, जिसमें प्रेमचंद भी उपस्थित थे, सरकारी नौकरी से इस्तीफा देने के लिए लोगों का आवाहन किया। प्रेमचंद के मन में भी कुछ संकल्प बना। घर आये, पत्नी से कहा। पांच दिन संशय द गुजरे। इक्कीस साल की जमी-जमायो नौकरी छोड़ने की हिम्मत नहीं पड़ रही थी। मुंशीजी की सेहत खराब, घर में दो छोटे-छोटे बच्चे और तीसरा होने वाला, आगे परिवार कैसे पलेगा इसका कुछ ठौर-ठिकाना नहीं, पर छठे दिन शिवरानी देवी ने हिम्मत बटोरकर हरी झंडी दिखा दी, अगले दिन मुंशीजी ने इस्तीफ़ा दाखिल कर दिया और आठवें दिन, 16 फरबरी 1921 को मुंशीजी अपनी इतनी पुरानी सरकारी नौकरी को लात मारकर बाहर आ गये।

उसी रोज़ मुंशीजी ने अपना सरकारी क्वार्टर छोड़ दिया। कुछ रोज बाद यह योजना बनी कि महावीर प्रसाद पोद्दार के साझे में एक चर्खे की दकान शहर में खोली जाये। आखिर दुकान खुली, दस कर्धे लगाये गये, लेकिन दूकान चलाना, भले वह चखें की दूकान हो, मुंशीजी के बस का रोग न था। उस तरह की देश-सेवा के लिए मुंशीजी बने ही न थे। उनका माध्यम तो साहित्य है, सो लिखाई जोर-शोर से चल रही है, स्वराज्य के संदेश का प्रचार करने वाले लेख ओर सीधी-साधी देश-प्रेम की कहानियां, जिनमें किसी तरह का बनाव-सिंगार नहीं है और न उनको लिखते समय मुंशीजी को इस बात की ह चिन्ता है कि उनकी गिनती स्थायी साहित्य में होगी या नहीं।

गांधीजी ने स्वराज्य को लड़ाई छेड़ रखी है। हर वह आदमी जिसे अपने देश से प्यार

है, इस समय स्वराज का सिपाही है। कोई मैदान में जाकर लाठी खाता है, कोई जेल की राह पकड़ता है, मुंशीजी अपना कलम लेकर मैदान में उतरते हैं। इसी ख्याल से उन्होंने गोरखपुर से निकालने वाले एक उर्दू अखबार 'तहकीक' और एक हिन्दी अखबार 'स्वदेश' से बाकायदा जुड़ने और उनमें नियमित रूप से बराबर लिखने की कुछ शक्ल बनानी चाही, पर वह नहीं बनी, तो मुंशीजी बनारस आ गये, फिर कुछ ऐसा संयोग बना कि सरकारी नौकरी से इस्तीफा देने के चार महीने बाद मुंशीजी मारवाड़ी विद्यालय, कानपुर पहुंच गये, लेकिन अपने यहाँ प्राइवेट स्कूलों का जो हाल है, स्कूल के हेडमास्टर प्रेमचंद की स्कूल के मैनेजर महाशय काशीनाथ से नहीं बनी और साल पूरा नहीं होने पाया कि मुंशीजी ने बहुत तंग आकर 22 फरवरी, 1922 को वहां से भी इस्तीफा दे दिया और फिर बनारस पहुंच गये।

बनारस में उन्होंने संपूर्णानन्दजी के जेल चले जाने पर कुछ महीने 'मर्यादा' पत्रिका का संपादन-भार संभाला, फिर वहां से अलग होकर काशी विद्यापीठ पहुंच गये, जहां उन्हें स्कूल का हेडमास्टर बना दिया गया। अपना प्रेस खोलने की धुन भी बरसों से मन में समायी थी, उसकी भी तैयौरी साथ-साथ चलती रही। कुछ ही महीनों बाद जब स्कूल बंद कर दिया गया, तो मुंशीजी पूरे मन-प्राण से प्रेस की तैयारी में लग गये जो अन्नंतः खुला तो, मगर गले का ढोल बनकर रह गया, जो न तो बजाये बजता था और न गले से निकालकर फेंका जाता था।

आखिर लखनाऊ से 'माधुरी' पत्रिका के संपादक की कुर्यो संभालने का प्रस्ताव मिलने पर उसे स्वीकार करने के सिवा गति न थी, क्योंकि अपना प्रेस रोजी-रोटी देना तो दूर रहा बराबर घाटे पर घाटा दिये जा रहा था। फिर छ बरस लखनऊ रह गये और वही रहते-रहते 1630 में बनारस से अपना मासिक पत्र 'हंस' शुरू किया। उसके कुछ महीने पहले उन्होंने अपनी बेटी की-शादी मध्यप्रदेश के सागर जिले की तहसील देवरी के एक अच्छे खाते-पीत देशसेवी घराने में कर दी थी। 1632 के आरंभ में लखनाऊ का आबदाना ख़त्म हुआ और मुंशीजी फिर बनारस आ गये। 'हंस' तो निकल रहा था, 'जागरण' नामक एक साप्ताहिक और निकाला। वह भी बहुत अच्छा पत्र था, लेकिन अच्छा पत्र निकालना और उसे चला पाना दो बिल्कुल अलग बातें हैं।

दोनों पत्रों के कारण जब काफ़ी का सिर पर हो गया, तब उसे सिर से उतारने के लिए मोहन भवनानी के निमंत्रण पर उनके अजंता सिनेटोन में कहानी-लेखक की नौकरी करने बंबई पहुंचे। 'मिल' या 'मजदूर' के नाम से उन्होंने एक फिल्म की कथा लिखी

और कंट्रेक्ट की साल भर की अवधि पूरी किये बिना दो महीने का वेतन छोड़कर बनारस भाग आये, क्योंकि बंबई का और उससे भी ज्यादा बहा कि फिल्मी दुनिया का हवा-पानी उन्हें रास नहीं आया। बंबई टाकिज तब हिमांशु राय ने शुरू ही कि थी। उन्होंने मंशीजी को बहुत रोकना चाहा, पर मुंशीजी किसी तरह नहीं रुके। यहां तक की बनारस से ही फिल्म की कहानियां भेजते रहने का प्रस्ताव भी नहीं स्वीकार किया।

बंबई में सेहत और भी काफी टूट चुकी थी बनारस लोटने के कुछ ही महीने बाद बीमार पडे और काफी दिन बीमारी भुगतने के बाद 8 अक्तूबर 1936 को चल बसे। यही उनका कुल जीवन-परिचय है, जिसमें नाटकीय तत्त्व तो छोड़ ही दीजिए, कोई विशेष कथा-तत्त्व भी नहीं है। जभी तो उन्होंने अपने बारे में लिखा था:

> मेरा जीवन एक सपाट, समतल मैदान है, जिसमें कहीं-कहीं गढ़े, तो हैं, पर टीलों, पर्वतों, घने जंगलों, गहरी घटियों और खंडहरों का स्थान नही है। जो सज्जन पहाड़ों की सैर के शौकीन हैं, उन्हें तो यहां निराशा ही होगी।

और सच तो यह है कि अगर ऐसी कुछ बात ही न आ पड़ती, तो शायद उस व्यक्ति ने अपने बारे में इतना भी न लिखा होता। कोई पूछता, तो वह शायद कह देता: मेरी जिन्दगी में ऐसा है ही क्या जो मैं किसी को सुनाऊं। बिल्कुल सीधी-सपाट जिदगी है जैसी देश के और करोड़ों लोग जीते हैं। एक सीधा-सादा, गृहस्थी के पचड़ों में फंसा हुआ तंगदस्त मुदरिंस जो सारी जिंदगी कलम घिसता रहा, इस उम्मीद में कि कुछ आसूदा हो सकेगा, मगर न हो सका। उसमें है ही क्या, जो मैं किसी को सूनाऊं। मैं तो नदी किनारे खड़ा हुआ नरकुल हूं। हवा के थपेड़ों से मेरे अंदर भी आवाज़ पैदा हो जाती है, बस इतनी सी बात है मेरे पास अपना कुछ नहीं है, जो कुछ है, उन हवाओं का है, जो मेरे भीतर बजीं। और जो हवाएं उनके भीतर बजी, वही उनका साहित्य है, भारतीय जनता के दुख-सुख का साहित्य, हमारे-आपके दुख-सुख का साहित्य, जिसे आप इसी कारण इतना प्यार करते हैं।

मुझे बड़ी खुशी है कि प्रेमचंद का कथा-साहित्य अब शुद्ध प्रमाणिक पाठ और सुंदर साज-सज्जा के साथ 'हिन्द पांकेट बुक्स' के माध्यम से भी लाखों-करोड़ों पाठकों तक पहुंच सकेगा।

धूप छाँह,
इलाहबाद

(अमृत राय)

कथा क्रम

अमृत

मेरी उटती जवानी थी जब मेरा दिल दर्द के मजे से परिचित हुआ। कुछ दिनों तक शायरी का अभ्यास करता रहा और धीरे-धीरे इस शौक ने तल्लीनता का रूप ले लिया। सांसारिक सम्बन्धों से मुंह मोड़ कर अपनी शायरी की दुनिया में आ बैठा और तीन ही साल की मश्क ने मेरी कल्पना के जौहर खोल दिये। कभी-कभी मेरी शायरी उस्तादों के मशहूर कलाम से टक्कर खा जाती थी। मेरे क़लम ने किसी उस्ताद के सामने सर नहीं झुकाया। मेरी कल्पना एक अपने आप बढ़ने वाले पौधे की तरह छन्द और पिंगल की कैदों से आजाद बढ़ती रही और ऐसे कलाम का ढंग बिल्कुल निराला था। मैंने अपनी शायरी को फारस से बाहर निकाल कर योरोप तक पहुंचा दिया। यह मेरा अपना रंग था। इस मैदान में न मेरा कोई प्रतिद्वन्द्वी था, न बराबरी करने वाला। बावजूद इस शायरों-जैसी तल्लीनता के मुझे मुशायरों की वाह-वाह और सुभानअल्लाह से नफ़रत थी। हां, काव्य-रसिकों से बिना अपना नाम बताये हुए अक्सर अपनी शायरी की अच्छाइयों और बुराइयों पर बहस किया करता। तो मुझे शायरी का दावा न था मगर धीरे-धीरे मेरी शोहरत होने लगी और जब मेरी मसनवी 'दुनियाए हुस्न' प्रकाशित हुई तो साहित्य की दुनिया में हलचल-सी मच गयी। पुराने शायरों ने काव्य-मर्मज्ञों की प्रशंसा-कृपणता में पोथे के पोथे रंग दिये हैं मगर मेरा अनुभव इसके बिलकुल विपरीत था। मझे कभी-कभी यह ख़याल सताया करता कि मेरे कद्रदानों की यह उदारता दूसरे कवियों की लेखनी की दरिद्रता का प्रमाण है। यह ख़याल हौसला तोड़ने वाला था। बहरहाल, जो कुछ हुआ 'दुनियाए हुस्न' ने मुझे शायरी का बादशाह बना दिया। मेरा नाम हरेक ज़बान पर था। मेरी चर्चा हर एक अखबार में थी। शोहरत अपने साथ दौलत भी लायी। मुझे दिन-रात

शेरो-शायरी के अलावा और कोई काम न था। अक्सर बैठेबैठे रातें गुजर जातीं और जब कोई चुभता हुआ शेर कलम से निकल जाता तो मैं खुशी के मारे उछल पड़ता। मैं अब तक शादी-ब्याह की कैदों से आजाद था या यों कहिए कि मैं उसके उन मज़ों से अपरिचित था जिनमें रंज की तल्खी भी है और खुशी की नमकीनी भी। अक्सर पच्छिमी साहित्यकारों की तरह मेरा भी खयाल था कि साहित्य के उन्माद और सौन्दर्य के उन्माद में पुराना बैर हैं। मुझे अपनी जबान से कहते हुए शर्मिन्दा होना पड़ता है कि मुझे अपनी तबीयत पर भरोसा न था। जब कभी मेरी आँखों में कोई मोहिनी सूरत घूम जाती तो मेरे दिल-दिमाग़ पर एक पागलपन-सा छा जाता। हफ्तों तक अपने को भूला हुआ-सा रहता। लिखने की तरफ़ तबीयत किसी तरह न झकती। ऐसे कमजोर दिल में सिर्फ एक इश्क की जगह थी। इसी डर से मैं अपनी रंगीन तबीयत के खिलाफ आचरण शुद्ध रखने पर मजबूर था। कमल की एक पंखुड़ी, श्यामा के एक गीत, लहलहाते हुए एक मैदान में मेरे लिए जादू का-सा आकर्षण था मगर किसी औरत के दिलफ़रेब हुस्न को मैं चित्रकार या मूर्तिकार की बेलौस आँखों से नहीं देख सकता था। सुन्दर स्त्री मेरे लिए एक रंगीन, क़ातिल नागिन थी जिसे देखकर शंखें खुश होती हैं मगर दिल डर से सिमट जाता है।

खैर, 'दुनियाए हुस्न' को प्रकाशित हुए दो साल गुजर चुके थे। मेरी ख्याति बरसात की उमड़ी हुई नदी की तरह बढ़ती चली जाती थी। ऐसा मालूम होता था कि जैसे मैने साहित्य की दुनिया पर कोई वशीकरण कर दिया है। इसी दौरान में मैंने फुटकर शेर तो बहुत कहे मगर दावतों और अभिनन्दनपत्रों की भीड़ ने मामिक भावों को उभरने न दिया। प्रदर्शन और ख्याति एक राजनीतिज्ञ के लिए कोड़े का काम दे सकते हैं, मगर शायर की तबीयत अकेले शान्ति से एक कोने में बैठकर ही अपना जौहर दिखलाती है। चुनांचे मैं इन रोज़ ब रोज बढ़ती हुई बेहुदा बातों से गला छुड़ाकर भागा और पहाड़ के एक कोने में जा छिपा। 'नरंग' ने वहीं जन्म लिया।

2

'नरंग' के शुरु करते ही मुझे एक आश्चर्यजनक और दिल तोड़नेवाला अनुभव हुआ। ईश्वर जाने क्यों मेरी अक्ल और मेरे चिन्तन पर पर्दा पड़ गया। घण्टों तबीयत पर जोर डालता मगर एक शेर भी ऐसा न निकलता कि दिल फड़क उठे। सूझते भी तो दरिद्र, पिटे हुए विषय, जिनसे मेरी आत्मा भागती थी। मैं

अक्सर झुंझलाकर उठ बैठता, कागज़ फाड़ डालता और बड़ी बेदिली की हालत में सोचने लगता कि क्या मेरी काव्यशक्ति का अन्त हो गया, क्या मैंने वह खजाना जो प्रकृति ने मुझे सारी उम्र के लिए दिया था, इतनी जल्दी मिटा दिया। कहां वह हालत थी कि विषयों की बहुतायत और नाजुक खयालों की रवानी क़लम को दम नहीं लेने देती थी। कल्पना का पंछी उड़ता तो आसमान का तारा बन जाता था और कहां अब यह पस्ती ! यह करुण दरिद्रता ! मगर इसका कारण क्या है? यह किस क़सूर की सज़ा है। कारण और कार्य का दूसरा नाम दुनिया है। जब तक हमको क्यों का जवाब न मिले, दिल को किसी तरह सब्र नहीं होता, यहां तक कि मौत को भी इस क्यों का जवाब देना पड़ता है। आखिर मैंने एक डाक्टर से सलाह ली। उसने आम डाक्टरों की तरह आब हवा बदलने की सलाह दी। मेरी अक्ल में भी यह बात आयी कि मुमकिन है नैनीताल की ठंडी आबहवा से शायरी की आग ठंडी पड़ गई हो। छः महीने तक लगातार घूमता—फिरता रहा। अनेक आकर्षक दृश्य देखे, मगर उनसे आत्मा पर वह शायराना कैफियत न छाती थी कि प्याला छलक पड़े और खामोश कल्पना खुद ब खुद चहकने लगे। मुझे अपना खोया हुमा लाल न मिला। अब मैं जिन्दगी से तंग था। जिन्दगी अब मुझे सूखे रेगिस्तान जैसी मालूम होती जहां कोई जान नहीं, ताज़गी नहीं, दिलचस्पी नहीं। हरदम दिल पर एक मायूसी-सी छायी रहती और दिल खोया—खोया रहता। दिल में यह सवाल पैदा होता कि क्या वह चार दिन की चांदनी खत्म हो गयी और अन्धेरा पाख आ गया। आदमी की संगत से बेज़ार; हमजिन्स की सूरत से नफरत, मैं एक गुमनाम कोने में पड़ा हुआ ज़िन्दगी के दिन पूरे कर रहा था। पेड़ों की चोटियों पर बैठने वाली, मीठे राग गाने वाली चिड़िया क्या पिंजरे में जिन्दा रह सकती है ? मुमकिन है कि वह दाना खाये, पानी पिये मगर उसकी इस ज़िन्दगी और मौत में कोई फर्क नहीं है।

आखिर जब मुझे अपनी शायरी के लौटने की कोई उम्मीद नहीं रही; तो मेरे दिल में यह इरादा पक्का हो गया कि अब मेरे लिए शायरी की दुनिया से मर जाना ही बेहतर होगा। मुर्दा तो हूं ही, इस हालत में अपने को जिन्दा समझना बेवकूफी है। आखिर मैंने एक रोज़ कुछ दैनिक पत्रों को अपने मरने की खबर दे दी। उसके छपते ही मुल्क में कोहराम मच गया, एक तहलका पड़ गया। उस वक्त मुझे अपनी लोकप्रियता का कुछ अंदाजा हुआ। यह आम पुकार थी, कि शायरी की दुनिया की किश्ती मंझ धार में डूब गयी। शायरी की महफिल उखड़ गयी। पत्र-पत्रिकाओं में

मेरे जीवन-चरित्र प्रकाशित हुए जिनको पढ़कर मुझे उनके एडीटरों की आविष्कार-बुद्धि का कायल होना पड़ा। न तो मैं किसी रईस का बेटा था और न मैंने रईसी की मसनद छोड़कर फकीरी अख्तियार की थी। उनकी कल्पना वास्तविकता पर छा गयी थी। मेरे मित्रों में एक साहब ने, जिन्हें मुझसे आत्मीयता का दावा था, मुझे पीने-पिलाने का प्रेमी बना दिया था। वह जब कभी मुझसे मिलते, उन्हें मेरी आंखें नशे से लाल नज़र आतीं। अगरचे इसी लेख में आगे चलकर उन्होंने मेरी इस बुरी आदत की बहुत उदार हृदयता से सफाई दी थी क्योंकि रूखा-सूखा आदमी ऐसी मस्ती के शेर नहीं कह सकता था। ताहम हैरत है कि उन्हें यह सरीहन ग़लत बात कहने की हिम्मत कैसे हुई ?

खैर,इन ग़लत-बयानियों की तो मुझे परवाह न थी। अलबत्ता यह बड़ी फिक्र थी, फिक्र नहीं एक प्रबल जिज्ञासा थी, कि मेरी शायरी पर लोगों की ज़बान से क्या फतवा निकलता है। हमारी ज़िन्दगी के कारनामे की सच्ची दाद मरने के बाद ही मिलती है क्योंकि उस वक्त वह खुशामद और बुराइयों से पाक-साफ होती है। मरने वाले की खुशी या रंज की कौन परवाह करता है। इसीलिए मेरी कविता पर जितनी आलोचनाएँ निकली हैं उनको मैंने बहुत ही ठंडे दिल से पढ़ना शुरू किया। मगर कविता को समझने वाली दृष्टि की व्यापकता और उसके मर्म को समझने वाली रुचि का चारों तरफ अकाल-सा मालूम होता था। अधिकांश जौहारियों ने एक-एक शेर को लेकर उनसे बहस की थी, और इसमें शक नहीं कि वे पाठक की हैसियत से उस शेर के पहलओं को खब समझते थे।' मगर आलोचक का कहीं पता न था। नज़र की गहराई ग़ायब थी। समग्र कविता पर निगाह डालने वाला कवि, गहरे भावों तक पहुँचने वाला कोई आलोचक दिखाई न दिया।

3

एक रोज़ मैं प्रेतों की दुनिया से निकलकर घूमता हुआ अजमेर की पब्लिक लाइब्रेरी में जा पहुंचा। दोपहर का वक्त था। मैंने मेज पर झुककर देखा कि कोई नयी रचना हाय आ जाये तो दिल बहलाऊँ। यकायक मेरी निगाह एक सुन्दर पत्र की ओर गयी जिसका नाम था 'कलामे अख्तर' जैसे भोलाबच्चा खिलौने की तरफ लपकता है उसी तरह झपटकर मैंने उस किताब को उठा लिया। उसकी लेखिका

मिस आयशा आरिफ़ थीं। दिलचस्पी और भी ज्यादा हुई। मैं इत्मीनान से बैठकर उस किताब को पढ़ने लगा। एक ही पन्ना पढ़ने के बाद दिलचस्पी ने बेताबी की सूरत अख्तियार की। फिर तो मैं बेसुधी की दुनिया में पहुंच गया। मेरे सामने गोया सूक्ष्म अर्थों की एक नदी लहरें मार रही थी। कल्पना की उठान, रुचि की स्वच्छता, भाषा की नर्मी, काव्य-दृष्टि की व्यापकता, किस-किस की तारीफ करूँ। उसकी एक-एक कल्पना ऐसी थी कि हृदय धन्य-धन्य हो उठता। मैं एक पैराग्राफ पढ़ता, फिर विचार की ताज़गी से प्रभावित होकर एक लम्बी सांस लेता और तब सोचने लगता। इस किताब को सरसरी तौर पर पढ़ना असम्भव था। यह औरत थी या सुरुचि की देवी। उसके इशारों से मेरा कलाम बहुत कम बचा था मगर जहां उसने मुझे दाद दी थी वहां सच्चाई के मोती बरसा दिये थे। उसके एतराजों में हमदर्दी और प्रशंसा में भक्ति थी। शायर के कलाम को दोषों की दृष्टियों से नहीं देखना चाहिए। उसने क्या नहीं किया, यह ठीक कसौटी नहीं। उस ने क्या किया, यह ठीक कसौटी है। बस यही जी चाहता था कि लेखिका के हाथ और क़लम चूम लूं। 'सफ़ीर, भोपाल के दफ्तर से यह पत्रिका प्रकाशित हई थी। मेरा पक्का इरादा हो गया, तीसरे दिन शाम के वक्त मैं मिस आयशा के खूबसूरत बँगले के सामने हरी-हरी घास पर टहल रहा था। मैं नौकरानी के साथ एक कमरे में दाखिल हुआ। उसकी सजावट बहत सादी थी। पहली चीज जिस पर निगाह पड़ी वह मेरी तस्वीर थी जो दीवार से लटक रही थी। सामने एक आइना रखा हआ था। मैंने खदा जाने क्यों उसमें अपनी सूरत देखी। मेरा चेहरा पीला और कुम्हलाया हुआ था, बाल उलझे हुए, कपड़ों पर गर्द की एक मोटी तह जमी हुई, परेशानी की ज़िन्दा तस्वीर खड़ी थी।

उस वक्त मुझे अपनी बुरी शक्ल पर सख्त शर्मिन्दगी हुई। मैं सुन्दर न सही मगर इस वक्त तो सचमुच चेहरे पर फटकार बरस रही थी। अपने लिबास के ठीक होने का यकीन हमें खुशी देता है। अपने फूहड़पन का जिस्म पर इतना असर नहीं होता जितना दिल पर। हम बुझदिल और बे. हौसला हो जाते हैं।

मुझे मुश्किल से पांच मिनट गुज़रे होंगे कि मिस आयशा तशरीफ़ लायीं। सांवला रंग था, चेहरा एक गम्भीर घुलावट से, चमक रहा था। बड़ी-बड़ी नरगिसी आंखों से सदाचार की, संस्कृति की रोशनी झलकती थी। क़द मझोले से कुछ कम। अंग-प्रत्यंग छरहरे, सूथरे, ऐसी हल्की-फुल्की कि जैसे प्रकृति ने उसे इस भौतिक संसार के लिए नहीं, किसी काल्पनिक संसार के लिए सिरजा है। कोई चित्रकार कला

की उससे अच्छी तस्वीर नहीं खींच सकता था।

मिस आयशा ने मेरी तरफ दबी निमाहों से देखा मगर देखते-देखते उसकी गर्दन झुक गयी और उसके गालों पर लाज की एक हल्की-सी परछाई नाचती हुई मालूम हुई। जमीन से उठकर उसकी आँखें मेरी तस्वीर की तरफ गयीं और फिर सामने पर्दे की तरफ जा पहुँची। शायद उसकी आड़ में छिपना चाहती थीं।

मिस आयशा ने मेरी तरफ दबी निगाहों से देखकर पूछा—आप स्वर्गीय अख्तर के दोस्तों में हैं?

मैंने सर नीचा किये हुए जवाब दिया—मैं ही बदनसीब अख्तर हूँ।

आयशा एक बेखुदी के आलम में कुर्सी पर से खड़ी हुई और मेरी तरफ रत से देखकर बोली—'दुनियाए हुस्न' के लिखनेवाले?

अन्धविश्वास के सिवा और किसने इस दुनिया से चले जानेवाले को देखा है। आयशा ने मेरी तरफ कई बार शक से भरी हुई निगाहों से देखा। उनमें अब शर्म और हया की जगह के बजाय हैरत समायी हुई थी। मेरे कब्र से निकलकर भागने का तो उसे यकीन आ ही नहीं सकता था, शायद वह मुझे दीवाना समझ रही थी। उसने दिल में फैसला किया कि यह आदमी मरहूम शायर का कोई क़रीबी अजीज़ है। शकल जिस तरह मिल रही थी वह दोनों के एक खानदान के होने का सबूत थी।मुमकिन है कि भाई हो। इस अचानक सदमे से पागल हो गया है। शायद उसने मेरी किताब देखी होगी और हाल पूछनेके लिए चला आया। अचानक उसे ख़याल गुज़रा कि किसी ने अखबारों को मेरे मरने की झूठी खबर दे दी हो और मुझे उस खबर को काटने का मौका न मिला हो। इस ख़याल से उसकी उलझन दूर हुई, बोली—अखबारों में आपके बारे में एक निहायत मनहस खबर छप गयी थी? मैंने जवाब दिया—वह खबर सही थी।

अगर पहले आयशा को मेरे दीवानेपन में कुछ शक था तो वह दर हो गया आखिर मैंने थोड़े लफ़्ज़ों में अपनी दास्तान सुनायी और जब उसको यकीन हो गया कि 'दुनियाए हुस्न' का लिखनेवाला अख्तर अपने इन्सानी चोले में है तो उसके चेहरे पर खुशी की एक हल्की सुर्खी दिखायी दी और यह हल्का रंग बहुत जल्द खुददारी और रूप-गर्व के शोख रंग से मिलकर कुछ का कुछ हो गया। ग़ालिबन वह शर्मिन्दा थी कि क्यों उसने अपनी कद्रदानी को हद से बाहर जाने दिया। कुछ देर की शर्मीली खामोशी के बाद उसने कहा—मुझे अफसोस है कि आपको ऐसी मनहूस खबर निकालने की जरूरत हुई।

मैंने जोश में भरकर जवाब दिया—आपके क़लम की ज़बान से दाद पाने की कोई सूरत न थी। इस तनकीद के लिए मैं ऐसी-ऐसी कई मौतें मर सकता था।

मेरे इस बेधड़क अन्दाज़ ने आयशा की जबान को भी शिष्टाचार और संकोच की कैद से आजाद किया, मुस्कराकर बोली—मुझे बनावट पसन्द नहीं है। डाक्टरों ने कुछ बतलाया नहीं? उसकी इस मुस्कराहट ने मुझे दिल्लगी करने पर आमादा किया, बोला—अब मसीहा के सिवा इस मर्ज़ का इलाज और किसी के हाथ से नहीं हो सकता।

आयशा इशारा समझ गई, हंसकर बोली—मसीहा चौथे आसमान पर रहते हैं।

मेरी हिम्मत ने अब और क़दम बढ़ाये—रूहों की दुनिया से चौथा आसमान बहुत दूर नहीं है।

आयशा के खिले हुए चेहरे से संजीदगी और अजनबियत का हल्का रंग उड़ गया। ताहम, मेरे इन बेधड़क इशारों को हद से बढ़ते देखकर उसे मेरी ज़बान पर रोक लगाने के लिए किसी क़दर खुददारी बरतनी पड़ी। जब मैं कोई घंटे भर के बाद उस कमरे से निकला तो बजाय इसके कि वह मेरी तरफ अपनी अंग्रेज़ी तहजीब के मुताबिक हाथ बढ़ाये उसने चोरी-चोरी मेरी तरफ देखा। फैला हुआ पानी जब सिमटकर किसी जगह से निकलता है तो उसका बहाव तेज़ और ताक़त कई गुना ज्यादा हो जाती है। आयशा की उन निगाहों में अस्मत की तासीर थी। उनमें दिल मुस्कराता था और जज्बा नाचता था। आह उनमें मेरे लिए दावत का एक पुरजोश पैशाम भरा हुआ था। जब मैं मुस्लिम होटल में पहुंचकर इन वाक़यात पर गौर करने लगा तो मैं इस नतीजे पर पहुँचा कि गौ मैं ऊपर से देखने पर यहां अब तक अपरिचित था लेकिन भीतरी तौर पर शायद मैं उसके दिल के कोने तक पहुंच चुका था।

4

जब मैं खाना खाकर पलंग पर लेटा तो बावजूद दो दिन रात-रात भर जागने के नींद आंखों से कोसों दूर थी। जज्बात की कशमकश में नोंद कहाँ। आयशा की सूरत, उसकी खातिरदारियां और उसकी वह छिपी-छिपी निगाह दिल में एहसासों का तूफान-सा बरफा कर रही थी। उस आखिरी निगाह ने दिल में तमन्नओ की रूम-

धूम मचा दी। वह आरज़ुएं जो, बहुत अरसा हुआ, मर मिटी थीं फिर जाग उठी और आरज़ुओं के साथ कल्पना ने भी मुंदी हुई आँखें खोल दीं।

दिल में जज्बात और कैफ़ियात का एक नया बेचैन करनेवाला जोश महसूस हुआ। यही आरज़ुएं, यही बेचैनियां और यही शोरिशें कल्पना के दीपक के लिए तेल हैं। जज्बात की हरारत ने कल्पना को गरमाया। मैं कलम लेकर बैठ गया और एक ऐसी नज़म लिखी जिसे मैं अपनी सबसे शानदार दौलत समझता हूं।

मैं एक होटल में रह रहा था, मगर किसी-न-किसी होले से दिन में कम-से-कम एक बार जरूर उसके दर्शन का आनन्द उठाता। गो आयशा ने कभी मेरे यहां तक आने की तकलीफ नहीं की तो भी मुझे यह यकीन करने के लिए शहादतों की जरूरत न थी कि वहाँ किस क़दर सरगर्मी से मेरा इन्तजार किया जाता था मेरे क़दमों की पहचानी हुई आहट पात ही उसका चेहरा कमल की तरह खिल जाता था और आंखो से कामना की किरणें निकलने लगती थीं।

यहां छः महीने गुज़र गये। इस ज़माने को मेरी ज़िन्दगी की बहार समझना चाहिए। मुझ वह दिन भी याद है जब मैं आरज़ुओं और हसरतों के ग़म से आजाद था। मगर दरिया की शान्तिपूर्ण रवाना में थिरकती हुई लहरों की बहार कहां अब अगर मुहब्बत का दर्द था तो उसका प्राणदायी मजा भी था। अगर आरज़ुभों की घुलावट थी तो उनकी उमंग भी था। आह, मेरी यह प्यासी आंखें उस रूप के स्रोत से किसी तरह तृप्त न होतीं। जब मैं अपनी नशे में डूबी हुई आंखों से उस देखता तो मुझे एक आत्मिक तरावट-सी महसूस होता। मैं उसके दीदार के नशे स बेसुध-सा हो जाता और मेरी रचना-शक्ति का तो कुछ हद-हिसाब न था। ऐसा मालूम होता था कि जैसे दिल में मीठे भावों का सोता खुल गया था। अपनी कवित्व शक्ति पर खुद अचम्भा होता था। क़लम हाथ में ली और रचना का साता-सा बह निकला 'नैरग' मे ऊँची कल्पनाएँ न हों, बड़ी गढ़ बातें न हों, मगर उसका एक-एक शेर प्रवाह और रस, गर्मी और घुलावट की दाद दे रहा है। यह उस दीपक का वरदान है, जो अब मेरे दिल में जल गया था और रोशनी दे रहा था। यह उस फूल की महक थी जो मेरे दिल में खिला हुआ था। मुहब्बत रूह की खूराक है। यह वह अमृत की बूंद है जो मरे हुए भावों को जिन्दा कर देती है। मुहब्बत आत्मिक वरदान है। यह जिन्दगी की सबसे पाक, सबसे ऊँची, सबसे मुबारक बरकत है। यही अक्सीर थी जिसकी अनजाने ही मुझे तलाश थी। वह रात कभी न भूलेगी जब आयशा दुल्हन बनी हुई मेरे घर में आयी। 'नैरंग' उसी मुबारक ज़िन्दगी की

यादगार है। 'दुनियाए हुस्न' एक कली थी, 'नैरंग' खिला हुआ फूल है और उस कली को खिलाने वाली कौन-सी चीज़ है ? वही जिसकी मुझे अनजाने ही तलाश थी और जिसे मैं अब पा मया था।

—उर्दू 'प्रेम पचीसी' से

अपनी करनी

1

आह, अभागा मैं ! मेरे कर्मों के फल ने आज यह दिन दिखाये कि अपमान भी मेरे ऊपर हंसता है। और यह सब मैंने अपने हाथों किया। शैतान के सिर इलज़ाम क्यों दूं, किस्मत को खरी-खोटी क्यों सुनाऊं, होनी को क्यों रोऊं। जो कुछ किया मैंने जानते ओर बूझते हुए किया। अभी एक साल गुज़रा जब मैं भाग्यशाली था, प्रतिष्ठित था और समृद्धि मेरी चेरी थी। दुनिया की नेमतें मेरे सामने हाथ बांधे खड़ी थीं लेकिन आज बदनामी और कंगाली और शर्मिन्दगी मेरी दुर्दशा पर आंसू बहाती हैं। मैं ऊंचे खानदान का, बहुत पढ़ा-लिखा आदमी था, फारसी का मुल्ला, संस्कृत का पण्डित, अंग्रेजी का ग्रेजुएट। अपने मुंह मियां मिट्ठू क्यों बनूं लेकिन रूप भी मुझको मिला था, इतना कि दूसरे मुझसे ईर्ष्या कर सकते थे। गरज एक इन्सान को खुशी के साथ ज़िन्दगी बसर करने के लिए जितनी अच्छी चीजों की जरूरत हो सकती है वह सब मुझे हासिल थीं। सेहत का यह हालक मुझे कभी सरदर्द की भी शिकायत नहीं हुई। फ़िटन की सैर, दरिया की दिलफ़रेबियां, पहाड़ के सुन्दर दृश्य—उन खुशियों का जिक्र ही तकलीफ़देह है। क्या मजे की जिन्दगी थी!

आह, यहाँ तक तो अपना दर्देदिल सुना सकता हूँ लेकिन इसके आगे फिर होंठों पर ख़ामोशी की मुहर लगी हुई है। एक सती—साध्वी, पतिप्राणा स्त्री और दो गुलाब के फूल-से बच्चे इन्सान के लिए जिन खुशियों, आरजुओं, होसलों और दिलफ़रेबियों का ख़ज़ाना हो सकते हैं वह सब मुझे प्राप्त था। मैं इस योग्य नहीं कि उस पवित्र स्त्री का नाम जबान पर लाऊं। मैं इस योग्य नहीं कि अपने को उन लड़कों

का बाप कह सकूं। मंगर नसीब का कुछ ऐसा खेल था कि मैंने उन बिहिश्ती नेमतों की कद्र न की। जिस औरत ने मेरे हुक्म और अपनी इच्छा में कभी कोई भेद नहीं किया, जो मेरी सारी बुराइयों के बावजूद कभी शिकायत का एक हर्फ जबान पर नहीं लायी, जिसका गुस्सा कभी आंखों से आगे नहीं बढ़ने पाया—गुस्सा क्या था कुआर की बरखा यी, दो-चार हलकी-हलकी बदे पड़ी और फिर आसमान साफ़ हो गया—अपनी दीवानगी के नशे में मैंने उस देवी की क़द्र न की। मैंने उले जलाया रुलाया, तड़पाया। मैंने उसके साथ दगा की। आह ! जब मैं दो-दो बजे रात को घर लौटता था तो मुझे कैसे-कैसे बहाने सूझते थे, नित नये होले गढ़ता था, शायद विद्यार्थी जीवन में जब बैण्ड के मजे मदरसे जाने की इजाजत न देते थे, उस वक्त भी बुद्धि इतनी प्रखर न थी। और क्या उस क्षमा की देवी को मेरी बातों पर यकीन आता था ? वह भोली थी मगर ऐसी नादान न थी। मेरी खुमारभरी आंखें और मेरे उथले भाव और मेरे झूठे प्रेम-प्रदर्शन का रहस्य क्या उससे छिपा रह सकता था? लेकिन उसकी रग-रग में शराफ़त भरी हुई थी, कोई कमीना ख़याल उसकी ज़बान पर नहीं आ सकता था। वह उन बातों का विक्र करके या अपने सन्देहों को खुले आम दिखलाकर हमारे पवित्र सम्बन्ध में खिचाव या बदमज़गी पैदा करना बहुत अनुचित समझती थी। मुझे उसके विचार, उसके माथे पर लिखे मालूम होते थे। उन बदमजगियों के मुक़ाबिले में उसे जलना और रोना ज्यादा पसन्द था, शायद वह समझती थी कि मेरा नशा खुद-ब-खुद उतर जायगा। काश, इस शराफ़त के बदले उसके स्वभाव में कुछ ओछापन और अनुदारता भी होती। काश, वह अपने अधिकारों को अपने हाथ में रखना जानती। काश, वह इतनी सीधी न होती। काश, वह अपने मन के भावों को छिपाने में इतनी कुशल न होती। काश, वह इतनी मक्कार न होती। लेकिन मेरी मक्कारी और उसकी मक्कारी में कितना अंतर था, मेरी मक्कारी हरामकारी थी, उसकी मक्कारी आत्मबलिदान।

'एक रोज़ मैं अपने काम से फुरसत पाकर शाम के वक्त मनोरंजन के लिए आनन्दवाटिका में पहुंचा और संगमरमर के हौज पर बैठकर मछलियों का तमाशा देखने लगा। एकाएक निगाह ऊपर उठी तो मैंने एक औरत को बेले की झाड़ियों में फूल चुनते देखा। उसके कपड़े मैले थे और जवानी की ताजगी और गर्व को छोड़कर उसके चेहरे में कोई खास बात न थी। उसने मेरी तरफ आंखें उठायीं और फिर अपने फूल चुनने में लग गयी, गोया उसने कुछ देखा ही नहीं। उसके इस अंदाज ने, चाहे वह उसकी सरलता ही क्यों न रही हो, मेरी वासना को और भी उद्दीप्त कर दिया।

मेरे लिए यह एक नयी बात थी कि कोई औरत इस तरह देखे कि जैसे उसने नहीं देखा। मैं उठा और धीरे-धीरे, कभी जमीन और कभी आसमान की तरफ़ ताकते हुए बेले की झाड़ियों के पास जाकर खुद भी फूल चुनने लगा। इस ढिठाई का नतीजा यह हुआ कि वह मालिन की लड़की वहां से तेजी के साथ बाग़ के दूसरे हिस्से में चली गयी।

उस दिन से मालूम नहीं वह कौन-सा आकर्षण था जो मुझे रोज शाम के वक्त आनन्दवाटिका की तरफ खींच ले जाता। उसे मुहब्बत हरगिज़ नहीं कह सकते। अगर मुझे उस वक्त भगवान न करे, उस लड़की के बारे में कोई शोक-समाचार मिलता तो शायद मेरी आंखों से आंसू भी न निकलते, जोगिया धारण करने की तो चर्चा ही व्यर्थ है। मैं रोज़ जाता और नये-नये रूप धरकर जाता लेकिन जिस प्रकृति ने मुझे अच्छा रूपरंग दिया था उसी ने मुझे वाचालता से वंचित भी कर रखा था। मैं रोज जाता और रोज़ लौट आता, प्रेम की मंज़िल में एक कदम भी आगे न बढ़ पाता था। हां, इतना अलबत्ता हो गया कि उसे वह पहली—सी झिझक न रही।

आखिर इस शान्तिपूर्ण नीति को सफल न होते देखकर मैंने एक नयी युक्ति सोची। एक रोज़ मैं अपने साथ अपने शैतान बुलडाग टामी को भी साथ लेता गया। जब शाम हो गयी और वह मेरे धैर्य का नाश करनेवाली फूलों से आंचल भर कर अपने घर की ओर चली तो मैंने अपने बुलडाग को धीरे से इशारा कर दिया। बुलडाग उसकी तरफ़ बाज की तरफ झपटा, फूलमती ने एक चीख मारी, दो-चार क़दम दौड़ी और जमीन पर गिर पड़ी। अब मैं छड़ी हिलाता, बुलडाग की तरफ़ गुस्सेभरी आंखों से देखता और हाय हाय चिल्लाता हुआ दौड़ा और उसे जोर से दो-तीन डंडे लगाये। फिर मैंने बिखरे हुए फूलों को समेटा, सहमी हुई औरत का हाथ पकड़कर उसे बिठा दिया और बहुत लज्जित और दुखी भाव से बोला—यह कितना बड़ा बदमाश है, अब इसे अपने साथ कभी न लाऊंगा। तुम्हें इसने काट तो नहीं लिया ?

फूलमती ने चादर से सर को ढांकते हुए कहा—तुम न आ जाते तो वह मुझे नोच डालता। मेरे तो जैसे मन-मन भर के पैर हो गये थे। मेरा कलेजा तो अभी तक धड़क रहा है

यह तीर लक्ष्य पर बै ठा, खामोशी की मुहर टूट गयी, बातचीत का सिलसिला कायम हुआ। बांध में एक दरार हो जाने की देर थी, फिर तो मन की उमंगों ने खुद-ब-खुद काम करना शुरू किया। मैंने जैसे-जैसे जाल फैलाये, जैसे-जैसे स्वांग रचे, वह रंगीन तबीयत के लोग खूब जानते हैं। और यह सब क्यों ? मुहब्बत से नहीं,

सिर्फ जरा देर दिल को खुश करने के लिए, सिर्फ उसके भरे-पूरे शरीर और भोलेपन पर रीझकर। यों मैं बहुत नीच प्रकृति का आदमी नहीं हूं। रूप-रंग में फूलमती का इन्दु से मुकाबला न था। वह सुन्दरता के सांचे में ढली हुई थी। कवियों ने सौन्दर्य की जो कसौटियां बनायी हैं वह सब वहां दिखायी देती थीं लेकिन पता नहीं क्यों मैंने फूलमती की घुसी हुई आंखों और फूले हुए गालों और मोटे-मोटे होंठों की तरफ़ अपने दिल का ज्यादा खिचाव देखा। आना-जाना बढ़ा और महीना भर भी गुजरने न पाया था कि मैं उसकी मुहब्बत के जाल में पूरी तरह फंस गया। मुझे अब घर की सादा जिन्दगी में कोई आनन्द न आता था। लेकिन दिल ज्यों-ज्यों घर से उचटता जाता था त्यों-त्यों मैं पत्नी के प्रति प्रेम का प्रदर्शन और भी अधिक करता था। मैं उसकी फ़रमाइशों का इन्तज़ार करता रहता और कभी उसका दिल दुखानेवाली कोई बात मेरी ज़बान पर न आती। शायद मैं अपनी आन्तरिक उदासीनता को शिष्टाचार के पर्दे में छिपाना चाहता था।

धीरे-धीरे दिल की यह कैफियत भी बदल गयी और बीवी की तरफ़ से उदासीनता दिखायी देने लगी। घर में कपड़े नहीं हैं लेकिन मुझसे इतना न होता कि पूछ लूं। सच यह है कि मुझे अब उसकी खातिरदारी करते हुए एक डर-सा मालूम होता था कि कहीं उसकी खामोशो की दीवार टूट न जाय और उसके मन के भाव ज़बान पर न आ जायं। यहां तक कि मैंने गिरस्ती की जरूरतों कीतरफ से भी आंखें बन्द कर ली। अब मेरा दिल और जान और रुपया—पैसा सब फूलमती के लिए था। मैं खुद कभी सुनार की दुकान पर न गया था लेकिन आजकल कोई मुझे पहर रात गए एक मशहुर सुनार के मकान पर बैठा हुआ देख सकता था। बजाज़ की दुकान में भी मुझे रुचि हो गयी।

2

एक रोज शाम के वक्त रोज की तरह मैं आनन्दवाटिका में सैर कर रहा था और फूलमती सोलहों सिंगार किए, मेरी सुनहरी-रुपहली भेंटों से लदी हुई, एक रेशमी साड़ी पहने बाग़ की क्यारियों में फूल तोड़ रही थी, बल्कि यों कहो की अपनी चुटकियों में मेरे दिल को मसल रही थी। उसकी छोटी-छोटी आंखें उस वक्त नशे के हुस्न में फैल गयी थीं और उनमें शोखी और मुस्कराहट की झलक नजर आती थी।

अचानक महाराजा साहब भी अपने कुछ दोस्तों के साथ मोटर पर सवार आ

पहुंचे। मैं उन्हें देखते ही अगवानी के लिए दौड़ा और आदाब बजा लाया। बेचारी फूलमती महाराजा साहब को पहचानती थी लेकिन उसे एक घने कुंज के अलावा और कोई छिपने की जगह न मिल सकी। महाराजा साहब चले तो हौज़ की तरफ लेकिन मेरा दुर्भाग्य उन्हें उसी क्यारी पर ले चला जिधर फूलमती छिपी हुई थर-थर कांप रही थी।

महाराजा साहब ने उसकी तरफ़ आश्चर्य से देखा और बोले—यह कोन औरत है ? सब लोग मेरी ओर प्रश्न भरी आंखों से देखने लगे और मुझे भी उस वक्त यही ठीक मालूम हुआ कि इसका जवाब मैं ही दूं वर्ना फूलमती न जाने क्या आफ़त ढा दे। लापरवाही के अन्दाज़ से बोला—इसी बाग़ के माली की लड़की है, यहां फूल तोड़ने आई होगी।

फूलमती लज्जा और भय के मारे ज़मीन में धंसी जाती थी। महाराजा साहब ने उसे सर से पांव तक गौर से देखा और तब संदेहशील भाव से मेरी तरफ़ देखकर बोले—यह माली की लड़की है ?

मैं इसका क्या जवाब देता। इसी बीच कम्बख़्त दुर्जन माली भी अपनी फटी हुई पाग संभालता, हाय में कुदाल लिए दौड़ता हुआ आया और सर को घुटनों से मिलाकर महाराज को प्रणाम किया। महाराज ने ज़रा तेज़ लहजे में पूछा—यह तेरी लड़की है ?

माली के होश उड़ गए, कांपता हुआ बोला—हुजूर।

महाराज—तेरी तनख्वाह क्या है?

दुर्जन—हुजूर, पांच रुपये।

महाराज—यह लड़की कुंवारी है या ब्याही?

दुर्जन—हुजूर, अभी कुंआरी है।

महाराज ने गुस्से में कहा—या तो तू चोरी करता है या डाका मारता है वर्ना यह कभी नहीं हो सकता कि तेरी लड़की अमीरज़ादी बनकर रह सके। मुझे इसी वक्त इसका जवाब देना होगा वर्ना मैं तुझे पुलिस के सुपुर्द कर दूंगा। ऐसे चाल-चलन के आदमी को मैं अपने यहां नहीं रख सकता।

माली की तो घिग्घी बंध गयी और मेरी यह हालत थी कि काटो तो बदन में लह नहीं। दुनिया अन्धेरी मालूम होती थी। मैं समझ गया कि आज मेरी शामत सर पर सवार है। वह मुझे जड़ से उखाड़कर दम लेगी। महाराजा साहब ने माली को ज़ोर से डांटकर पूछा—तू ख़ामोश क्यों हैं, बोलता क्यों नहीं?

दुर्जन फूट-फूट कर रोने लगा। जब ज़रा आवाज़ सुधरी तो बोला—हुजूर, बाप—दादे से सरकार का नमक खाता हूं, अब मेरे बुढ़ापे पर दया कीजिए, यह सब मेरे फूटे नसीबों का फेर है धर्मावतार। इस छोकरी ने मेरी नाक कटा दी, कुल का नाम मिटा दिया। अब मैं कही मुंह दिखाने लायक नहीं हूं, इसको सब तरह से समझा-बुझाकर हार गए हजूर, लेकिन मेरी बात सुनती ही नहीं तो क्या करूं। हुजूर माई-बाप हैं, आपसे क्या पर्दा करूं उसे अब अमीरों के साथ रहना अच्छा लगता है और आजकल के रईसों और अमीरों को क्या कहूं, दीनबन्धु सब जानते हैं।

महाराजा साहब ने जरा देर गौर करके पूछा—क्या उसका किसी सरकारी नौकर से सम्बन्ध है?

दुर्जन ने सर झुकाकर कहा—हुजूर।

महाराज साहब—वह कौन आदमी है, तुम्हें उसे बतलाना होगा।

दुर्जन—महाराज जब पूछेगे बता दूंगा, सांच को आंच क्या।

मैंने तो समझा था कि इसी वक्त सारा पर्दाफास हुआ जाता है लेकिन महाराजा साहब ने अपने दरबार के.किसी मुलाज़िम की इज्जत को इस तरह मिट्टी में मिलाना ठीक नहीं समझा। वे वहां से टहलते हुए मोटर पर बैठकर महल की तरफ़ चले।

3

इस मनहस वाकये के एक हफ्ते बाद एक रोज मैं दरबार से लौटा तो मुझे अपने घर में से एक बूढ़ी औरत बाहर निकलती हुई दिखायी दी। उसे देखकर मैं ठिठका। उसके चेहरे पर बनावटी भोलापन था जो कुटनियों के चेहरे की खास बात है। मैंने उसे डांटकर पूछा—तू कोन है, यहां क्यों आयी है।

बुढ़िया ने दोनों हाथ उठाकर मेरी बलायें ली और बोली—बेटा नाराज न हो ग़रीब भिखारी हूं, मालकिन का सुहाग भरपूर रहे, उसे जैसा सुनती थी वैसा ही पाया। यह कहकर उसने जल्दी से कदम उठाए और बाहर चली गई। मेरे गुस्से का पारा चढ़ा, मैंने घर में जाकर पूछा—यह कौन औरत थी?

मेरी बीवी ने सर झुकाये हुए धीरे से जवाब दिया—क्या जानं, काई भिखारिन थी।

मैंने कहा भिखारिनों की सूरत ऐसी नहीं हुआ करती, यह तो मुझे कुटनी सी नज़र आती है। साफ़-साफ़ बताओ उसके यहां आने का क्या मतलव था।

लेकिन बजाय इसके कि इन संदेहभरी बातों को सुनकर मेरी बीवी गर्व से सिर उठाये और मेरी तरफ़ उपेक्षा भरी आंखों से देखकर अपनी साफ़दिली का सबूत दे, उसने सर झुकाए हुए जवाब दिया—मैं उसके पेट में थोड़े ही बैठी थी। भीख मांगने आयी थी भीख दे दी, किसी के दिल का हाल कोई क्या जाने !

उसके लहजे और अन्दाज़ से पता चलता था कि वह जितना ज़बान से कहती है। उससे बहुत ज्यादा उसके दिल में है। झठा आरोप लगाने की कला में वह अभी बिलकुल कच्ची थी वर्ना तिरिया चरित्तर की थाह किसे मिलती है। मैं देख रहा था कि उसके हाथ-पांव थरथरा रहे हैं। मैंने झपटकर उसका हाथ पकड़ा और उसके सिर को ऊपर उठाकर बड़े गम्भीर क्रोध से बोला—इन्दु, तुम जानती हो कि मुझे तुम्हारा कितना एतबार है लेकिन अगर तुमने इसी वक्त सारी घटना सच सच न बतलो दी तो मैं नहीं कह सकता कि इसका नतीजा क्या होगा। तुम्हारा ढंग बतलाता है कि कुछ-न-कुछ दाल में काला ज़रूर है। यह खूब समझ रखो कि मैं अपनी इज्जत को तुम्हारी और अपनी जानों से ज्यादा अज़ीज़ समझता हूं। मेरे लिए यह डूब मरने की जगह है कि मैं अपनी बीवी से इस तरह की बातें करूं, उसकी ओर से मेरे दिल में सन्देह पैदा हो। मुझ अब ज्यादा सब्र की गुंजाइश नहीं है। बोलो क्या बात है?

इन्दुमती मेरे पैरों पर गिर पड़ी और रोकर बोली—मेरा कुसूर माफ़ कर दो।

'मैंने गरजकर कहा—वह कौन सा कसूर है?

इन्दुमति ने सम्भलकर जबाव दिया—तुम अपने दिल में इस वक्त जो ख़याल कर रहे हो उसे एक पल के लिए भी वहां न रहने दो, वर्ना समझ लो कि आज ही इस ज़िन्दगी का खात्मा है। मुझे नहीं मालूम था कि तुम मेरी तरफ़ से ऐसे ख्याल रखते हो। मेरा परमात्मा जानता है। कि तुमने मेरे ऊपर जो जुल्म किए हैं उन्हें मैंने किस तरह झेला है और अब भी सब-कुछ झेलने के लिए तैयार हूं। मेरा सर तुम्हारे पैरों पर है, जिस तरह रखोगे, रहूंगी। लेकिन आज मुझे मालूम हुआ कि तुम जैसे खुद हो वैसा ही दूसरों को समझते हो। मुझसे भल अवश्य हुई है लेकिन उस भूल की यह सजा नहीं की तुम मुझ पर ऐसे सन्देह करो। मैंने उस औरत की बातों में आकर अपने सारे घर का चिट्ठा बयान कर दिया। मैं समझती थी कि मुझे ऐसा नहीं करना चाहिए लेकिन कुछ तो उस औरत की हमदर्दी और कुछ मेरे अन्दर सुलगती हुई आग ने मुझसे यह भूल करवाई और इसके लिए तुम जो सजा दो वह मेरे सर आंखों पर।

मेरा गुस्सा जरा धीमा हुआ। बोला तुमने उससे क्या कहा ?

इन्दुमति ने जवाब दिया—घर का जो कुछ हाल है, तुम्हारी बेवफाई, तुम्हारी लापरवाही, तुम्हारा घर की जरूरतों की फिक्र न रखना। अपनी बेवकूफ़ी का क्या कहूं, मैंने उसे यहां तक कह दिया कि इधर तीन महीने से उन्होंने घर के लिए कुछ खर्च भी नहीं दिया और इसकी चोट मेरे गहनों पर पड़ी। तुम्हें शायद मालूम नहीं कि इन तीन महीनों में मेरे साढ़े चार सौ रुपये के जेवर बिक गये। न मालूम क्यों मैं उससे यह सब कुछ कह गयी। जब इन्सान का दिल जलता है तो जबान तक उसकी आंच. आ ही जाती हैं। मगर मुझसे जो कुछ ख़ता हुई उससे कई गुनी सख़्त सज़ा तुमने मुझे दी है। मेरा बयान लेने का भी सब्र न हुआ। खैर, तुम्हारे दिल की कैफ़ियत मुझे मालूम हो गई, तुम्हारा दिल मेरी तरफ़ से साफ़ नहीं है, तुम्हें मुझ पर विश्वास नहीं रहा वर्ना एक भिखारिन औरत के घर से निकलने पर तुम्हें ऐसे शुबहे क्यों होते।

मैं सर पर हाथ रखकर बैठ गया। मालूम हो गया कि तबाही के सामान पूरे हुए जाते हैं।

4

दूसरे दिन मैं ज्यों ही दफ्तर पहुंचा चोबदार ने आकर कहा—महाराजा साहब ने आपको याद किया है।

मैं तो अपनी किस्मत का फैसला पहले से ही किये बैठा था। मैं ख़ूब समझ गया था कि वह बुढ़िया खुफ़िया पुलिस की कोई मुखबिर है जो मेरे घरेलू मामलों की जांच के लिए तैनात हुई होगी। कल उसकी रिपोर्ट आयी होगी और आज मेरी तलबी है। ख़ौफ़ से सहमा हुआ लेकिन दिल को किसी तरह संभाले हुए कि जो कुछ सर पर पड़ेंगी देखा जाएगा, अभी सेक्यों जान दूं, मैं महाराजा की खिदमत में पहुंचा। वह इस वक्त अपने पूजा के कमरे में अकेले बैठे हुए थे, काग़जों का एक ढेर इधर-उधर फैला हुआ था और वह खुद किसी ख्याल में डूबे हुए थे। मुझे देखते ही वह मेरी तरफ़ मुखातिब हुए, उनके चेहरे पर नाराजगी के लक्षण दिखायी दिये, बोले कुंअर श्यामसिंह, मुझे बहुत अफ़सोस है कि तुम्हारी बावत मुझे जो बातें मालूम हुई हैं वह मुझे इस बात के लिए मजबूर करती हैं कि तुम्हारे साथ सख़्ती का बर्ताव किया जाय। तुम मेरे पुराने वसीक़ादार हो और तुम्हें यह गौरव कई पीढ़ियों से प्राप्त है। तुम्हारे बुजुर्गों ने हमारे खानदान की जान लगाकर सेवाएं की हैं और

उन्हीं के सिले में यह वसीका दिया गया था लेकिन तुमने अपनी हरकतों से अपने को इस कृपा के योग्य नहीं रक्खा। तुम्हें इसलिए वसीका मिलता था कि तुम अपने खानदान की परवरिश करो, अपने लड़कों को इस योग्य बनाओ कि वह राज्य की कुछ ख़िदमत कर सकें, उन्हें शारीरिक और नैतिक शिक्षा दो ताकि तुम्हारी ज़ात से रियासत की भलाई हो, न कि इसलिए कि तुम इस रुपये को बेहूदा ऐशपरस्ती और हरामकारी में ख़र्च करो। मुझे इस बात से बहुत तकलीफ़ होती है कि तुमने अब अपने बाल-बच्चों की परवरिश की जिम्मेदारी से भी अपने को मुक्त समझ लिया है। अगर तुम्हारा यही ढंग रहा तो यकीनन वसीक़ादारों का एक पुराना ख़ानदान मिट जायगा। इसलिए आज से हमने तुम्हारा नाम वसीक़ादारों की फेहरिस्त से खारिज कर दिया और तुम्हारी जगह तुम्हारी बीवी का नाम दर्ज किया गया। वह अपने लड़कों को पालने-पोसने की जिम्मेदार है। तुम्हारा नाम रियासत के मालियों की फेहरिस्त में लिखा जायगा, तुमने अपने को इसी के योग्य सिद्ध किया है और मुझे उम्मीद है कि यह तबादला तुम्हें मागवार न होगा। बस जाओ और मुमकिन हो तो अपने किये पर पछताओ।

5

मुझे कुछ कहने का साहस न हुआ। मैंने बहुत धैर्यपूर्वक अपने किस्मत का यह फैसला सुना और घर की तरफ़ चला। लेकिन दो ही चार क़दम चला था कि अचानक ख़याल आया किसके घर जा रहे हो, तुम्हारा घर अब कहां है ! मैं उलटे क़दम लोटा। जिस घर का मैं राजा था वहां दूसरों का आश्रित बनकर मुझसे नहीं रहा जायगा और रहा भी जाए तो मुझे रहना नहीं चाहिए। मेरा आचरण निश्चय ही अनुचित था लेकिन मेरी नैतिक संवेदना अभी इतनी थोथी न हुई थी। मैंने पक्का इरादा कर लिया कि इसी वक़्त इस शहर से भाग जाना मुनासिब है वर्ना बात फैलते ही हमदर्दो और बुरा चेतनेवालों का एक जमघट हालचाल पूछने के लिए आ जायगा, दूसरों की सूखी हमदर्दियां सुननी पड़ेंगी जिनके पर्दे में खुशी झलकती होगी। एक बार, सिर्फ एक बार, मुझे फूलमती का ख़याल आया। उसके कारण यह सब दुर्गत हो रही है, उससे तो मिल ही लूं। मगर दिल 'ने रोका, क्या एक वैभवशाली आदमी की जो इज्जत होती थी वह अब मुझे हासिल हो सकती है ? हरगिज़ नहीं। रूप की मण्डी में वफ़ा और मुहब्बत के मुकाबिले में रुपया—पैसा ज्यादा कीमती

चीज़ है। मुमकिन है इस वक्त मुझ पर तरस खाकर या क्षणिक आवेश में आकर फूलमती मेरे साथ चलने पर आमादा हो जाय लेकिन उसे लेकर कहां जाऊंगा, पावों में बेड़ियां डालकर चलना तो और भी मुश्किल है। इस तरह सोच-विचार कर मैंने बम्बई की राह ली और अब दो साल से एक मिल में नौकर हूं, तनख्वाह सिर्फ इतनी है कि ज्यों-त्यों ज़िन्दगी का सिलसिला चलता रहे लेकिन ईश्वर को धन्यवाद देता हूं और इसी को यथेष्ट समझता हूं। मैं एक बार गुप्त रूप से अपने घर गया था। फूलमती ने एक दूसरे रईस से रूप का सौदा कर लिया है, लेकिन मेरी पत्नी ने अपने प्रबन्ध-कौशल से घर की हालत खूब संभाल ली है। मैंने अपने मकान को रात के समय लालसाभरी आंखों से देखा—दरवाजे पर दो लालटेनें जल रही थी और बच्चे इधर-उधर खेल रहे थे, हर तरफ़ सफ़ाई और सुथरापन दिखायी देता था। मुझे कुछ अखबारों के देखने से मालूम हुआ कि महीनों तक मेरे पते-निशान के बारे में अख़बारों में इश्तहार छपते रहे। लेकिन अब यह सूरत लेकर मैं वहां क्या जाऊंगा और यह कालिख-लगा मुंह किसको दिखाऊंगा। अब तो मुझे इसी गिरी-पड़ी हालत में ज़िन्दगी के दिन काटने हैं, चाहे रोकर काटूं या हंसकर। मैं अपनी हरकतों पर अब बहुत शर्मिन्दा हूं। अफसोस मैंने उन नेमतों की क़द्र न की, उन्हें लात से ठोकर मारी, यह उसी की सजा है कि आज मुझे यह दिन देखना पड़ रहा है। मैं वह परवाना हूं जिसकी खाक भी हवा के झोंकों से बची।

—ज़माना, सितंबर-अक्तूबर 1994

गैरत की कटार

कितनी अफ़सोसनाक, कितनी दर्दभरी बात है कि वही औरत जो कभी हमारे पहलू में बसती थी उसी के पहल में चुभने के लिए हमारा तेज़ खंजर बैचेन हो रहा है। जिसकी आंखें हमारे लिए अमृत के छलकले हुए प्याले थीं वही आंखें हमारे दिल में आग और तूफान पैदा करें! रूप उसी वक्त तक राहत और खुशी देता है जब तक उसके भीतर एक रूहानी नेमत होती है और जब तक उसके अन्दर औरत की वफ़ा की रूह हरकत कर रही हो वर्ना वह एक तकलीफ़ देनेवाली चीज़ है, जहर और बदबू से भरी हुई, इसी क़ाबिल कि वह हमारी निगाहों से दूर रहे और पंजे और नाखून का शिकार बने। एक ज़माना वह था कि नईमा हैदर की आरज़ुओं की देवी थी, यह समझना मुश्किल था कि कौन तलबगार है और कौन उस तलब को पूरा करने वाला। एक तरफ पूरी-पूरी दिलजोई थी, दूसरी तरफ पूरी-पूरी रजा। तब तक़दीर ने पांसापलटा। गुलो-बुलबुल में सुबह की हवाकोशरारतें शुरू हुई। शाम का वक़्त था। आसमान पर लाली छायी हुई थी। नईमा उमंग और ताजगी और शौक से उमड़ी हुई कोठे पर आयी। शफ़क़ की तरह उसका चेहरा भी उस वक्त खिला हुआ था। ऐन उसी वक्त वहां का सूबेदार नासिर अपने हवा की तरह तेज़ घोड़े पर सवार उधर से निकला. ऊपर निगाह उठी तो हुस्न का करिश्मा नज़र आया कि जैसे चांद शफ़क के हौज में नहाकर निकला है। तेज़ निगाह जिगर के पार हुई। कलेजा थामकर रह गया। अपने महल को लौटा, अधमरा, टूटा हुआ। मुसाहबों ने हकीम की तलाश की और तब राह-रस्म पैदा हुई। फिर इश्क की दुश्वार मंज़िलें तय हुई। वफ़ा और हया ने बहुत बेरुखी दिखायी। मगर मुहब्बत के शिकवे और इश्क की कुफ्र तोड़नेवाली धमकियां आखिर जीतीं। अस्मत का खजाना लुट गया। उसके बाद वही हुआ जो हो

सकता था। एक तरफ से बदगुमानी, दूसरी तरफ से बनावट और मक्कारी। मनमुटाव की नौबत आयी, फिर एक-दूसरे के दिल को चोट पहुंचाना शुरू हुआ। यहां तक कि दिलों में मैल पड़ गयी। एक-दूसरे के खून के प्याये हो गये। नईमा ने नासिर की मुहब्बत की गोद में पनाह ली और आज एक महीने की बैचेन इन्तज़ारी के बाद हैदर अपने जज्बात के साथ नंगी तलवार पहल में छिपाये अपने जिगर के भड़कते हुए शोलों को नईमा के खून से बुझाने के लिए आया हुआ है।

2

आधी रात का वक्त था और अंधेरी रात थी। जिस तरह आसमान के हरमसरा में हुस्न के सितारे जगमगा रहे थे, उसी तरह नासिर का हरम भी हुस्न के दीपों से रोशन था। नासिर एक हफ्ते से किसी मोर्चे पर गया हुआ है इसलिए दरवान ग़ाफ़िल हैं। उन्होंने हैदर को देखा मगर उनके मुंह सोने-चांदी से बन्द थे। ख्वाजासराओं की निगाह पड़ी लेकिन वह पहले ही एहसान के बोझ से दब चुके थे। खवासों और कनीजों ने भी मतलबभरी निगाहों से उसका स्वागत किया और हैदर बदला लेने के नशे में गुनहगार नईमा के सोने के कमरे में जा पहुंचा, जहां की हवा संदल और गुलाब से बसी हुई थी।

कमरे में एक मोमी चिराग़ जल रहा था और उसी की भेद-भरी रोशनी में भाराम और तकल्लुफ़ की सजावटें नज़र आती थीं जो सतीत्व जैसी अनमोल चीज़ के बदले में खरीदी गयी थीं। वहीं वैभव और ऐश्वर्य की गोद में लेटी हुई नईमा सो रही थी।

हैदर ने एक बार नईमा को आँख भर देखा। वही मोहिनी सूरत थी, वही आकर्षक लावण्य और वहीं इच्छाओं को जगानेवाली ताज़गी। वही युवती जिसे एक बार देखकर भूलना असम्भव था।

हाँ, वही नईमा थी, वही गोरी बांहें जो कभी उसके गले का हार बनती थीं, वही कस्तूरी में बसे हुए बाल जो कभी उसके कन्धों पर लहराते थे, वही फूल जैसे गाल जो उसकी प्रेम-भरी आंखों के सामने लाल हो जाते थे। इन्हीं गोरी-गोरी कलाइयों में उसने अभी-अभी खिली हुई कलियों के कंगन पहनाये थे और जिन्हें वह वफा के कंगन समझा। इसी गले में उसने फूलों के हार सजाये थे और उन्हें प्रेम का हार खयाल किया था। लेकिन उसे क्या मालूम था कि फूलों के हार और कलियों के कंगन के साथ वफा के कंगन और प्रेम के हार भी मुरझा जायंगे।

हां, यह वही गुलाब के-से होंठ हैं जो कभी उसकी मुहब्बत में फूल की तरह खिल जाते थे जिनसे मुहब्बत की सुहानी महक उड़ती थी और यह वही सीना है जिसमें कभी उसकी मुहब्बत और वफ़ा का जलवा था, जो कभी उसके मुहब्बत का घर था।

मगर जिस फल में दिल की महक थी, उसमें दगा के कांटे हैं।

3

हैदर ने तेज़ कटार पहल से निकाली और दबे पांव नईमा की तरफ़ आया लेकिन उसके हाथ न उठ सके। जिसके साथ उम्र भर ज़िन्दगी की सैर की उसकी गर्दन पर छुरी चलाते हुए उसका हृदय द्रवित हो गया। उसकी आंखें भीग गयीं, दिल में हसरतभरी यादगारों का एक तूफान-सा आ गया। तक़दीर की क्या खूबी है कि जिस प्रेम का आरम्भ ऐसा खुशी से भरपूर हो उसका अन्त इतना पीड़ाजनक हो। उसके पैर थरथराने लगे। लेकिन स्वाभिमान ने ललकारा, दीवार पर लटकी हुई तस्वीरें उसकी इस कमज़ोरी पर मुस्करायीं।

मगर कमजोर इरादा हमेशा सवाल और दलील की आड़ लिया करता है। हैदर के दिल में खयाल पैदा हुआ, क्या इस मुहब्बत के बाग़ को उजाड़ने का इल्जाम मेरे ऊपर नहीं है ? जिस वक्त बदगुमानियों के अंखुए निकले, अगर मैंने तानों और धिक्कारों के बजाय मुहब्बत से काम लिया होता तो आज यह दिन न आता। मेरे ही जुल्मों ने मुहब्बत और वफ़ा की जड़ काटी। औरत कमजोर होती है, किसी सहारे के बगैर नहीं रह सकती। जिस औरत ने मुहब्बत के मज़े उठाये हों, और उल्फ़ात की नाजबरदारियां देखी हों वह तानों और ज़िल्लतों की आंच क्या सह सकती है? लेकिन फिर गैरत ने उकसाया, कि जैसे वह धुंधला चिराग़ भी उसकी कमजोरियों पर हंसने लगा।

स्वाभिमान और तर्क में सवाल-जवाब हो रहा था कि अचानक नईमा ने करवट बदली और अंगड़ाई ली। हैदर ने फौरन तलवार उठायी, जान के खतरे में आगा-पीछा कहां? दिल ने फैसला कर लिया, तलवार अपना काम करनेवाली ही थी कि नईमा ने आंखें खोल दी। मौत की कटार सिर पर नज़र आयी। वह घबराकर उठ बैठी। हैदर को देखा, परिस्थिति समझ में आ गयी। बोली—हैदर !

4

हैदर ने अपनी झेप को गुस्से के पर्दे में छिपाकर कहा—हां, मैं हूँ हैदर !

नईमा सिर झुकाकर हसरतभरे ढंग से बोली—तुम्हारे हाथों में यह चमकती हुई तलवार देखकर मेरा कलेजा थरथरा रहा है तुम्हीं ने मुझे नाज़बरदारियों का आदी बना दिया है। जरा देर के लिए इस कटार को मेरी आंखो से छिपा लो। मैं जानती हूं कि तुम मेरे खून के प्यासे हो, लेकिन मुझे न माल म था कि तुम इतने बेरहम और संगदिल हो। मैंने तुमसे दगा की हैं, तुम्हारी खतावार हूं लेकिन हैदर. यकीन मानो, अगर मुझे चन्द आखिरी बातें कहने का मौका न मिलता तो शायद मेरी रूह को दोज़ ख में भी यही आरजू रहती। मौत की सजा से पहले अपने घरवालो से आखिरी मुलाक़ात की इजाजत होती है। क्या तुम मेरे लिए इतनी रियायत के भी रवादार न थे ? माना कि अब तुम मेरे कोई नहीं हो मगर किसी वक्त थे और तम चाहे अपने दिल में समझते हो कि मैं सब कुछ भूल गयी लेकिन मैं मुहब्बत को इतनी जल्दी भूल जाने वाली नहीं हं। अपने ही दिन से फ़ैसला करो। तुम मेरी बेवफ़ाइयां चाहे भूल जाओ लेकिन मेरी मुहब्बत की दिल तोड़नेवाली यादगारें नहीं मिटा सकते। मेरी आख़िरी बातें सुन लो और इस नापाक ज़िन्दगी का किस्सा पाक करो। मैं साफ़-साफ़ कहती हूं इस आखिरी वक्त में क्यों डरूं। मेरी जो कुछ दुर्गत हुई है उसके जिम्मेदार तुम हो। नाराज न होना। अगर तुम्हारा ख़याल हैं कि मैं यहां फूलों की सेज पर सोती हूं तो वह ग़लत है। मैंने औरत को शर्म खोकर उसकी क़द्र जानी है। मैं हसीन हुं, नाजुक हूं, दुनिया की नेमतें मेरे लिए हाज़िर हैं, नासिर मेरी इच्छा का गुलाम है लेकिन मेरे दिल से यह ख़याल कभी दूर नहीं होता कि वह सिर्फ मेरे हुस्न और अदा का बंदा है। मेरी इज्जत उसके दिल में कभी हो भी नहीं सकती। क्या तुम जानते हो कि यहां ख़वासों और दूसरी बीवियों के मतलव भरे इशारे मेरे खून और जिगर को नहीं जलाते। औफ, मैंने अस्मत खोकर अस्मत की क़द्र जानी है लेकिन में कह चुकी हूं और फिर कहती हूं, कि इसके तुम जिम्मेदार हो।

हैदर ने पहल बदलकर पूछा—क्योंकर?

नईमा ने उसी अन्दाज़ से जबाब दिया—तुमने बीवी बना कर नहीं, माशक बना कर रक्खा। तुमने मुझे नाज़बरदारियों का आदी बनाया लेकिन फ़र्ज़ का सबक नहीं पढ़ाया। तुमने कभी न अपनी बातों से, न कामों से मुझे यह खयाल करने का मौका दिया कि इस मुहब्बत की बुनियाद फ़ट पर है तुमने मुझे हमेशा हुस्न और

मस्तियों के तिलिस्म में फंसा रक्खा और मुझे ख्वाहिशों का गुलाम बना दिया। किसी किश्ती पर अगर फ़र्ज का मल्लाह न हो तो फिर उसे दरिया में डूब जाने के सिवा और कोई चारा नहीं। लेकिन अब बातों से क्या हासिल, अब तो तुम्हारी गैरत की कटार मेरे खून की प्यासी है और यह लो मेरा सिर उनके सामने झुका हुआ है। हाँ, मेरी एक आखिरी तमन्ना है, अगर तुम्हारी इजाजात पाऊ तो कहूं।

यह कहते-कहते नईना की आंखों में आंसुमों की बाढ़ आ गई और हैदर की गरत उसके सामने ठहर न सकी। उदास स्वर में बोला—क्या कहती हो?

नईमा ने कहा—अच्छा इजाजत दी है तो इनकार न करना। मुझे एक बार फिर उन अच्छे दिनों की याद ताज़ा कर लेने दो जब मौत की कटार नहीं, मुहब्बत के तीर जिगर को छेदा करते थे, एक बार फिर मुझे अपनी मुहब्बत की बांहों में ले लो। मेरी आखिरी बिनती है एक बार फिर अपने हाथों को मेरी गर्दन का हार बना दो। भूल जाओ कि मैंने तुम्हारे साथ दगा की है, भूल जाओ कि यह जिस्म गन्दा और नापाक है, मुझे मुहब्बत से गले लगा लो और यह मुझे दे दो। तुम्हारे हाथों में यह अच्छी नहीं मालूम होती। तुम्हारे हाथ मेरे ऊपर न उठेंगे। देखो कि एक कमजोर औरत किस तरह गैरत की कटार को अपने जिगर में रख लेती है।

यह कहकर नईमा ने हैदर के कमजोर हाथों से वह चमकती हुई तलबार छीन ली और उसके सीने से लिपट गयी। हैदर झिझका लेकिन वह सिर्फ ऊपरी झिझक थी। अभिमान और प्रतिशोध-भावना की दीवार टूट गयी। दोनों आलिंगन पाश में बंध गए और दोनों की आंखें उमड़ आयीं।

नईमा के चेहरे पर एक सुहानी, प्राणदायिनी मुस्कराहट दिखायी दी और मतवाली आंखों में खुशी की लाली झलकने लगी। बोली—आज कैसा मुबारक दिन है कि दिल की सब आरजुएं पूरी होती जाती है लेकिन यह कम्बख्त आरजुएं कभी पूरी नहीं होती। इस सीने से लिपटकर मुहब्बत की शराब के बगैर नहीं रहा जाता। तुमने मुझे कितनी बार प्रेम के प्याले पिलाये हैं। उस सुराही और उस प्याले की याद नहीं भूलती। आज एक बार फिर उल्फत की शराब के दौर चलने दो मौत की शराब से पहले उल्फ़त की शराब पिला दो। एक बार फिर मेरे हाथों से प्याला ले लो। मेरी तरफ़ उन्हीं प्यार की निगाहों से देखकर, जो कभी आंखों से न उतरती थीं, पी जाओ। मरती हूं तो खुशी से मरूं।

नईमा ने अगर सतीत्व खो कर सतीत्व का मूल्य जाना था, वो हैदर ने भी प्रेम खोकर प्रेम का मूल्य जाना था। उस पर इस समय एक मदहोशी छायी हई थी।

लज्जा और यांचना और झुका हुआ सिर, यह गुस्से और प्रतिशोध के जानी दुश्मन हैं और एक औरत के नाजुक हाथों में तो उनकी काट तेज़ तलवार को मात कर देती है. अंगूरी शराब के दौर चले और हैदर ने मस्त होकर प्याले पर प्याले खाली करने शुरू किये। उसके जी में बार-बार आता था कि नईमा के पैरों पर सिर रख दं और उस उजड़े हुए आशियाने को अबाद कर दूं। फिर मस्ती की कैफियत पैदा हुई और अपनी बातों पर और अपने कामों पर उसे अख्तियार न रहा। वह रोया, गिड़गिड़ाया, मिन्नतें कीं यहां तक की उन दगा के प्यालों ने उसका सिर झुका दिया।

5

हैदर कई घण्टे तक बेसुध पड़ा रहा। वह चौंका तो रात बहुत कम बाक़ी रह गयी थी। उसने उठना चाहा लेकिन उसके हाथ-पैर रेशम की डोरियों से मजबूत बंधे हुए थे। उसने भौंचक होकर इधर-उधर देखा। नईमा उसके सामने वही तेज़ कटार लिये खड़ी थी। उसके चेहरे पर एक क़ातिलों जैसी मुस्कराहट की लाली थी। फर्जी माशूक के खूनीपन और खजरबाजी के तराने वह बहुत बार गा चुका था मगर इस वक्त उसे इस नज़्ज़ारे से शायराना लुत्फ़ उठाने का जीवट न था। जान का ख़तरा, नशे के लिए तुर्शी से ज्यादा कातिल है। घबराकर बोला—नईमा !

नईमा ने तेज़ लहजे में कहा—हां, मैं हूं नईमा।

हैदर गुस्से से बोला—क्या फिर दगा का वार किया?

नईमा ने जवाब दिया—जब वह मर्द जिसे खुदा ने बहादुरी और क़ूवत हौसला दिया है, दगा का वार करता है तो उसे मुझसे यह सवाल करने का कोई हक नहीं। दग़ा और फ़रेब औरतों के हथियार हैं क्योंकि

औरत कमजोर होती है। लेकिन तुमको मालूम हो गया कि औरत के नाजुक हाथों में ये हथियार कैसी काट करते हैं। यह देखो यह आबदार शमशीर है, जिसे तुम गैरत की कटार कहते थे। अब वह गैरत की कटार मेरे जिगर में नहीं, तुम्हारे जिगर में चुभेगी। हैदर, इन्सान थोड़ा खोकर बहुत कुछ सीखता है। तुमने इज्ज़त और आबरू सब कुछ खोकर भी कुछ न सीखा। तुम मर्द थे। नासिर से तुम्हारी होड़ थी। तुम्हें उसके मुक़ाबिले में अपनी तलवार के जोहर दिखाना था लेकिन तुमने निराला ढंग अख्तियार किया और एक बकस औरत पर दग़ा का वार करना चाहा और अब तुम उसी औरत के सामने बिना हाथ-पैर के पड़े हुए हो। तुम्हारी जान बिलकुल मेरी

मुट्ठी में है। मैं एक लहमे में उसे मसल सकती हूं और अगर मैं ऐसा करू तो तुम्हें मेरा शुक्रगुज़ार होना चाहिए-योंकि एक मर्द के लिए गैरत की मौत बेगरती की ज़िन्दगी से अच्छी है। लेकिन मैं तुम्हारे ऊपर रहम करूंगी : मैं तुम्हारे साथ फ़ैयाजी का बर्ताव करूंगी क्योंकि तुम गैरत की मौत पाने के हक़दार नहीं हो। जो गैरत चन्द मीठी बातों और एक प्याला शराब के हाथों बिक जाय वह असली गैरत नहीं है। हैदर, तुम कितने बेवकूफ़ हो, क्या तुम इतना भी नहीं समझते कि जिस औरत ने अपनी अस्मत जैसी अनमोल चीज़ देकर यह ऐश और तकल्लुफ़ पाया वह ज़िन्दा रहकर इन नेमतों का सुख लूटना चाहती है। जब तुम सब कुछ खोकर ज़िन्दगी से तंग नहीं हो तो मैं सब कुछ पाकर क्यों मौत की ख्वाहिश करूं? अब रात बहुत कम रह गयी है। यहां से जान लेकर भागो वर्ना मेरी सिफ़ारिश भी तुम्हें नासिर के ग स्से की आग से न बचा सकेगी। तुम्हारी यह ग रत की कटार मेरे क़ब्ज़े में रहेगी और तुम्हें याद दिलाती रहेगी कि तुमने इज़्ज़त के साथ गैरत भी खो दी।

—ज़माना, जुलाई 1995

घमण्ड का पुतला

शाम हो गयी थी। मैं सरय नदी के किनारे अपने कैम्प में बैठा हमा नदी के मजे ले रहा था कि मेरे फुटवाल ने दबे पांव पास आकर मुझे सलाम किया कि जैसे वह मुझसे कुछ कहना चाहता है।

फुटबाल के नाम से जिस प्राणी का जिक्र किया गया वह मेरा अर्दली था। उसे सिर्फ एक नज़र देखने से यक़ीन हो जाता था कि यह नाम उसके लिए पूरी तरह उचित है। वह सिर से पैर तक आदमी की शकल में एक गेंद था। लम्बाई-चौड़ाई बराबर। उसका भारी-भरकम पेट, जिसने उस दायरे के बनाने में खास हिस्सा लिया था, एक लम्बे कमरबन्द में लिपटा रहता था, शायद इसलिए कि वह इन्तहा से आगे न बढ़ जाय। जिस वक्त वह तेजी से चलता था बल्कि यों कहिए कि लुढ़कता था तो साफ़ मालूम होता था कि कोई फुटबाल ठोकर खाकर लुढ़कता चला आता है। मैंने उसकी तरफ देखकर पूछा—क्या कहते हो ?

इस पर फुटबाल ने ऐसी रोनी सूरत बनायी कि जैसे कहीं से पिटकर आया है और बोला—हुजूर अभी तक यहां रसद का कोई इन्तजाम नहीं हुआ। ज़मीन्दार साहब कहते हैं कि मैं किसी का नौकर नहीं हूं।

मैंने इस निगाह से देखा कि जैसे मैं और ज्यादा नहीं सुनना चाहता। यह असम्भव था कि एक मस्जिट्रेट की शान में जमीन्दार से ऐसी गुस्ताखी होती। यह मेरे हाकिमाना गुस्से को भड़काने की एक बदतमीज़ कोशिश थी। मैंने पूछा ज़मीन्दार कौन है ?

फुटबाल की बांछे खिल गयीं, बोला—क्या कहूं, कुंअर सज्जनसिंह। हुजूर, बड़ा ढीठ आदमी है। रात होने आयी है और अभी तक हुजूर के सलाम को भी नहीं आया। घोड़ों के सामने न घास है न दाना। लश्कर के सब आदमी भूखे बैठे हुए हैं। मिट्टी का एक बर्तन भी नहीं भेजा।

मुझे ज़मीन्दारों से रात-दिन साबक़ा रहता था मगर यह शिकायत कभी सुनने में नहीं आयी थी। इसके विपरीत वह मेरी ख़ातिर-तवाज़ो में ऐसी जाफ़िशानी से काम लेते. थे जो उनके स्वाभिमान के लिए ठीक न थी। उसमें दिल खोलकर आतिथ्य-सत्कार करने का भाव तनिक भी न होता था। न उसमें शिष्टाचार था, न वैभव का प्रदर्शन जो ऐब है। इसके बजाय वहां बेजा रसूख की फ़िक्र और स्वार्थ की हवस साफ़ दिखायी देती थी और इस रसुख बनाने की कीमत काव्योचित अतिशयोक्ति के साथ गरीबों से वसूल की जाती थी जिनका बेकसी के सिवा और कोई हाथ पकड़नेवाला नहीं। उनके बात करने के ढंग में वह मुलायमियत और आजिजी बरती जाती थी, जिसका स्वाभिमान से बैर है और अक्सर ऐसे मोक आते थे, जब इन खातिरदारियों से तंग होकर दिल चाहता था कि काश इन खुशामदी आदमियों की सूरत न देखनी पड़ती।

मगर आज फुटबाल की ज़बान से यह कैफियत सुनकर मेरी जो हालत हुई उसने साबित कर दिया कि रोज़-रोज़ की खातिरदारियों और मीठी-मीठी बातों ने मुझ पर असर किये बिना नहीं छोड़ा था। मैं यह हुक्म देने बोला ही था कि कुंअर सज्जनसिंह को हाज़िर करो कि एकाएक मुझे ख़याल आया इन मुफ्तखोर चपरासियों के कहने पर एक प्रतिष्ठित आदमी को अपमानित करना न्याय नहीं है। मैंने अर्दली से कहा—बनियों के पास जाओ, नक़द दाम देकर चीजे लाओ और याद रखो कि मेरे पास कोई शिकायत न आये।

अर्दली दिल में मुझे कोसता हुआ चला गया।

मगर मेरे आश्चर्य की कोई सीमा न रही, जब वहां एक हफ्ते तक रहने पर भी कुंभर साहब से मेरी भेट न हुई। अपने आदमियों और लश्करवालों की ज़बान से कंअर साहब की ढिठाई, घमण्ड और हेकड़ी की कहानियाँ रोज़ सुना करता। और मेरे दुनिया देखे हुए पेशकार ने ऐसे अतिथि-सत्कार-शून्य गांव में पड़ाव डालने के लिए मुझे कई बार इशारों से समझाने-बुझाने की कोशिश की। ग़ालिबन मैं पहला आदमी था जिससे यह भूल हुई थी और अगर मैंने जिले के नक्शे के बदले लश्करवालों से अपने दौरे का प्रोग्राम बनाने में मदद ली होती तो शायद इस अप्रिय अनुभव की नौबत न आती। लेकिन कुछ अजब बात थी कि कुंअर साहब को दुरा-भला कहना मुझ पर उल्टा असर डालता था। यहां तक कि मुझे उस आदमी से मुलाकात करने की इच्छा पैदा हुई जो सर्वशक्तिमान अफसरों से इतना ज्यादा अलग-थलग रह सकता है।

2

सुबह का वक़्त था, मैं गढ़ी में गया। नीचे सरयू नदी लहरें मार रही थी। उस पार साखू का जंगल था। भीलों तक बादामी रेत, उस पर खरबूज़ और तरबूज़ की क्यारियां थीं। पीले-पीले फूलों से लहराती हुई। बगुलों और मुर्गाबियों के गोल-के-गोल बैठे हुए थे। सूर्य देवता ने जंगलों से सिर निकाला, लहरे जगमगायीं, पानी में तारे निकले। बड़ा सुहाना, आत्मिक उल्लास देनेवाला दृश्य था।

मैंने खबर करवायी और कुंअर साहब के दीवानखाने में दाखिल हुआ। लम्बा-चौड़ा कमरा था। फर्श बिछा हुआ था। सामने मसनद पर एक बहुत लम्बा-तंडगा आदमी बैठा था। सर के बाल मुड़े हुए, गले में रुद्राक्ष की माला, लाल-लाल आंखें, ऊंचा माथा—-पुरुषोचित अभिमान की इससे. अच्छी तस्वीर नहीं हो सकती। चेहरे से रोबदाब बरसता था।

कुंअर साहब ने मेरे सलाम को इस अन्दाज से लिया कि जैसे वह इसके आदी हैं। मसनद से उठकर उन्होंने बहुत बड़प्पन के ढंग से मेरी अगवानी की, खैरियत पूछी, और इस तकलीफ़ के लिए मेरा शुक्रिया अदा करने के बाद इतर और पान से मेरी तवाजो की। तव वह मुझे अपनी उस गढ़ी की सैर कराने चले जिसने किसी ज़माने में ज़रूर आसफुद्दौला को ज़िच किया होगा मगर इस वक्त बहुत टूटी-फूटी हालत में थी। यहां के एक-एक रोड़े पर कुंअर साहब को नाज़ था। उनके खानदानी बड़प्पन और रोबदाब का जिक्र उनकी ज़बान से सुनकर विश्वास न करना असम्भव था। उनका बयान करने का ढंग यक़ीन को मजबूर करना था और वे उन कहानियों के सिर्फ पासबान ही न थे बल्कि वह उनके ईमान का हिस्सा थीं। और जहाँ तक उनकी शक्ति में था, उन्होंने अपनी आन निभाने में कभी कसर नहीं की।

कुंअर सज्जन सिंह खानदानी रईस थे। उनकी वंश-परम्परा यहां वहां टटती हुई अन्त में किसी महात्मा ऋषि से जाकर मिल जाती थी। उन्हें तपस्या और भक्ति और योग का कोई दावा न था लेकिन इसका गर्व उन्हें अवश्य था कि वे एक ऋषि की सन्तान हैं। पुरखों के जंगली कारनामें भी उनके लिए गर्व का कुछ कम कारण न थे। इतिहास में उनका कहीं जिक्र न हो मगर खानदानी भाट ने उन्हें अमर बनाने में कोई कसर न रखी थी और अगर शब्दों में कुछ ताकत है तो यह गढ़ी रोहतास या कालिंजर के किलों में आगे बढ़ी हुई थी। कम-से-कम प्राचीनता और बर्बादी के बाह्य लक्षणों में तो उसकी मिसाल मुश्किल से मिल सकती थी, क्योंकि पुराने ज़माने

में चाहे उसने मुहासरों और सुरंगों को हेच समझा हो। लेकिन इस वक्त वह चींटियों और दीमकों के हमलों का भी सामना न कर सकती थी।

कुंअर सज्जन सिंह से मेरी भेट बहुत संक्षिप्त थी लेकिन इस दिलचस्प आदमी ने मुझे हमेशा के लिए अपना भक्त बना लिया। बड़ा समझदार, मामले को समझनेवाला, दूरदर्शी आदमी था। आखिर मुझे उसका बिन-पैसों का गुलाम बनना था।

3

बरसात में सरयू नदी इस जोर-शोर से चढ़ी कि हजारों गांव बरबाद हो गए, बड़े-बड़े तनावर दरख्त तिनकों की तरह बहते चले जाते थे। चारपाइयों पर सोते हुए बच्चे औरतें, खूटी पर बंधे हुए गाय और बैल उसकी गरजती हुई लहरों में समा गए। खेतों में नाव चलती थी।

शहर में उड़ती हुई ख़बरें पहुंची। सहायता के प्रस्ताव पास हुए। सैकड़ों ने सहानुभूति और शौक के अरजेण्ट तार जिले के बड़े साहब की सेवा में भेजे। टाउनहाल में क़ौमी हमदर्दी की पुरशोर सदाएं उठी और उस हंगामें में बाढ़ पीड़ितों की दर्दभरी पुकारें दब गयीं।

सरकार के कानों में फरियाद पहंची। एक जांच कमीशन तैयार किया गया। ज़मीन्दारों को हुक्म हुआ कि वे कमीशन के सामने अपने नुकसानों को विस्तार से बतायें और उसके सबूत दें। शिवरामपुर के महाराजा साहब को इस कमीशन का सभापति बनाया गया। जमींदारों में रेल-पेल शुरू हुई। नसीब जागे। नुकसान के तखमीने का फैसला करने में काव्य बुद्धि से काम लेना पड़ा। सुबह से शाम तक कमीशन के सामने एक जमघट रहता। आनरेबुल महाराजा साहब को सांस लेने की फुरसत न थी। दलील और शाहदत का काम बात बनाने और खुशामद से लिया जाता था। महीनों यही कैफ़ियत रही। नदी किनारे के सभी ज़मीन्दार अपने नुकसान की फरियादें पेश कर गए, अगर कमीशन से किसी को कोई फायदा नहीं पहुंचा तो वह कुंअर सज्जन सिंह थे। उनके सारे मौजे सरयू के किनारे पर थे और सब तबाह हो गए थे, गढ़ी की दीवारें भी उसके हमलों से न बच सकी थी, मगर उनकी ज़बान ने खुशामद करना सीखा ही न था और यहां उसके बगैर रसाई मुश्किल थी। चुनांचे वह कमीशन के सामने न आ सके। मियाद खतम होने पर कमीशन ने रिपोर्ट पेश की, बाढ़ में डबे हुए इलाको में लगान की आम माफी हो गयी। रिपोर्ट के मुताबिक सिर्फ सज्जन सिंह

वह भाग्यशाली ज़मीन्दार थे, जिनका कोई नुकसान नहीं हुआ था। कुंअर साहब ने रिपोर्ट सुनी, मगर माथे पर बल न आया। उनके आसामी गढ़ी के सहन में जमा थे, यह हुक्म सुना तो रोने-धोने लगे। तब कुंअर साहब उठे सौर बुलन्द आवाज़ में बोले—मेरे इलाके में भी माफी है। एक कौड़ी लगान न लिया जाए। मैंने यह वाकया सुना और खुद ब खुद मेरी आंखों से आंसू टपक पड़े। बेशक यह वह आदमी है, जो हुकूमत और अख्तियार के तूफान में जड़ से उखड़ जाय मगर झुकेगा नहीं।

4

वह दिन भी याद रहेगा जब अयोध्या में हमारे जादू-सा करनेवाले कवि शंकर को राष्ट्र की ओर से बधाई देने के लिए शानदार जलसा हुआ। हमारा गौरव, हमारा जोशीला शंकर योरोप और अमरीका पर अपने काव्य का जादु करके वापस आया था। अपने कमालों पर घमण्ड करनेवाले योरोप ने उसकी पूजा की थी। उसकी भावनाओं ने ब्राउनिंग और शैली के प्रेमियों को भी अपनी वफ़ा का पाबन्द न रहने दिया। उसकी जीवन-सुधा से योरोप के प्यासे जी उठे। सारे सभ्य संसार ने उसकी कल्पना की उड़ान के आगे सिर झुका दिये। उसने भारत को योरोप की निगाहों में अगर ज्यादा नहीं तो यूनान और रोम के पहलू में बिठा दिया था।

जब तक वह योरोप में रहा, दैनिक अखबारों के पन्ने उसकी चर्चा से भरे रहते थे। यूनिवर्सिटियों और विद्वानों की सभाओं ने उस पर उपाधियों की मूसलाधार वर्षा कर दी थी। सम्मान का वह पदक जो योरोपवालों का प्यार सपना और जिन्दा आरजू है, वह पदक हमारे जिन्दादिल शंकर के सीने पर शोभा दे रहा था और उसकी वापसी के बाद आज उन्हीं राष्ट्रीय भावनाओं के प्रति श्रद्धा प्रकट करने के लिए हिन्दोस्तान के दिल और दिमाग़ अयोध्या में जमा थे।

इसी आयोध्या की गोद में श्री राम चन्द्र खेलते थे और यहीं उन्होंने वाल्मीकि की जादूभरी लेखनी की प्रशंसा की थी। उसी अयोध्या में हम अपने मीठे कवि शंकर पर अपनी मुहब्बत के फूल चढ़ाने आये थे।

इस राष्ट्रीय कर्तव्य में सरकारी हुक्काम भी बड़ी उदारतापूर्वक हमारे साथ सम्मिलित थे शंकर ने शिमला और दार्जिलिंग के फरिश्तों को भी अयोध्या में खींच लिया था। अयोध्या को बहुत इन्तजार के बाद यह दिन देखना नसीब हुआ

जिस वक्त शंकर ने उस विराट पण्डाल में पैर रखा, हमारे हृदय राष्ट्रीय गौरव

और नशे से मतवाले हो गये। ऐसा महसूस होता था कि हम उस वक्त किसी अधिक पवित्र, अधिक प्रकाशवान दुनिया के बसनेवाले हैं। एक क्षण के लिए—अफसोस है कि सिर्फ एक क्षण के लिए-अपनी गिरावट और बर्बादी का खयाल हमारे दिलों से दूर हो गया। जय-जय की आवाजों ने हमें इस तरह मस्त कर दिया जैसे महुअर नाग को मस्त कर देता है।

एड्रेस पढ़ने का गौरव मुझको प्राप्त हुआ था सारे पण्डाल में खामोशी छायी हुई थी। जिस वक्त मेरी ज़बान से यह शब्द निकलेऐ राष्ट्र के नेता ! ऐ हमारे आत्मिक गुरु ! हम सच्ची मुहब्बत से तुम्हें बधाई देते हैं और सच्ची श्रद्धा से तुम्हारे पैरों पर सिर झुकाते हैं...यकायक मेरी निगाह उठी और मैंने एक हृष्ट-पुष्ट हैकल आदमी को ताल्लुकेदारों की कतार से उठकर बाहर जाते देखा। यह कुंअर सज्जन सिंह थे।

मुझे कुंअर साहब की यह बेमौक़ा हरक़त, जिसे अशिष्टत समझने में कोई बाधा नहीं है, बुरी मालूम हुई। हजारों आंखें उनकी तरफ हैरत से उठीं।

जलसे के खत्म होते ही मैंने पहला काम जो किया वह कुंअर साहब से इस चीज के बारे में जबाब तलब करना था।

मैंने पूछा—क्यों साहब, आपके पास इस बेमौका हरकत का क्या जबाब है ?

सज्जन सिंह ने गम्भीरता से जबाब दिया—आप सुनना चाहें तो जवाब दूं।

"शौक से फरमाइये।"

"अच्छा तो सुनिये। मैं कर की कविता का प्रेमी हूं शंकर, की इज्जत करता हूं, शंकर पर गर्व करताहूं शंकर को अपने और अपनी कोम के ऊपर एहसान करने-वाला समझता हूं मगर उसके साथ ही उन्हें अपना आध्यात्मिक गुरु मानने या उनके चरणों में सिर झुकाने के लिए तैयार नहीं हूं।"

मैं आश्चर्य से उसका मुंह तकता रह गया। यह आदमी नहीं, घमण्ड का पुतला है। देखें यह सिर कभी झुकता है या नहीं।

4

पूरनमासी का पूरा चांद सरयू के सुनहरे फर्श पर नाचता था और लहरें खुशी से गले मिल-मिलकर गाती थीं फागुन का महीना था, पेड़ों में कोंपलें निकली थीं और कोयल ककने लगी थी।

मैं अपना दौरा खतम करके सदर लौटता था। रास्ते में कंअर सज्जन सिंह से मिलने का चाव मुझे उनके घर तक ले गया, जहां अब मैं बड़ी बेतकल्लुफी से जाता—आता था।

मैं शाम के वक्त नदी की सैर को चला। वह प्राणदायिनी हवा, वह उड़ती हुई लहरें, वह गहरी निस्तब्धता—सारा दृश्य एक आकर्षक सुहाना सपना था। चांद के चमकते हुए गीत से जिस तरह लहरें झम रही थीं, उसी तरह मीठी चिन्ताओं से दिल उमड़ा आता था।

मुझे ऊंचे कंगार पर एक पेड़ के नीचे कुछ रोशनी दिखायी दी। मैं ऊपर चढ़ा। वहां बरगद की घनी छाया में धूनी जल रही थी। उसके सामने एक साधू पैर फैलाये बरगद की एक मोटी जटा के सहारे लेटे हुए थे उनका चमकता हुआ चेहरा आग की चमक को लजाता था। नीले तलाब में कमल खिला हुआ था।

उनके पैरो के पास एक दूसरा आदमी बैठा हुआ था। उसकी पीठ मेरी तरफ थी। वह उस साधू के पैरों पर अपना सिर रखे हुए था।,पैरों को चमता था और आंखों से लगता था। साधु अपने दोनों हाथ उसके सिर पर रखे हुए थे कि जैसे वासना धैर्य और संतोष के आंचल में आश्रय ढंढ रही हो। भोला लड़का मां-बाप की गोद में आ बैठा था।

एकाएक वह झुका हुआ सर उठा और मेरी निगाह उसके चेहरे पर पड़ी। मुझे सकता—सा हो गया। यह कुंअर सज्जन सिंह थे। वह सर जो झकना न जानता था, इस वक्त ज़मीन छू रहा था। . वह माथा जो एक ऊंचे मंसबदार के सामने न झका, जो एक प्रतापी : वैभवशाली महाराज के सामने न झुका, जो एक बड़े देशप्रेमी कवि और दार्शनिक के सामने न झुका, इस वक्त एक साधु के क़दमों पर गिरा हुआ था। घमण्ड, वैराग्य के सामने सिर झुकाये खड़ा था।

मेरे दिल में इस दृश्य से भक्ति का एक आवेग पैदा हुआ। आंखों के सामने से एक परदा-सा हटा और कुंअर सज्जन सिंह का आत्मिक स्तर दिखायी दिया। मैं कुंअर साहब की तरफ चला। उन्होंने मेरा हाथ पकड़कर अपने पास बिठाना चाहा लेकिन मैं उनके पैरों से लिपट गया और बोला—मेरे दोस्त, मैं आज तक तुम्हारी मात्मा के बड़प्पन से बिल्कुल बेखबर था। आज तुमने मेरे हृदय पर उसको अंकित कर दिया कि वैभव और प्रताप, कमाल और शोहरत यह सब घटिया चीजे हैं, भौतिक चीजें हैं। पासनाओं में लिपटे हुए लोग इस योग्य नहीं कि हम उनके सामनेभक्ति से सिर झकायें, वैराग्य और परमात्मा से दिल लगाना ही दे महान् गुण

हैं जिनकी ड्योढ़ी पर बड़े-बड़े वैभवशाली और प्रतापी लोगों के सिर भी झुक जाते हैं। यही वह ताक़त है जो वैभव और प्रताप को, घमण्ड की शराब के मतवालों को और जड़ाऊ मुकुट को अपने पैरों पर गिरा सकती है ऐ तपस्या के एकान्त में बैठने-वाली आत्माओं ! तुम धन्य हो कि घमण्ड के पुतले भी तुम्हारे पैरों की धूल को माथे पर चढ़ाते हैं।

कुंअर सज्जन सिंह ने मुझे छाती से लगाकर कहा—मिस्टर वागले, आज आपने मुझे सच्चे गर्व का रूप दिखा दिया और मैं कह सकता हूं कि सच्चा गर्व सच्ची प्रार्थना से कम नहीं। विश्वास मानिये मुझे इस वक्त ऐसा मालूम होता है कि गर्व में भी आत्मिकता को पाया जा सकता है। माज मेरे सिर में गर्व का जो नशा है, वह कभी नहीं था।

—ज़माना, अगस्त 1916

विजय

शहजादा मसरूर की शादी मलका मखमूर से हुई और दोनों आराम से ज़िन्दगी बसर करने लगे। मसरूर ढोर चराता, खेत जोतता, मख़मूर खाना पकाती और चरखा चलाती। दोनों तालाब के किनारे बैठे हुए मछलियों का तैरना देखते, लहरों से खेलते, बगीचे में जाकर चिड़ियों के चहचहे सुनते और फूलों के हार बनाते। न कोई फिक्र थो, न कोई चिन्ता थी।

लेकिन बहुत दिन न गुज़रने पाये थे उनके जीवन में एक परिवर्तन आया। दरबार के सदस्यों में बुलहवस खां नाम का एक फ़सादी आदमी था। शाह मसरूर ने उसे नज़र बन्द कर रखा था। वह धीरे-धीरे मलका मखमूर के मिज़ाज में इशना दाखिल हो गया कि मलका उसके मशविरे के बगैर कोई काम न करती। उसने मलका के लिए एक हवाई जहाज़ बनाया जो महज़ इशारे से चलता था। एक सेकेण्ड में हजारों मील रोज़ जाता और देखते-देखते ऊपर की दुनिया की खबर लाता। मलका उस जहाज़ पर बैठकर योरोप और अमरीका की सैर करती। बुलहवस उससे कहता, साम्राज्य को फैलाना बादशाहों का पहला कर्तव्य है। इस लम्बी-चोड़ी दुनिया पर कब्जा कीजिए, व्यापार के साधन बढ़ाइये, छिपी हुई दौलत निकालिये, फौजें खड़ी कीजिए, उनके लिए अस्त्र-शस्त्र जुटाइये। दुनिया होसलामन्दों के लिए है। उन्हीं के कारनामे, उन्हीं के जीतें याद की जाती हैं। मलका उसकी बातों को खूब कान लगाकर सुनती। उसके दिल में हौसले का जोश उमड़ने लगता। यहां तक कि अपना सरल सन्तोषी जीवन उसे रूखा:फीका मालूम होने लगा।..

मगर शाह मसरूर सन्तोष का पुतला था। उसकी ज़िन्दगी के वह मुबारक लमहे होते थे जब वह एकान्त के कुंज में चुपचाप बैठकर जीवन और उसके कारणों

पर विचार करता और उसकी विराटता और आश्चर्यों को देखकर श्रद्धा के भाव से चीख उठता—आह ! मेरी हस्ती कितनी नाचीज़ है उसे मलका के मंसूबों और हौसलों से ज़रा भी दिलचस्पी न थी। नतीजा यह हुआ कि आपस के प्यार और सच्चाई की जगह सन्देह पैदा हो गये। दरबारियों में गिरोह बनने लगे। जीवन का सन्तोष विदा हो गया। मसरूर को इन सब परेशानियों के लिए, जो उसकी सभ्यता के रास्ते में बाधक होती थी, धीरज न था। वह एक दिन उठा और सल्तनत मलका के सिपुर्द करके एक पहाड़ी इलाके में जा छिपा। सारा दरबार नयी उमंगों से मतवाला हो रहा था। किसी ने बादशाह को रोकने की कोशिश न की। महीनों, वर्षों हो गये, किसी को उनकी खबर न मिली।

2

मलका मख़मूर ने एक बड़ी फ़ौज खड़ी की और बुलहवस खां को चढ़ाइयों पर रवाना किया। उसने इलाके पर इलाके और मुल्क पर मुल्क जीतने शुरू किये। सोने-चांदी और हीरे-जवाहरात के अम्बार हवाई जहाज़ों पर लदकर राजधानी को आने लगे।

लेकिन आश्चर्य की बात यह थी कि इन रोज-ब-रोज बढ़ती हुई तरक्कियो से मुल्क के अन्दरूनी मामलों में उपद्रव खड़े होने लगे। वह सूबे जो अब तक हुक्म के ताबेदार थे। बग़ावत के झण्डे खड़े करने लगे। कर्ण सिंह बुन्देला एक फ़ौज लेकर चढ़ आया। मगर अजब फौज थी, न कोई हरबे-हथियार, न तोपें, सिपाहियों के हाथों में बन्दुक और तीर-तुपुक के बजाय बरबत-तम्बूरे और सारंगियां, बेले, सितार और ताऊस थे। तोपों की धनगरज सदाओं के बदले तबले और मृदंग की कुमक थी। बम गोलों की जगह जलतरंग आर्गन और आर्केस्ट्रा था। मलका मख़मूर ने समझा आन की आन में इस फौज को तितर-बितर करती हूँ। लेकिन ज्यों ही उस की फ़ौज कर्ण सिंह के मुकाबिले में रवाना हुई, लुभावने, आत्मा को शान्ति पहुंचाने वाले स्वरों की वह बाढ़ आयो, मीठे और सुहाने गानों की वह बौछार हुई कि मलका की सेना पत्थर की मूरतों की तरह आत्मविस्मृत होकर खड़ी रह गयी। एक क्षण में सिपाहियों की आंखें नशे में डूबने लगी और वह हथेलियां बजा-बजा कर नाचने लगे, सर हिला हिलाकर उछलने लगे, फिर सबके सब बेजान लाश की तरह गिर पड़े। और सिर्फ सिपाही नहीं, राजधानी में भी जिसके कानों में यह आवाजें गयीं

वह बेहोश हो गया। सारे शहर में कोई ज़िन्दा आदमी नज़र न आता था। ऐसा मालूम होता था कि पत्थर की मूरतों का तिलस्म है। मलका अपने जहाज़ पर बैठी यह करिश्मा देख रही थी। उसने जहाज़ नीचे उतारा कि देखें क्या माजरा है ? पर उन आवाजों के कान में पहुंचते ही उसकी भी वहीं दशा हो गयी। वह हवाई जहाज़ पर नाचने लगी और बेहोश होकर गिर पड़ी। जब कर्ण सिंह शाही महल के करीब जा पहुंचा और गाने बन्द हो गये तो मलका की आंखे खुलों जैसे किसी का नशा टूट जाये। उसने कहा—मैं वही गाने सुनंगी, वही राग; वही अलाप, वही लुभाने वाले गीत। हाय वह आवाजें कहां गयीं। कुछ परवाह नहीं, मेरा राज जाये, पाट जाये, मैं वही राग सुनंगी।

सिपाहियों का नशा भी टूटा। उन्होंने उसके स्वर में स्वर मिलाकर कहा—हम वही गीत सुनेंगे, वही प्यारे-प्यारे मोहक राग। बला से हम गिरफ्तार होंगे, गुलामी की बेड़ियां पहनेंगे, आज़ादी से हाथ धोयेंगे पर वही राग, वही तराने, वही तानें, वही धुनें।

3

सूबेदार लोचनदास को जब कर्ण सिंह की विजय का हाल मालम हुआ तो उसने भी विद्रोह करने की ठानी। अपनी फौज लेकर राजधानी पर चढ़ दौड़ा। मलका ने अबकी जान-तोड़ मुकाबला करने की ठानी। सिपाहियों को खूब ललकारा और उन्हें लोचनदास के मुकाबले में खड़ा किया मगर वाह री हमलावर फौज ! न कहीं सवार, न कहीं प्यादे, न तोप, न बन्दूक, न हरबे, न हथियार, सिपाहियों की जगह सुन्दर नर्तकियों के गोल थे और थियेटर के एक्टर। सवारों की जगह भांड़ों और बहूरूपियो के गोल। मोर्चों की जगह तीतर और बटेरों के जोड़ छूटे हुए थे तो बन्दूक की जगह सर्कस और बाइसकोप के खेमे पड़े थे। कहीं हीरे-जवाहरात अपनी आब-ताब दिखा रहे थे, कहीं तरह-तरह के चरिन्दों परिन्दों की नुमाइश खुली हुई थी। मैदान के एक हिस्से में धरती की अजीब-अजीब चीजें, झरने और बफिस्तानी चोटियां और बर्फ के पहाड़, पेरिस का बाज़ार, लन्दन का एक्स्चेंज या स्टन की मंडियां, अफ्रीका के जंगल सहारा के रेगिस्तान, जापान की गुल कारियां, चीन के दरयाई शहर, दक्षिण अमरीका के आदमखोर, क़ाफ़ की परियां, लैपलैण्ड के सुमरपोश इन्सान और ऐसे सैकड़ों विचित्र आकर्षक दृश्य चलते-फिरते दिखायी पड़ते थे। मलका की फौज यह नजारा देखते ही बेसुध होकर उसकी तरफ दौड़ी। किसी को सर-पैर का खयाल न

रहा। लोगों ने बन्दूकें फेंक दी, तलवारें और किरचें उतार फेंकी और बेतहाशा इन दृश्यों के चारों तरफ जमा हो गये। कोई नाचने-वालियों की मीठी अदाओं और नाज़ुक चलन पर दिल दे बैठा, कोई थियेटर के तमाशों पर रीझा। कुछ लोग तीतरों और बटेरों के जोड़ देखने लगे और सब के सब चित्र-लिखित से मन्त्रमुग्ध खड़े रह गये। मलका अपने हवाई जहाज़ पर बैठी कभी थियेटर की तरफ जाती कभी सर्कस की तरफ दौड़ती, यहां तक कि वह भी बेहोश हो गयी।

लोचन दास जब विजय करता हुआ शाही महल में दाखिल हो गया तो मलका की आंखें खुली। उसने कहा—हाय, वह तमाशे कहां गये, वह सुन्दर-सुन्दर दृश्य, वह लुभावने दृश्य कहां गायब हो गये, मेरा राज जाये, पाठ जाये लेकिन मैं यह सैर जरूर देखेंगी। मुझे आज मालूम हा कि ज़िन्दगी में क्या—क्या मजे हैं!

सिपाही भी जागे। उन्होंने एक स्वर से कहा—हम वही सैर और तमाशे देखेंगे, हमें लड़ाई-भिड़ाई से कुछ मतलब नहीं, हमको आज़ादी की परवाह नहीं, हम गुलाम होकर रहेंगे, पैरों में बेड़ियां पहनेंगे पर इन दिलफरेबियों के बगैर नहीं रह सकेंगे।

4

मलका मख़मूर को अपनी सल्तनत का यह हाल देखकर बहुत दुःख होता। वह सोचती, क्या इसी तरह सारा देश मेरे हाथ से निकल जाएगा? अगर शाह मसरूर ने यों किनारा न कर लिया होता तो सल्तनत की यह हालत कभी न होती क्या उन्हें यह कैफियतें मालूम न होंगी। यहां से दम दम की खबरें उनके पास जाती हैं, मगर ज़रा भी जुम्बिश नहीं करते। कितने बेरहम हैं। खैर जो कुछ सर पर आयेगी सह लूंगी पर उनकी मिन्नत न करूंगी।

लेकिन जब वह उन आकर्षक गानों को सुनती और दृश्यों को देखती तो यह दुखदायी बिचार भूल जाते, उसे अपनी ज़िन्दगी बहुत आनन्द की मालम होती।

बुलहवस खां ने लिखा—मैं दुश्मनों से घिर गया हूं, नफ़रत अली और कीन खां और ज्वाला सिंह ने चारों तरफ से हमला शुरू कर दिया है। जब तक और कुमक न आये, मैं मजबूर हूं। पर मलका की फौज यह सैर और गाने छोड़कर जाने पर राज़ी न होती थी।

इतने में दो सूबेदारों ने फिर जग़ावत की। मिर्जा शमीम और रसराज सिंह दोनों एक होकर राजधानी पर चढ़े। मलका की फौज में अब न लज्जा थी न वीरता, गाने

बजाने और सैर तमाशे ने उन्हें आरामतलब बना दिया था। बड़ी-बड़ी मुश्किलों से सज-सजा कर मैदान में निकले। दुश्मन की फौज इन्तजार करती खड़ी थी लेकिन न किसी के पास तलवार थी, न बन्दुक, सिपाहियों के हाथों में फूलों के खुश-नुना गुलदस्ते थे, किसी के हाथ में इतर की शीशियां, किसी के हाथ में गुलाब के फव्वारे, कहीं लवेण्डर की बोतलें, कहीं मुश्क वगैरह की बहार—तारा मैदान अत्तार की दूकान बना हुआ था। दूसरी तरफ रसराज की सेना थी। उन सिपाहियों के हाथों में सोने के तश्त थे, जरबफ्त के खानपेशों से ढके। हुए, किसी में बर्फी और मलाई थी, किली में कोरमे और कबान, किसी में खबानी और अंगूर, कहीं कशमीर की नेमतें सजी हुई थीं, कहीं इटली की चटनियों की बहार थी और कहीं पुर्तगाल और फ्रांस की शराबें शीशियों में महक रही थीं।

मलका की फौज यह संजीवनी सुगन्ध सूंघते ही मतवाली हो गयी। लोगों ने हथियार फेक दिये और इन स्वादिष्ट पदार्थों की ओर दौड़े, कोई हलुने पर गिरा, और कोई मलाई पर टूटा, किसी ने कोरमे और कबाब पर हाथ बढ़ाये, कोई खुबानी और अंगूर चखने लगा कोई कश्मीरी मुरब्बों पर लपका, सारी फौज भिखमंगों की तरह हाथ फैलाये यह नेमतें मांगती थी और बेहद चाव से खाती थी। एक-एक कौर के लिए, यह चमचा फीरीनी के लिए, शराब के एक प्याले के लिए खुशामदें करते थे, नाक रगड़ते थे, सिजदे करते थे। यहां तक की सारी फौज पर एक नशा छा गया,बेदम होकर गिर पड़ी। मलका भी इटली के मुरब्बों के सामने दामन फैला—फैलाकर मिन्नते करती और कहती थी कि सिर्फ एक लूकमा और एक प्याला दो और मेरा राज लो, पाट लो, मेरा सब कुछ ले लो लेकिन मुझे जी भर खा-पी लेने दो। यहां तक कि वह भी बेहोश होकर गिर पड़ी।

5

मलका की हालत बेहद दर्दनाक थी। उसकी सल्तनत का एक छोटा-सा हिस्सा दुश्मनों के हाथ से बचा हुआ था। उसे एक दम के लिए भी इस गुलामी से नजात न मिलती। कभी कर्ण सिंह के दरबार में हाजिर होती, कभी मिर्जा शमीम की खुशामद करती, इसके बगैर उसे चैन न आता। हां जब कभी इस मुसाहिबी और ज़िल्लत से उसकी तबीयत थक जाती तो वह अकेले बैठकर घंटों रोती और चाहती कि जाकर शाह मसरूर को मना लाऊं। उसे यकीन था कि उनके आते ही बागी काफूर हो

जायेंगे पर एक ही क्षण में उसकी तबीयत बदल जाती। उसे अब किसी हालत पर चैन न आता था।

अभी तक बुलहवस खां की स्वामिभक्ति में फर्क न आया था। लेकिन जब उसने सल्तनत की यह कमजोरी देखी तो वह भी बगावत कर बैठा। उसकी आज़माई हुई फौज के मुकाबले में मलका की फौज क्या ठहरती, पहले ही हमले में क़दम उखड़ गये। मलका खुद गिरफ्तार हो गयी। बुलहवस खां ने उसे एक तिलस्माती कैदखाने में बन्द कर दिया। सेवक से स्वामी बन बैठा।

यह कैदखाना इतना लम्बा-चौड़ा था कि कोई कैदी कितना ही भागने की कोशिश करे, उसकी चहार दीवारी से बाहर नहीं निकल सकता था। वहां सन्तरी और पहरेदार न थे लेकिन वहां की हवा में एक खिचाव था। मलका के पैरों में न बेड़ियां थीं न हाथों में हथकड़ियां लेकिन शरीर का अंग-प्रत्यंग तारों से बंधा हुआ था। वह अपनी इच्छा से हिल भी न सकती थी। वह अब दिन के दिन बैठी हुई ज़मीन पर मिट्टी के घरौंदे बनाया करती और समझती यह महल है। तरह-तरह के स्वांग भरती और समझती दुनिया मुझे देखकर लट्टू हो जाती है। पत्थर के टुकड़ों से अपना शरीर गूंध लेती और समझती कि अब हरें भी मेरे सामने मात हैं। वह दरख्तों से पूछती, मैं कितनी खूबसूरत हूं। शोखों पर बैठी चिड़ियों से पूछती, होरे जवाहरात का ऐसा गुलबन्द तुमने देखा है? मिट्टी की टीकरों का अम्बार लगाती, और आसमान से पूछती, इतनी दोलत तुमने देखी है ?

मालूम नहीं, इस हालत में कितने दिन गुज़र गये। मिर्जा शमीम, लोचनदास वगैरह हरदम उसे घेरे रहते थे। शायद वह उससे डरते थे। ऐसा न हो, यह शाह मसरूर को कोई संदेशा भेज दे। कैद में भी उस पर भरोसा न था। यहां तक कि मलका की तबीयत इस कैद से बेज़ार हो गयी, वह निकत भागने की तदबीरें सोचने लगी।

' इसी हालत में एक दिन मलका बैठी सोच रही थी, मैं क्या हो गई? जो मेरे इशारों के गुलाम थे वह अब मेरे मालिक हैं, मुझे जिस कल चाहते हैं बिठाते हैं जहां चाहते हैं घुमाते हैं। अफसोस मैंने शाह मसरूर का कहना न माना, यह उसी की सज़ा है। काश एक बार मुझे किसी तरह इस क़ैद से छुटकारा मिल जाता तो मैं चलकर उनके पैरों पर सिर रख देती और कहती, लौंडी की खता माफ कीजिए। मैं खून के आंसू रोती और उन्हें मना लाती और फिर कभी उनके हुक्म से इनकार न करती। मैंने इस नमक हराम बुलहवस खां की बातों में पड़कर उन्हें निर्वासित कर दिया, मैरी

अक्ल कहां चली गयी थी।

यह सोचते-सोचते मलका रोने लगी कि यकायक उसने देखा, सामने एक खिले हुए मुखड़े वाला गम्भीर पुरुष सादा कपड़े पहने खड़ा है। मलका ने आश्चर्य चकित होकर पूछा—आप कौन हैं ? यहां मैंने आपको कभी नहीं देखा।

पुरुष—हां, इस कैदखाने में मैं बहुत कम आता हूं। मेरा काम है। कि जब कैदियों की तबीयत यहां से बेजार हो तो उन्हें यहाँ से निकलने में मदद दूं।

मलका—आपका नाम ?

पुरुष—संतोख सिंह।

मलका—आप मुझे इस कैद से छुटकारा दिला सकते हैं ?

संतोख—हां, मेरा तो काम ही यह है, लेकिन मेरी हिदायतों पर चलना पड़ेगा।

मलका—मैं आपके हुक्म से जो भर भी इधर-उधर न करूंगी खुदा के लिए मुझे यहां से जल्द से जल्द ले चलिए, मैं मरते दम तक आपकी शुक्रगुजार रहूंगी

संतोख—आप कहां चलना चाहती हैं ?

मलका—मैं शाह मसरूर के पास जाना चाहती हैं। आपको मालूम है वह आजकल कहां हैं ?

संतोख—हाँ, मालूम है मैं उनका नौकर हं। उन्ही की तरफ से मैं इस काम पर तैनात हूं?

मलका—तो खुदा के वास्ते मुझे जल्द ले चलिए, मुझे अब यहां एक घड़ी रहना जी पर भारी हो रहा है।

संतोख—अच्छा तो यह रेशमी कपड़े और यह जवाहरात और सोने के जेवर उतारकर फेंक दो। बुलहवस ने इन्ही जंजीरों से तुम्हें जकड़ दिया है। मोटे से मोटा कपड़ा जो मिल सके पहन लो इन मिट्टी के घरौंदों को गिरा दो। इतर और गुलाब की शीशियां साबुन की बट्टियां, और यह पाउडर के डब्बे सब फेंक दो।

मलका ने शीशियों और पाउडर के टिन तड़ाक-तड़ाक पटक दिये, सोने के जेवरों को उतारकर फेंक दिया कि इतने में बुलहवस खां धाड़े मार कर रोता हुआ आकर खड़ा हुआ और हाथ बांधकर कहने लगा-दोनों जहानों की मलका, मैं आपका नाचीज़ गुलाम हूँ, आप मुझसे नाराज़ हैं ?

मलका ने बदलालेने के अपने जोश में मिट्टी के घरौंदों को पैरो से ठुकरा

दिया। ठीकरों के अम्बार को ठोकरें मारकर बिखेर दिया। बुलहवस के शरीर का एक-एक अंग कट-कटकर गिरने लगा। वह बेदम होकर जमीन पर गिर पड़ा और दम के दम में जहन्नुम रसीद हुआ। संतोख सिंह ने मलका से कहा—देखा. तमने ? इस दुश्मन को तुम कितना डरावना समझती थीं, आन की आन खाक में मिल गया।

मलका—काश मुझे यह हिकमत मालूम होती तो मैं कभी की आजाद हो जाती। लेकिन अभी और भी तो दुश्मन हैं।

संतोख—उनको मारना इससे भी आसान है। चलो कर्णसिंह के पास, ज्यों ही वह अपना सूर अलापने लगे और मीठी-मीठी बातें करने लगे, कानों पर हाथ रख लो, देखो, अद्दश्य के पर्दे से फिर क्या चीज सामने आती है।

मलका कर्ण सिंह के दरबार में पहुंची। उसे देखते ही चारों तरफ से ध्रुपद और तिल्लाने में दार होने लगे। पियानो बजने लगे। मलका ने दोनों कान बन्द कर लिये। कर्ण सिंह के दरबार में आग का शोला उठने लगा। सारे दरबारी जलने लगे कर्ण सिंह दौड़ा हुआ आया और बड़े विनय-पूर्वक मलका के पैरों पर गिरकर बोला—हुजूर, अपने इस हमेशा के गुलाम पर रहम करें। कानों पर से हाथ हटा लें वर्ना इस गरीब की जान पर बन जायेगी। अब कभी हुजूर की शान में यह गुस्ताखी न होगी।

मलका ने कहा—अच्छा, जा तेरी जां-बख्शी की। अब कभी बग़ावत न करना वर्ना जान के हाथ धोयेगा।

कर्ण सिंह ने संतोख सिंह की तरफ प्रलय की आंखों से देखकर सिर्फ इतना कहा—'जालिम, तुझे मौत भी नहीं आयी' और बेतहाशा गिरता-पड़ता भागा। संतोख सिंह ने मलका से कहा—देखा तुमने, इनको मारना कितना आसान था? अब चलो लोचनदास के पास। ज्योंही वह अपने करिश्मे दिखाने लगे, दोनों आंखें बन्द कर लेना।

मलका लोचनदास के दरबार में पहुंची। उसे देखते ही लोचन ने अपनी शक्ति का प्रदर्शन करना शुरू किया। ड्रामे होने लगे, नर्तकों ने थिरकना शुरू किया। लालो-जमुरंद की कश्तियां सामने आने लगीं लेकिन मलका ने दोनों आंखें बन्द कर ली।

आन की आन में वह ड्रामे और सर्कस और नाचनेवालों के गिरोह खाक में मिल गये। लोचनदास के चेहरे पर हवाइयां उड़ने लगी, निराशापूर्ण धैर्य के साथ

चिल्ला—चिल्लाकर कहने लगा यह तमाशा देखो, यह पेरिस कहवेखाने, यह मिस एलिन का नाच है। देखो, अंग्रेज रईस उस पर कितनी उदारता से सोने और हीरे-जवाहरात निछावर कर रहे हैं। जिसने यह सैर-तमाशे न देखे उसकी ज़िन्दगी मौत से बदतर। लेकिन मलका ने आंखें न खोली।

तब लोचनदास बदहवास और घबराया हुआ, बेद के दरख्त की तरह कांपता हुआ मलका के सामने आ खड़ा हुआ और हाथ जोड़कर बोला—हुजूर, आंखें खोलें। अपने इस गुलाम पर रहम करें, नहीं तो मेरी जान पर बन जायगी। गुलाम की गुस्ताखियां माफ़ फ़रमायें। अब यह बेअदबीन होगी।

मलका ने कहा—अच्छा जा, तेरी जांबख्शी की लेकिन खबरदार अब सर न उठाना नहीं तो जहन्नुम रसीद कर देगी।

लोचनदास यह सुनते ही गिरता पड़ता जान लेकर भागा। पीछे फिरकर भी न देखा। संतोख सिंह ने मलका से कहा—अब चलो मिर्जा शमीन और रसराज के पास। वहाँ एक हाथ से नाक बन्द कर लेना और दूसरे हाथ से खानों के तश्त को जसीन पर गिरा देना।

मलका रसराज और शमीम के दरबार में पहुंची। उन्होंने जो संतोख को मलका के साथ देखा तो होश उड़ गये। मिर्जा शमीम ने कस्तूरी और केसर की लपटें उड़ाना शुरू की। रसराज स्वादिष्ट खानों के तश्त सजा-सजाकर मलका के सामने लाने लगा, और उनकी तारीफ करने लगा—यह पुर्तगाल की तीन आंच दी हुई शराब है, इसे पिये तो बुड्ढ़ा जवान हो जाय। यह फ्रांस का शैम्पेन है, इसे पिये तो मुर्दा जिन्दा हो जाय। यह मथुरा के पेड़े हैं, इन्हें खाये तो स्वर्ग की नेमतों को भूल जाय।

लेकिन मलका ने एक हाथ से नाक बन्द कर ली और दूसरे हाथ से उन तश्तों को जमीन पर गिरा दिया और बोतलों को ठोकरें मार-मारकर चूर कर दिया। ज्यों-ज्यों उसकी ठोकरें पड़ती थीं, दरबार के दरबारी चीख-चीखकर भागते थे। आखिर मिर्जा शमीम और रसराज दोनों परेशान और बेहाल, सर से खून जारी, अंग-अंग टूटा हुआ, आकर मलका के सामने खड़े हो गये और गिड़गिड़ाकर बोले—हुजूर गुलामों पर रहम करें। हुजूर की शान में जो गुस्ताखियां हुई हैं उन्हें मुआफ फरमायें, अब फिर ऐसी बेअदबी न होगी।

मलका ने कहा—रसराज को मैं जान से मारना चाहती हूं। उसके कारण मुझे जलील होना पड़ा।

लेकिन संतोख सिंह ने मना किया—नहीं, इसे जान से न मारिये। इस तरह का

सेवक मिलना कठिन है। यह मापके सब सूदेदार अपने काम में यकता हैं सिर्फ इन्हें काबू में रखने की जरूरत है।

मलका ने कहा—अच्छा जाओ, तुम दोनों की भी जां-बख्शी की लेकिन खबरदार अब कभी उपद्रव मत खड़ा करना वर्ना तुम जानोगे।

दोनों गिरते पड़ते भागे और दम के दम में नज़रों से ओझल हो गये।

मलका की रिआया और फौज ने भेंटें दी, घर-घर शादियाने बजने लगे। चारों बागी सूबेदार शहरपनाह के पास छापा मारने की घात में बैठ गये लेकिन संतोखसिंह जब रिआया और फौज को मसजिद में शुक्रिए की नमाज अदा करने के लिए ले गया तो बागियों को कोई उम्मीद न रही वह निराश होकर चले गये।

जब इन कामों से फसंत हुई तो मलका ने संतोख सिंह से कहा—मेरे पास अलफ़ाज नहीं हैं, और न अलफ़ाज में इतनी ताक़त है कि मैं आपके एहसानों का शुक्रिया अदा कर सक। आपने मुझे गुलामी से छुटकारा दिया। मैं आखिरी दम तक आपका जस गाऊंगी। अब शाह मसरूर के पास मुझे ले चलिए, मैं उनकी सेवा करके अपनी उम्र बसर करना चाहती हूं। उनसे मंह मोड़कर मैंने बहुत जिल्लत और मुसीबत झेली। अब कभी उनके कदमों से जदा न हंगी।

संतोखसिंह—हां, हां चलिए, मैं तैयार हूं लेकिन मंजिल सख्त है, घबराना मत।

मलका ने हवाई जहाज मंगाया। पर संतोख सिंह ने कहा—वहां हवाई जहाज़ का गुजर नहीं है, पैदल चलना पड़ेगा। मलका ने मज़बूर होकर जहाज वापस कर दिया और अकेले अपने स्वामी को मनाने चली।

वह दिन भर भखी-प्यासी पैदल चलती रही। आंखों के सामने अंधेरा छाने लगा, प्यास से गले में कांटे पड़ने लगे। कांटों से पैर छलनी हो गये। उसने अपने मार्ग-दर्शक से पूछा—अभी कितनी दूर है ?

संतोख—अभी बहुत दूर है। चुपचाप चली आमओ। यहां बातें करने से मंजिल खोटी हो जाती है।

रात हुई, आसमान पर बादल छा गये। सामने एक नदी पड़ी, किश्ती का पता न था। मलका ने पूछा—किश्ती कहां है ?.

संतोख ने कहा—नदी में चलना पड़ेगा, यहां किश्ती कहां है। .

मलका को डर मालम हुआ लेकिन वह जान पर खेलकर दरिया में चल पड़ी। मालूम हुआ कि सिर्फ आंख का धोखा था। वह रेतीली जमीन थी। सारी रात संतोख

सिंह ने एक क्षण के लिए भी दम न लिया। जब भोर का तारा निकल आया तो मलका ने रोकर कहा—अभी कितनी दूर है, मैं तो मरी जाती हूं।

संतोख सिंह ने जवाब दिया—चुपचाप चली आओ।

मलका ने हिम्मत करके फिर कदम बढ़ाये। उसने पक्का इरादा कर लिया था कि रास्ते में मर ही क्यों न जाऊं पर नाकाम न लौटूंगी। उस कैद, से बचने के लिए वह कड़ी से कड़ी मुसीबतें झेलने को तैयार थी।

सूरज निकला, सामने एक पहाड़ नज़र आया जिसकी चोटियां आस मान में घुसी हुई थीं। संतोख सिंह ने पूछा—इसी पहाड़ी की सबसे ऊंची चोटी पर शाह मसरूर मिलेंगे, चढ़ सकोगी?

मलका ने धीरज से कहा—हां, चढ़ने की कोशिश करूंगी।

बादशाह से भेंट होने की उम्मीद ने उसके बेजान पैरों में पर लगा दिए। वह तेज़ी से कदम उठाकर पहाड़ों पर चढ़ने लगी। पहाड़ के बीचों-बीच आते-आते वह थककर बैठ गयी, उसे गश आ गया। मालम हुआ कि दम निकल रहा है। उसने निराश आंखों से अपने मित्र को देखा। संतोख सिंह ने कहा—एक दफा और हिम्मत करो, दिल में खुदा की याद करो। मलका ने खुदा की याद की। उसकी आंखें खुल गयीं। वह फुर्ती से उठी और एक ही हल्ले में चोटी पर जा पहुंची। उसने एक ठंडी सांस ली। वहां शुद्ध हवा में सांस लेते ही मलका के शरीर में एक नयी जिंदगी का अनुभव हुआ। उसका चेहरा दमकने लगा। ऐसा मालूम होने लगा कि मैं चाहूं तो हवा में उड़ सकती हैं। उसने खुश होकर संतोखसिंह की तरफ देखा और आश्चर्य के सागर में डूब गयी। शरीर वही था, पर चेहरा शाह मसरूर का था। मलका ने फिर उसकी तरफ अचरज की आंखों से देखा। संतोख सिंह के शरीर पर से एक बादल का पर्दा हट गया और मलका को वहां शाह मशरूर खड़े नजर आए-वही हल्का पीला कुर्ता, वही गेरुए रंग की तहमद। उनके मुखमण्डल से तेज की कांति बरस रही थी, माथा तारों की तरह चमक रहा था। मलका उनके पैरों पर गिर पड़ी। शाह मसरूर ने उसे सीने से लगा लिया।

जमाना, अप्रेल 1918

वफ़ा का खंजर

जयगढ़ और विजयगढ़ दो बहुत ही हरे-भरे, सुसंस्कृत, दूर-दूर तक फैले हुए, मज़बूत राज्य थे। दोनों ही में विद्या और कला खूब उन्नत थी। दोनों का धर्म एक रस्म रिवाज एक, दर्शन एक, तरक्की का उसूल एक, जीवन मानदण्ड एक, और ज़बान में भी नाम मात्र काही अन्तर था। जयगढ़ के कवियों की कविताओं पर विजयगढ़ वाले सर धुनते और विजयगढ़ी दार्शनिकों के विचार जयगढ़ के लिए धर्म की तरह थे। जयगढ़ी सुन्दरियों से विजयगढ़ के घर-वार रोशन होते थे और विजयगढ़ की देवियां जयगढ़ में पूजती थीं। तब भी दोनों राज्यों में ठनी रहती थी। ठनी ही नहीं रहती थी बल्कि आपसी फूट और ईर्ष्या—द्वेष का बाजार बुरी तरह गर्म रहता और दोनों ही हमेशा एक दूसरे के खिलाफ ख़ाजर उठाए रहते थे। जयगढ़ में अगर कोई देश का सुधार किया जाता तो विजयगढ़ में शोर मच जाता कि हमारी ज़िदगी खतरे में है। इसी तरह विजयगढ़ में कोई व्यापारिक उन्नति दिखायी देती तो जयगढ़ में शोर मच जाता था। जयगढ़ मगर रेलवे की कोई नई शाख निकालता तो विजयगढ़ उसे अपने लिए काला सांप समझता और विजयगढ़ में कोई नया जहाज़ तैयार होता तो जयगढ़ को वह खून पीने वाला घड़ियाल नज़र आता था। अगर यह बदगुमानियां अनपढ़ या साधारण लोगों में पैदा होती तो एक बात थी, मजे की बात यह थी कि यह राग-द्वेष, विद्या और जागति, वैभव और प्रताप की धरती में पैदा होता था। अशिक्षा और जड़ता की जमीन उनके लिए ठीक न थो। ख़ास सोच-विचार और नियम-व्यवस्था के उपजाऊ क्षेत्र में तो इस बीज का बढ़ना कल्पना की शक्ति को भी मात कर देता था। नन्हां-सा बीज पलक मारते भर में ऊंचा-पूरा दरख्त हो जाता था। कचे और बाजारों में रोने-पीटने की सदाएं गूंजने लगती, देश की सभाओं में

एक भूचाल-सा आ जाता, अखबारों के दिल जलाने वाले शब्द राज्य में हलचल मचा देते, कहीं से आवाज़ आ जाती—जयगढ़, प्यारे जयगढ़, पवित्र जयगढ़ के लिए यह कठिन परीक्षा का अवसर है। दुश्मन ने जो शिक्षा की व्यवस्था तैयार की है, वह हमारे लिए मृत्यु का सन्देश है। अब ज़रूरत और बहुत सख्त जरूरत है कि हम हिम्मत बांधे और साबित कर दें कि जयगढ़, अमर जयगढ़ इन हमलों से अपनी प्राण-रक्षा कर सकता है। नहीं, उनका मुंह-तोड़ जवाब दे सकता है। अगर हम इस वक्त न जागे तो जयगढ़, प्यारा जयगढ़, हस्ती के परदे से हमेशा के लिए मिट जाएगा और इतिहास भी उसे भुला देगा।

दूसरी तरफ़ से आवाज़ आती—विजयगढ़ के बेख़बर सोने वालो, हमारे मेहरबान पड़ोसियों ने अपने अखबारों की ज़बान बन्द करने के लिए जो नये कायदे लागू किए हैं, उन पर नाराजगी का इजहार करना हमारा फ़र्ज़ है। उनकी मंशा इसके सिवा और कुछ नहीं है कि वहां के मुआमलों से हमको वेखवर रक्खा जाए और इस अंधेरे के परदे में हमारे ऊपर धावे किए जाएं, हमारे गलों पर फेरने के लिए नये-नये हथियार तैयार किए जायं, और आखिरकार हमारा नाम-निशान मिटा दिया जाय। लेकिन हम अपने दोस्तों को जता देना अपना फ़र्ज़ समझते हैं कि अगर उन्हें शरारत के हथियारों की ईजाद के कमाल है तो हमें भी उनकी काट करने में कमाल है। अगर शैतान उसका मददगार है तो हमको भी ईश्वर की सहायता प्राप्त है और अगर अब तक हमारे दोस्तों को मालूम नहीं है तो अब होना चाहिए कि ईश्वर की सहायता हमेशा शैतान को दबा देती है।

2

जयगढ़ बाकमाल कलावन्तों का अखाड़ा था। शीरी वाई इस अखाड़े की सब्ज परी थो, उसकी कला की दूर-दूर तक ख्याति थी। वह संगीत की रानी थी जिसकी ड्योढ़ी पर बड़े-बड़े नामवर आकर सिर झुकाते थे। चारों तरफ विजय का डंका बजाकर उसने विजयगढ़ की ओर प्रस्थान किया, जिससे अब तक उसे अपनी प्रशंसा का कर न मिला था। उसके आते ही विजयगढ़ में एक इंकलाब-सा हो गया। राग-द्वेष और अनुचित गर्व हवा से उड़ने वाली सूखी पत्तियों की तरह तितर-बितर हो गए। सौन्दर्य और राग के बाज़ार में धूल उड़ने लगी, जिएटरों और नृत्यशालाओं में वीरानी छा गयी। ऐसा मालूम होता था कि जैसे सारी सृष्टि पर जादू छा गया है। शाम

होते ही विजयगढ़ के धनी-धोरी जवान-बूढ़े शीरी बाई की मजलिस की तरफ़ दौड़ते थे। सारा देश शीरों की भक्ति के नशे में डूब गया।

विजयगढ़ के सचेत क्षेत्रों में देशवासियों के इस पागलपन से एक बेचैनी की हालत पैदा हुई सिर्फ यही नहीं कि उनके देश की दौलत बर्बाद हो रही थी बल्कि उनका राष्ट्रीय अभियान और तेज़ भी धूल में मिल जाता था। जयगढ़ की एक मामूली नाचनेबाली, चाहे वह कितनी हो मीठी अदाओंवाली क्यों न हो, विजयगढ़ के मनोरंजन का केन्द्र बन जाय, यह बहुत बड़ा अन्याय था। आपस में मशविरे हुए और देश के पुरोहितों की तरफ से देश के मन्त्रियों की सेवा में इस खास उद्देश्य से एक शिष्टमण्डल उपस्थित हुआ विजयगढ़ के आमोद-प्रमोद के कर्ताओं की ओर से भी आवेदनपत्र पेश होने लगे। अख़बारों ने राष्ट्रीय अपमान और दुर्भाग्य के तराने छेड़े। साधारण लोगों के हल्कों में सवालों की बौछार होने लगी, यहां तक कि वज़ीर मजबूर हो गए, शीरी बाई के नाम शाही फ़रमान पहुँचा—चूंकि तुम्हारे रहने से देश में उपद्रव होने की आशंका है इसलिए तुम फ़ौरन विजयगढ़ से चली जाओ। मगर यह हुक्म अन्तर्राष्ट्रीय सम्बन्धों, आपसी इक़रारनामे और सभ्यता के नियमों के सरासर ख़िलाफ़ था। जयगढ़ के राजदूत ने, जो विजयगढ़ में नियुक्त था, इस आदेश पर आपत्ति की और "शीरी बाई ने आखिरकार उसको मानने से इनकार किया क्योंकि इससे उसकी आज़ादी और खुद्दारी और उसके देश के अधिकारों और अभिमान पर चोट लगती थी।

3

जयगढ़ के कूचे और बाज़ार ख़ामोश थे। सैर की जगहें खाली। तफरीह और तमाशे बन्द। शाही महल के लम्बे-चौड़े सहन और जनता के हरे-भरे मैदानों में आदमियों की भीड़ थी, मगर उनकी ज़बानें बन्द थीं और आंखे लाल। चेहरे का भाव कठोर और क्षुब्ध, त्योरियां चढ़ी हुई, माथे पर शिकन, उमड़ी हुई काली घटा थी, डरावनी, ख़ामोश, और बाढ़ को अपने दामन में छिपाए हुये।

मगर आम लोगों में एक बड़ा हंगामा मचा हुआ था, कोई सुलह का हामी था, कोई लड़ाई की मांग करता था, कोई समझौते की सलाह देता था, कोई कहता था कि छानबीन करने के लिए कमीशन बैठाओ। मामला नाजुक था, मौका तंग, तो भी आपसी बहस-मुबाहसों, बदगुमानियों, और एक-दूसरे पर हमलों का बाजार गर्म

था। आधी रात गुज़र गयी मगर कोई फ़ैसदा न हो सका। पूंजी की संगठित शक्ति, उसकी पहुंच और रोब-दाब फ़ैसले की ज़बान बन्द किए हुए था।

तीन पहर रात जा चुकी थी, हवा नींद से मतवाली होकर अंगड़ाइयां ले रही थी और दरख्तों की आंख झपकती जाती थीं। आकाश के दीपक भी झलमलाने लगे थे, दरबारी कभी दीवारों की तरफ़ ताकते थे, कभी छत की तरफ़। लेकिन कोई उपाय न सूझता था :

अचानक बाहर से आवाज़ आयी—युद्ध ! युद्ध ! सारा शहर इस बुलंद नारे से गंज उठा। दीवारों ने अपनी खामोश ज़बान से जवाब दियायुद्ध ! युद्ध !

यह अद्दष्ट से आने वाली एक पुकार थी जिसने उस ठहराव में हरक़त दा कर दी थी। अब ठहरी हई चीज़ों में खलबली सीमच गयी। दरबारी गोया ग़फ़लत की नींद से चौंक पड़े। जैसे कोई भूली हुई बात याद आते हीउछल पड़। युद्धमंत्री सैयदअसकरीने फ़रमाया—क्या अब भी लोगों को लड़ाई का ऐलान करने में हिचकिचाहट है ? आम लोगों की ज़बान खुदा का हुक्म है और उसकी पुकार अभी आपके कानों में आयी, उसको पूरा करना हमारा फ़र्ज़ है। हमने आज इस लम्बी बैठक में यह साबित किया है कि हम ज़बान के धनी हैं, पर जबान तलवार है, ढाल नहीं। हमें इस वक्त ढाल की जरूरत है, आइये हम अपने सीनों को ढाल बना लें और साबित कर दें कि हममें अभी वह जौहर बाकी है जिसने हमारे बुजुर्गों का नाम रोशन किया। क़ौमी गैरत जिन्दगी की रूह है। वह नफे और नुकसान से ऊपर है। वह हुण्डी और रोकड़. वसूल और बाक़ी, तेजी और मन्दी की पाबन्दियों से आज़ाद है। सारी खानों की छिपी हुई दौलत, सारी दुनियां की मण्डियां सारी दुनियां के उद्योग-धन्धे उसके पासंग हैं। उसे बचाइए वर्ना आपका यह सारा निज़ाम तितर-बितर हो जाएगा, शोराजा बिखर जायगा, आप मिट जायेंगे। पैसे वालों से हमारा सवाल है-क्का अब भी आपको जंग के मामले में हिचकिचाहट है ?

बाहर से सैकड़ों की आवाजें आयीं—जंग! जंग!

एक सेठ साहब ने फ़रमाया—आप जंग के लिए तैयार हैं ?

असकरी—हमेशा से ज्यादा।

ख्वाजा साहब—आपको फ़तेह का यक़ीन है ?

असकरी—पूरा यक़ीन है।

दूर-पास से 'जंग जंग' की गरजती हुई आवाज़ों का तांता बंध गया कि जैसे हिमालय के किसी अथाह खड्ड से हथोड़ों की झनकार आ रही हो। शहर कांप उठा,

ज़मीन थर्राने लगी, हथियार बंटने लगे। दरबारियों ने एक मत लड़ाई का फ़ैसला किया। औरत जो कुछ न कर सकती थी, वह अवाम के नारे ने कर दिखाया।

4

आज से तीस साल पहले एक ज़बर्दस्त इन्कलाब ने जयगढ़ को हिला डाला था। वर्षों तक आपसी लड़ाइयों का दौर रहा, हजारों खानदान मिट गये। सैकड़ों कस्बे बीरान हो गये। बाप, बेटे के खून का प्यासा था। भाई, भाई की जान का गाहक। जब आखिरकार आजादी की फ़तेह हुई तो उसने ताज के फ़िदाइयों को चुन चुन कर मारा। मुल्क के कदवाने देश-भक्तों से भर उठे। उन्हीं जाबाजों में एक मिर्जा मंसूर भी था। उसे कन्नौज के किले में कैद किया गया जिनके तीन तरफ ऊंची दीवारें थीं। और एक तरफ़ गंगा नदी। मंसूर को सारे दिन हथोड़े चलाने पड़ते। सिर्फ शाम को आध घण्टे के लिए नमाज़ की छुट्टी मिलती थी। उस वक्त मंसूर गंगा के किनारे आ बैठता और देशभाइयों की हालत पर रोता। वह सारी राष्ट्रीय और सामाजिक व्यवस्था जो उसके विचार में राष्ट्रीयता का आवश्यक अंग थी, इस हंगामें की बाढ़ में नष्ट हो रही थी। वह एक ठण्डी आह भरकर कहता—जयगढ़, अब तेरा खदा हो रखवाला है, तूने खाक को अक्सीर बनाया और अक्सीर को ख़ाक। तूने खानदान की इज्ज़त को, अदब और इखलाक़ को, इल्मो-कमाल को मिटा दिया, बर्बाद कर दिया। अब तेरी बागडोर तेरे हाथ में नहीं है, चरवाहे तेरे रखवाले और बनिए तेरे दरबारी हैं। मगर देख लेना यह हवा है, और चरवाहे और साहकार एक दिन तुझे ख न के आँसू रुलायेंगे। धन और वैभव अपना ढंग न छोड़ेगा, हुकमत अपना रंग न बदलेगी, लोग चाहे बदल जायं, लेकिन निज़ाम वही रहेगा। यह तेरे नए शुभ-चिन्तक जो इस वक्त विनय और सत्य और न्याय की मतियाँ बने हुए हैं, एक दिन वैभव के नशे में मतवाले होंगे, उनकी शक्तियां ताज़ की शक्तियों से कहीं ज्यादा सख्त होंगी और उनके जुल्म कहीं इससे ज्यादा तेज़।

इन्हीं खयालों में डूबे हुए मंसूर को अपने वतन की याद आ जाती। घर का नक्शा आंखों के सामने खिच जाता, मासूम बच्चे असकरी की प्यारी-प्यारी सूरत आंखों में फिर जाती, जिसे तक़दीर ने मां के लाड़-प्यार से वंचित कर दिया था। तब मंसूर एक ठण्डी आह खींचकर खड़ा होता और अपने बेटे से मिलने की पागल इच्छा में उसका जी चाहता कि गंगा में कदकर पार निकल जाऊं।

धीरे-धीरे इस इच्छा ने इरादे की सूरत अख्तियार की। गंगा उमड़ी हुई थी, ओर-छोर का कहीं पता न था। तेज और गरजती हुई लहरें दौड़ते हए पहाड़ों के समान थीं। पाट देखकर सर में चक्कर-सा आ जाता था। मंसूर ने सोचा नदी उतरने दूं। लेकिन नदी उतरने के बदले भयानक रोग की तरह बढ़ती जाती थी, यहां तक कि मंसूर को फिर धीरज न रहा, एक दिन वह रात को उठा और उस पुरशोर लहरों से भरे हुए अन्धेरे में कूद पड़ा।

मंसूर सारी रात लहरों के साथ लड़ता—भिड़ता रहा, जैसे कोई नन्हींसी-चिड़िया तूफ़ान में थपेड़े खा रही हो, कभी उनकी गोद में छिपा हआ; कभी एक रेले में दस क़दम आगे, कभी एक धक्के में दस क़दम पीछे। ज़िन्दगी की लिखावट की ज़िन्दा मिसाल। जब वह नदी के पार हआ तो एक बेजान लाश था, सिर्फ सांस बाक़ी थी और सांस के साथ मिलने की। इच्छा।

इसके तीसरे दिन मंसूर विजयगढ़ जा पहुंचा। एक गोद में असकरी था और दूसरे हाथ में गरीबी का छोटा-सा एक बुकचा। वहां उसने अपना नाम मिर्जा जलाल बताया। हुलिया भी बदल लिया था, हट्टा-कट्टा सजीला जवान था, चेहरे पर शराफ़त और कुलीनता की कान्ति झलकती थी, नौकरी के लिए किसी और सिफ़ारिश की जरूरत न थी। सिपाहियों में दाखिल हो गया और पांच ही साल में अपनी ख़िदमतों और भरोसे के बदौलत मन्दौर के सरहदी पहाड़ी किले का सूबेदार बना दिया।

लेकिन मिर्जा जलाल को वतन की याद हमेशा सताया करती। वह असकरी को गोद में ले लेता और कोट पर चढ़कर उसे जयगढ़ की वह मुसकराती हुई चरागाहें और मतवाले झरने और सुथरी बस्तियां दिखाता जिनके कंगूरे किले से नजर आते। उस वक्त बेअख्तियार उसके जिगर सेएक सर्द आह निकल जाती और आँखें डबडबा आती। वह असकरी को गले लगा लेता और कहता—बेटा, वह तुम्हारा देश है। वही तुम्हारा और तुम्हारे बुजुर्गों का घोंसला है। तुमसे हो सके तो उसके एक कोने में बैठे हुए अपनी उम्र ख़त्म कर देना, मगर उसकी आन में कभी बट्टा न लगाना। कभी उससे दग़ा मत करना क्योंकि तुम उसी की मिट्टी और पानी से पैदा हुए हो और तुम्हारे बुजुर्गों की पाक रूहें अब भी वहां मंडला रही हैं। इस तरह बचपने से ही असकरी के दिल पर देश की सेवा और प्रेम अंकित हो गया था। वह जवान हुआ, तो जयगढ़ पर जान देता था। उसन की शान्त शौकत पर निसार, उसके रोबदाब की माला जपने वाला। उस की बेहतरी को आगे बढ़ाने के लिए हर

वक्त तैयार। उसके झण्डे को नयी अछती धरती में गाड़ने का इच्छुक। बीस साल का सजीला जवान था; इरादा मज़बूत, हौसले बलन्द, हिम्मत बड़ी, फ़ौलादी जिस्म, आकर जयगढ़ की फ़ौज में दाखिल हो गया और इस वक्त जयगढ़ की फ़ौज का चमकता सूरज बना आ था।

5

जयगढ़ ने अल्टीमेटम दे दिया अगर चौबीस घण्टों के अन्दर शीरी बाई जयगढ़ न पहुंची तो उसकी अगवानी के लिए जयगढ़ की फ़ौज रवाना होगी।

विजयगढ़ ने जवाब दिया—जयगढ़ की फ़ौज आये हम उसकी अगवानी के लिए हाज़िर हैं। शीरी बाई जब तक यहां की अदालत से हक्म-उदूली की सज़ा न पा ले, वह रिहा नहीं हो सकती और जयगढ़ को हमारे अन्दरूनी मामलों में दखल देने का कोई हक नहीं।

असकरी ने मुंहमांगी मुराद पायी। खुफ़िया तौर पर एक दूत मिर्जा जलाल के पास रवाना किया और ख़त में लिखा

'आज विजयगढ़ से हमारी जंग छिड़ गयी, अब खुदा ने चाहा तो दुनिया जयगढ़ की तलवार का लोहा मान जाएगी। मंसूर का बेटा असकरी फ़तेह के दरबार का एक अदना दरबारी बन सकेगा और शायद मेरो वह दिली तमन्ना भी पूरी हो जो हमेशा मेरी रूह को तड़पाया करती है। शायद मैं मिर्जा मंसूर को फिर जयगढ़ की रियासत में एक ऊंची जगह पर बैठे हुए देख सकें। हम मन्दौर से न बोलेंगे और आप भी हमें न छेडिएगा लेकिन अगर खुदा न ख्वास्ता कोई मुसीबत आ ही पड़े तो आप मेरी यह मुहर जिस सिपाही या अफसर को दिखा देंगे वह आपकी इज्जत करेगा। और आपको मेरे कैम्प में पहुंचा देगा। मुझे यकीन है कि अगर जरूरत पड़े तो उस जयगढ़ के लिए जो आपके लिए इतना प्यारा है और उस असकरी के खातिर जो आपके जिगर का टुकड़ा है, आप थोड़ी-सी तकलीफ़ से (मुमकिन है वह रूहानी तकलीफ़ हो) दरेग़ न फ़रमायेंगे।

इसके तीसरे दिन जयगढ़ की फ़ौज ने विजयगढ़ पर हमला किया और मन्दौर से पांच मील के फ़ासले पर दोनों फ़ौजों का मुकाबला हुआ। विजयगढ़ को अपने हवाई जहाज़ों, ज़हरीले गड्ढों, और दूर तक मार करने वाली तोपों का घमण्ड था। जयगढ़ को अपनी फ़ौज की बहादुरी, जीवट, समझदारी और बुद्धि का भरोसा।

विजयगढ़ की फ़ौज नियम और अनुशासन की गुलाम थी, जयगढ़ वाले ज़िम्मेदारी और तमीज़ के कायल।

एक महीने तक दिन-रात, मार-काट के मार्के होते रहे। हमेशा आग और गोलों और जहरीली हवाओं का तूफ़ान उठा रहता। इन्सान थक जाता था, पर कलें अथक थीं। जयगढ़ियों के हौसले पस्त हो गये, बार-बार हार पर हार खायी। असकरी को मालम हुआ कि जिम्मेदारी फ़तेह में चाहे करिश्मे कर दिखाये, पर शिकस्त में मैदान हुक्म की पाबन्दी ही के हाथ रहता है।

जयगढ़ के अखबारों ने हमले शुरू किये। असकरी सारी कौम की लानत-मलामत का निशाना बन गया! वही असकरी जिस पर जयगढ़ फ़िदा होता था। सब की नज़रों का कांटा हो गया। अनाथ बच्चों के आंसू विधवाओं की आहे, घायलों की चीख-पुकार, व्यापारियों की तबाही, राष्ट्र का अपमान—इन सबका कारण वही एक व्यक्ति असकरी था। कोम की अगुआई सोने का राजसिंहासन भले हो पर फूलों की सेज वह हरगिज़ नहीं।

अब जयगढ़ की जान बचने की इसके सिवा और कोई सूरत न थी कि किसी तरह विरोधी सेना का सम्बन्ध मन्दौर के किले से काट दिया जाय, जो लड़ाई और रसद के सामान और यातायात के साधनों का केन्द्र था। लड़ाई कठिन थी, बहुत खरतनाक, सफलता की आशा बहुत कम, असफलता की आशंका जी पर भारी। कामयाबी अगर सूखे धान का पानी थी तो नाकामी उसकी आग। मगर छटकारे की और कोई दूसरी तदबीर न थी। असकरी ने मिर्जा जलाल को लिखा—

"प्यारे अब्बा जान, अपने पिछले खत में मैंने जिस ज़रूरत का इशारा किया था, बदकिस्मती से वह ज़रूरत आ पड़ी। आपका प्यारा जयगढ़ भेड़ियों के पंजे में फंसा हुआ है और आपका प्यारा असकरी नाउम्मीदी के भंवर में, दोनों आपकी तरफ़ आस लगाये ताक रहे हैं। आज हमारी आखिरी कोशिश, हम मुखालिफ़ फ़ौज को मन्दौर के किले से अलग करना चाहते हैं। आधी रात के बाद यह मार्का शुरू होगा। आपसे सिर्फ इतनी दरख्वास्त है कि अगर हम सर हथेली पर लेकर किले के सामने तक पहुंच सके, तो हमें लोहे के दरवाजे से सर टकराकर वापस न होना पड़े। वर्ना आप अपनी क़ौम की इज़्ज़त और अपने बेटे की लाश को उसी जगह पर तड़पते देखेंगे और जयगढ़ आपको कभी मुआफ़ न करेगा। उससे आपको कितनी ही तकलीफ़ क्यों न पहुंची हो मगर आप उसके हकों से सुबुकदोश नहीं हो सकते।"

शाम हो चुकी थी, मैदाने जंग ऐसा नजर आता था कि जैसे जंगल जल गया हो। विजयगढ़ी फ़ौज एक खूरेज़ मार्के के बाद खन्दकों में आ रही थी, घायल मन्दौर के किले के अस्पताल में पहुंचाये जा रहे थे, तोपें थककर चुप हो गयी थीं और बन्दूकें जरा दम ले रही थीं। उसी वक्त जयगढ़ी फ़ौज का एक अफ़सर विजयगढ़ी वर्दी पहने हुए असकरी के खेमे से निकला, थकी हुई तोपें, सर झुकाये हवाई जहाज, घोड़ों की लाशें, औंधी पड़ी हुई हवागाड़ियां, और सजीव मगर टूटे-फूटे क़िले, उसके लिए पर्दे का काम करने लगे। उनकी आड़ में छिपता हुआ वह विजयगढ़ी घायलों की कतार में जा पहुंचा और चुपचाप ज़मीन पर लेट गया।

6

आधी रात गुज़र चुकी थी। मन्दौर का किलेदार मिर्जा जलाल किले की दीवार पर बैठा हुआ मैदानों जंग का तमाशा देख रहा था और सोचता था कि असकरी को मुझे ऐसा खत लिखने की हिम्मत क्योंकर हुई। उसे समझना चाहिए था कि जिस शख्स ने अपने उसूलों पर अपनी ज़िन्दगी न्योछावर कर दी; देश से निकाला गया, और गुलामी का तौक़ गर्दन में डाला वह अब अपनी ज़िन्दगी के आखिरी दौर में ऐसा कोई काम न करेगा, जिससे उसको बट्टा लगे। अपने उसूलों को न तोड़ेगा। खुदा के दरबार में वतन और इतनवाले और बेटा एक भी साथ न देगा। अपने बुरे-भले की सजा या इनाम आप ही भुगतना पड़ेगा। हिसाब के रोज़ उसे कोई न बचा सकेगा।

'तौबा ! जयगढ़ियों से फिर वही बेवकूफ़ी हुई। खामख़्वाह गोलेबारी से दुश्मनों को ख़बर देने की क्या जरूरत थी? अब इधर से भी जवाब दिया जायेगा और हजारों जानें जाया होंगी। रात के अचानक हमले के माने तो यह है कि दुश्मन सर पर आ जाय और कानोंकान ख़बर न हो, चौथरफ़ा खलबली पड़ जाय। माना कि मौजूदा हालत में अपनी हरकतों को पोशीदा रखना मुश्किल है। इसका इलाज़ अंधेरे के खन्दक़ से करना चाहिए था। मगर आज शायद उनकी गोलेबारी मामूल से ज्यादा तेज़ है। विजयगढ़ की कतारों और तमाम मोर्चेबन्दियों को चीरकर बज़ाहिर उनका यहां तक आना तो मुहाल मालम होता था, लेकिन अगर मान लो आ ही जायं तो मुझे क्या करना चाहिए। इस मसले को तय क्यों न कर लूं? खूब इसमें तय करने की बात ही क्या है ? मेरा रास्ता साफ़ है। मैं विजयगढ़ का

नमक खाता हूं। मैं जब वेधरबार, परीशान और अपने देश से निकला हुआ था तो विजयगढ़ ने मुझे अपने दामन में पनाह दी और मेरी ख़िदमतों का मुनासिब लिहाज़ किया। उसकी बदौलत तीस साल तक मेरी ज़िन्दगी नेकनामी और इज्जत से गुजरी। उससे दग़ा करना हद दर्जे की नमक-हरामी है। ऐसा गुनाह जिसकी कोई सज़ा नहीं ! वह ऊपर शोर हो रहा है। हवाई जहाज़ होंगे, वह गोला गिरा, मगर खैरियत हुई, नीचे कोई नहीं था।

'मगर क्या दग़ा हर एक हालत में गुनाह है ? ऐसी हालतें भी तो हैं, जब दग़ा वफ़ा से भी ज्यादा अच्छी हो जाती है। अपने दुश्मन से दगा करना क्या गुनाह है ? अपनी क़ौम के दुश्मन से दग़ा करना क्या गुनाह है ? कितने ही काम जो जाती हैंसियत से ऐसे होते हैं कि उन्हें माफ़ नही किया जा सकता, कौमी हैसियत से नेक काम हो जाते हैं। वही बेगुनाह का खून जो जाती हैसियत से सख्त से सख्त सज़ा के काबिल है, मजहबी हैसियत से शहादत का दर्जा पाता हैं, और कौमी हैसियत से देश-प्रेम का। कितनी बरहमियां और जुल्म, कितनी दग़ाएं और चालबाजियां, कौमी और मज़हबी—नुक्ते-निगाह से सिर्फ ठीक ही नहीं, फ़र्जो में दाखिल हो जाती हैं। हाल की योरोप की बड़ी लड़ाई में इसकी कितनी ही मिसालें मिल सकती हैं। दुनिया का इतिहास ऐसी दग़ाओं से भरा पड़ा है। इस नये दौर में भले और बुरे का ज़ाती एहसास क़ौमी मसलहत के सामने कोई हक़ीक़त नहीं रखता। कौमियत ने ज़ात को मिटा दिया है। मुमकिन है यही खुदा की मंशा हो। और उसके दरबार में भी हमारे कारनामे क़ौम की कसौटी ही पर परखे जायं। यह मसला इतना आसान नहीं है जितना मैं समझा था।

'फिर आसमान में शोर हुआ मगर शायद यह इधर ही के हवाई जहाज़ हैं। अजयगढ़ वाले बड़े दमखम से लड़ रहे हैं। इधर वाले दबते नज़र आते है। आज यकीनन मैदान उन्हीं के हाथ रहेगा। जान पर खेले हुए हैं। जयगढ़ी वीरों की बहादुरी मायूसी ही में खूब खुलती है। उनकी हार जीत से भी ज्यदा शानदार होती है। बेशक, असकरी दांव-पेंच का उस्ताद है, किस खूबसूरती से अपनी फ़ौज की रूख किले के दरवाजे की तरफ़ फेर दिया। मगर सख़्त गलती कर रहे हैं। अपने हाथों अपनी कब्र खोद रहे हैं। सामने का मैदान दुश्मन के लिए खाली किये देते हैं। वह चाहे तो बिना रोक-टोक आगे बढ़ सकता है और सुबह तक जयगढ़ की सरज़मीन में दाखिल हो सकता है। जयगढ़ियों के लिए वापसी या तो गरमुमकिन है या निहायत ख़तरनाक। किले का दरवाज़ा बहुत मज़बूत है। दीवारों की संधियों से उन पर बेशुमार बन्दूकों

के निशाने पड़ेंगे। उनका इस आग में एक घण्टा भी ठहरना मुमकिन नहीं है। क्या इतने देशवासियों की जानें सिर्फ एक उसूल पर, सिर्फ हिसाब के दिन के डर पर, सिर्फ अपने इख़लाक़ी एहसास पर कुर्बान कर दूं? और महज़ जानें ही क्यों ? इस फ्रोज की तबाही जयगढ़ की तबाही है। कल जयगढ़ की पाक सरज़मीन के दुश्मन के जीत के नक़्क़ारो से गूंज उठेगी। मेरी माएं, बहनें और बेटियां हया को जलाकर खाक कर देने वाली हरकतों का शिकार होंगी। सारे मुल्क में क़त्ल और तबाही के हंगामे बरपा होंगे। पुरानी अदावत और झगड़ों के शोले भड़केगे। क़ब्रिस्तान में सोयी हुई रूहें दुश्मन के क़दमों से पामाल होंगी। वह इमारतें जो हमारे पिछले बड़प्पन की ज़िन्दा निशानियाँ हैं, वह यादगारें जो हमारे बुजुर्गों की देन हैं, जो हमारे कारनामों के इतिहास, हमारे कमालों का खजाना और हमारी मेहनतों की रोशन गवाहियां हैं, जिनकी सजावट और खूबी को दुनिया की कोमें स्पर्द्धा की आंखों से देखती हैं, वह अर्द्ध-बर्बर, असभ्य लश्करियों का पड़ाव बनेंनी और उनके तबाही के जोश का शिकार। क्या अपनी क़ौम को उन तबाहियों का निशाना बनने दूं? गहज़ इसलिए कि वफ़ा का मेरा उसूल न टूटे?

"उफ् यह किले में जहरीले गैस कहां से आ गये ! किसी जयगढ़ी जहाज़ की हरकत होगी! सर में चक्कर-सा आ रहा है। यहां से कुमक भेजी जा रही है। किले की दीवार के सूराखों में भी तोपें चढ़ाई जा रही हैं। जयगढ़ वाले किले के सामने आ गये। एक धावे में वह हुमायूं दरवाजे तक आ पहुंचेगे। विजयगढ़ वाले इस बाढ़ को अब नहीं रोक सकते। जयगढ़ वालों के सामने कौन ठहर सकता है ? या अल्लाह, किसी तरह दरवाजा खुद-ब खुद खुल जाता, कोई जयगढ़ी हवाबाज़ मुझसे जबर्दस्ती कुंजी छीन लेता. मुझे मार डालता। आह, मेरे इतने अजीज हम-वतन प्यारे भाई आन की आन में ख़ाक में मिल जायेंगे और मैं बेबस हूं! हाथों में जंजीर है, पैरों में बेड़ियां। एक-एक रोआं रस्यियों से जकड़ा हुआ है। क्यों न इस जंजीर को तोड़ दूं, इन बेड़ियों के टुकड़े-टुकड़े कर दूं, और दरवाजे के दोनों बाजू अपने अज़ीज़ फ़तेह करने वालों की अगवानी के लिए खोल दूं। माना कि यह गुनाह है पर यह मौका गुनाह से डरने का नहीं। जहन्नुम की आग उगलने वाले सांप और खून पीने वाले जानवर और लपकते हुए शोले मेरी रूह को जलायें, तड़पायें कोई बात नहीं। अगर महज़ मेरी रूह की तबाही, मेरी क़ौम और वतन को मौत के गड्ढे से बचा सके तो वह मुबारक है। विजयगढ़ ने ज्यादती की है, उसने महज़ जयगढ़ को ज़लील करने के लिए, सिर्फ उसको भड़काने के लिए शीरी बाई को

शहर-निकाले का हुक्म जारी किया जो सरासर बेजा था। हाय, अफ़सोस, मैंने उसी वक्त इस्तीफ़ा क्यों न दे दिया और गुलामी की इस कैद से क्यों न निकल गया।

हाय ग़जब, जयगढ़ी फ़ौज ख़न्दकों तक पहुंच गयी, या खुदा ! इन जांबाज़ों पर रहम कर, इनकी मदद कर। कलदार तोपों से कैसे गोले बरस रहे हैं, गोया आसमान के बेशुमार तारे टूट पड़ते हैं। अल्लाह की पनाह, हमायूं दरवाजे पर गोलों की कैसी चोटें पड़ रही हैं। कान के परदे फटे जाते हैं। काश दरवाज़ा टूट जाता ! हाय मेरा असकरी, मेरे जिगर का टुकड़ा, वह घोड़ पर सवार आ रहा है। कैसा बाहदुर, कैसा जांबाज, कैसी पक्की हिम्मत वाला! आह, मुझ अभागे कलमुंहे को मौत क्यों नहीं आ जाती ! मेरे सर पर कोई गोला क्यों नहीं आ गिरता! हाय, जिस पौदे को अपने जिगर के खून से पाला, जो मेरी पतझड़ जैसी ज़िन्दगी का सदाबहार फूल था, जो मेरी अंधेरी रात का चिराग़, मेरी ज़िन्दगी की उम्मीद, मेरी हस्ती का दारोमदार, मेरी आरजू की इन्तहा था, वह मेरी आंखों के सामने आग के भंवर में पड़ा हुआ है, और मैं हिल नहीं सकता। इस क़ातिल जंजीर को क्योंकर तोड़ दूं ? इस बाग़ी दिल को क्योंकर समझाऊ? मुझे मुंह में कालिख लगाना मंजूर है, मुझे जहन्नुम की मुशीबतें झेलना मंजूर है, मैं सारी दुनिया के गुनाहों का बोझ अपने सर पर लेने को तैयार हूं, सिर्फ इस वक्त मुझे गुनाह करने की, वफ़ा के पैमाने को तोड़ने की, नमकहराम बनने की तौफ़ीक़ दे ! एक लमहे के लिए मुझे शैतान के हवाले कर दे, मैं नमक हराम बनूंगा, दगाबाज़ बनूंगा पर क़ौमफ़रोश नहीं बन सकता !

आह जालिम सुरंगें उड़ाने की तैयारी कर रहे हैं। सिपहसालार ने हुक्म दे दिया। वह तीन आदमी तहखाने की तरफ़ चले। जिगर कांप रहा है, जिस्म कांप रहा है। यह आखिरी मौका है। एक लमहा और, बस फिर अँधेरा है और तबाही। हाय, मेरे ये बेवफ़ा हाथ-पांव अब भी नहीं हिलते, जैसे इन्होंने मुझसे मुंह मोड़ लिया हो। यह खून अब भी गरम नहीं होता। आह, वह धमाके की आवाज़ हुई, खुदा की पनाह, ज़मीन कांप उठी, हाय असकरी, असकरी, रुख़सत, मेरे प्यारे बेटे, रुख़सत, इस जालिम बेरहम बाप ने तुझे अपनी वफ़ा पर कुर्बान कर दिया ! मैं तेरा बाप न था, तेरा दुश्मन था ! मैंने तेरे गले पर छुरी चलायी। अब धुआं साफ़ बड़े बाबू हो गया। आह वह फ़ौज कहां है जो सैलाब की तरह बढ़ती आती थी और इन दीवारों से टकरा रही थी। खन्दके लाशों से भरी हुई हैं और वह जिसका

मैं दुश्मन था, जिसका कातिल, वह बेटा, वह मेरा दुलारा असकरी कहां है, कहीं नजर नहीं आता...आह...।'

—ज़माना, नवम्बर 1618

मुबारक बीमारी

रात के नौ बज गये थे, एक युवती अंगीठी के सामने बैठी हुई आग फूंकती थी और उसके गाल आग के कुन्दनी रंग में दहक रहे थे। उसकी बड़ी-बड़ी नरगिसी आंखें दरवाजे की तरफ़ लगी हुई थीं। कभी चौंककर आंगन की तरफ ताकती, कभी कमरे की तरफ। फिर आनेवालों की इस देरी से त्योरियों पर बल पड़ जाते और आंखों में हलका-सा गुस्सा नजर आता। कमल पानी में झकोले खाने लगता।

इसी बीच आनेवालों की आहट मिली। कहार बाहर पड़ा खरटि ले रहा था। बूढ़े लाला हरनामदास ने आते ही उसे एक ठोकर लगाकर कहा–कम्बख्त, अभी शाम हुई है और अभी से लम्बी तान दी!

नौजवान लाला हरिदास घर में दाखिल हुए–चेहरा बुझा हुआ, चिन्तित। देवकी ने आकर उनका हाथ पकड़ लिया और गुस्से व प्यार की मिली हुई आवाज में बोली–आज इतनी देर क्यों हुई ?

दोनों नये खिले हुए फूल थे—एक पर ओस की ताज़गी थी, दूसरा धूप से मुरझाया हुआ।

हरिदास–हां, आज देर हो गयी, तुम यहां क्यों बैठी रहीं?

देवकी–क्या करती, आग बुझी जाती थी, खाना न ठण्डा हो जाता।

हरिदास–तुम ज़रा-से काम के लिए इतनी देर आग के सामने न बैठा करो। बाज़ आया गरम खाने से।

देवकी–अच्छा, कपड़े तो उतारो, आज इतनी देर क्यों की?

हरिदास–क्या बताऊँ, पिताजी ने ऐसा नाक में दम कर दिया है कि कुछ कहते नहीं बनता। इस रोज-रोज की झंझट से तो यही अच्छा है कि मैं कहीं और नौकरी

कर लूं।

लाला हरनामदास एक आटे की चक्की के मालिक थे। उनकी जवानी के दिनों में आस-पास दूसरी चक्की न थी। उन्होने खूब धन कमाया। मगर अब वह हालत न थी। चक्कियां कीड़े-मकोड़ों की तरह पैदा हो गयी थीं, नयी मशीनों और ईजादों के साथ। उसके काम करनेवाले भी जोशीले नौजवान थे, मुस्तैदी से काम करते थे। इसलिए हरनामदास का कारखाना रोज गिरता जाता था। बूढ़े आदमियों को नयी चीजों से चिढ़ हो जाती है। वह लाला हरनामदास को भी थी। वह अपनी पुरानी मशीन ही को चलाते थे, किसी किस्म की तरक्की या सुधार को पाप समझते थे, मगर अपनी इस मन्दी पर कुढ़ा करते थे। हरिदास ने उनकी मर्जी के खिलाफ कालेजियेट शिक्षा प्राप्त की थी और उसका इरादा था कि अपने पिता के कारखाने को नये उसूलों पर चलाकर आगे बढ़ायें। लेकिन जब वह उनसे किसी परिवर्तन या सुधार का जिक्र करता तो लाला साहब जामे से बाहर हो जाते और बड़े गर्व से कहते—कालेज में पढ़ने से तजुर्बा नहीं आता। तुम अभी, बच्चे हो, इस काम में मेरे बाल सफेद हो गये हैं, तुम मुझे सलाह मत दो। जिस तरह मैं कहता हूँ, काम किये जाओ।

कई बार ऐसे मौके आ चुके थे कि बहुत ही छोटे मामलों में अपने पिता की मर्जी के खिलाफ काम करने के जुर्म में हरिदास को सख्त फटकारें पड़ी थीं। इसी वजह से अब वह इस काम में कुछ उदासीन हो गया था और किसी दूसरे कारखाने में किस्मत आजमाना चाहता था जहां उसे अपने विचारों को अमली सूरत देने की ज्यादा सहूलतें हासिल हों।

देवकी ने सहानुभूतिपूर्वक कहा—तुम इस फिक्र में क्यों जान खपाते हो, जैसे वह कहें, वैसे ही करो, भला दूसरी जगह नौकरी कर लोगे तो वह क्या कहेंगे ? और चाहे वे गुस्से के मारे कुछ न बोलें, लेकिन दुनिया तो तुम्हीं को बुरा कहेगी।

देवकी नयी शिक्षा के आभूषण से वंचित थी। उसने स्वार्थ का पाठ न पढ़ा था, मगर उसका पति अपने 'अलमामेटर' का एक प्रतिष्ठित सदस्य था। उसे अपनी योग्यता पर पूरा भरोसा था। उस पर नाम कमाने का जोश। इसलिए वह बूढ़े पिता के पुराने ढरौं को देखकर धीरज खो बैठता था। अगर अपनी योग्यताओं के लाभप्रद उपयोग की कोशिश के लिए दुनिया उसे बुरा कहे, तो उसको परवाह न थी। झुंझलाकर बोला–कुछ मैं अमरित की घरिया पीकर तो नहीं आया हूँ कि सारी उम्र उनके मरने का इंतज़ार किया करूँ। मूर्खों की अनुचित टीका-टिप्पणियों के डर से क्या अपनी उम्र बरबाद कर दूं ? मैं अपने कुछ हमउम्रों को जानता हूँ जो हरगिज

मेरी-सी योग्यता नहीं रखते। लेकिन वह मोटर पर हवा खाने निकलते हैं, बंगलों में रहते हैं और शान से जिन्दगी बसर करते हैं तो मैं क्यों हाथ पर हाथ रखे जिन्दगी को अमर समझे बैठा रहूँ ! सन्तोष और निस्पृहता का युग बीत गया। यह संघर्ष का युग है। यह मैं जानता हूँ कि पिता का आदर करना मेरा धर्म है। मगर सिद्धांतों के मामले में मैं उनसे क्या, किसी से भी नहीं दब सकता।

इसी बीच कहार ने आकर कहा—लाला जी थाली मांगते हैं।

लाल हरनामदास हिन्दू रस्म-रिवाज के बड़े पाबन्द थे। मगर बुढ़ापे के कारण चौके के चक्कर से मुक्ति पा चुके थे। पहले कुछ दिनों तक जाड़ों में रात को पूरियां खाते रहे, अब कमजोरी के कारण पूरियां न हजम होती थी इसलिए चपातियां ही अपनी बैठक में मंगा लिया करते थे। मजबूरी ने वह कराया था जो हुज्जत और दलील के काबू से बाहर था।

हरिदास के लिए भी देवकी ने खाना निकाला। पहले तो वह हज़रत बहुत दुखी नजर आते थे, लेकिन बघार की खुशबू ने खाने के लिए चाव पैदा कर दिया था। अक्सर हम अपनी आंख और नाक से हाजमे का काम लिया करते हैं।

2

लाला हरनामदास रात को भले—चंगे सोये लेकिन अपने बेटे की गुस्ताखियां और कुछ अपने कारबार की सुस्ती और मन्दी उनकी आत्मा के लिए भयानक कष्ट का कारण हो गयीं और चाहे इसी उद्विग्नता का असर हो, चाहे बुढ़ापे का, सुबह होने से पहले उन पर लकवे का हमला हो गया। ज़बाने बन्द हो गयी और चेहरा ऐंठ गया। हरिदास डाक्टर के पास दौड़ा। डाक्टर आये, मरीज़ को देखा और बोले—डरने की कोई बात नहीं। सेहत होगी मगर तीन महीने से कम न लगेंगे। चिन्ताओं के कारण यह हमला हुआ है इसलिए कोशिश करनी चाहिए कि वह आराम से सोयें, परेशान न हों और ज़बान खुल जाने पर भी जहां तक मुमकिन हो, बोलने से बचें।

बेचारी देवकी बठी रो रही थी। हरिदास ने आकर उसको सान्त्वना दी, और फिर डाक्टर के यहां से दवा लाकर दी। थोड़ी देर में मरीज़ को होश आया, इधर-उधर कुछ खोजती हुई-सी निगाहों से देखा कि जैसे कुछ कहना चाहते हैं और फिर इशारे से लिखने के लिए कागज मांगा। हरिदास ने कागज़ और पेंसिल रख दी, तो बढ़े लाला साहब ने हाथों को खूब सम्हालकर लिखा—इन्तज़ाम दीनानाथ के हाथ में रहे।

ये शब्द हरिदास के हृदय में तीर की तरह लगे। अफसोस ! अब भी मुझ पर भरोसा नहीं। याती कि दीनानाथ मेरा मालिक होगा और मैं उसका गुलाम बनकर रहूंगा ! यह नहीं होने का। काग़ज़ लिये हुए देवकी के पास आये और बोले—लाला जी ने दीनानाथ को मैनेजर बनाया है, उन्हें मुझ पर इतना एतबार भी नहीं है, लेकिन मैं इस मौके को हाथ से न जाने दूंगा। उनकी बीमारी का अफसोस तो ज़रूर है मगर शायद परमात्मा ने मुझे अपनी योग्यता दिखलाने का यह अवसर दिया है। और इससे मैं ज़रूर फायदा उठाऊँगा। कारखाने के कर्मचारियों ने इस दुर्घटना की खबर सुनी तो बहुत घबराये। उनमें कई निकम्मे, बेमसरफ आदमी भरे हुए थे, जो सिर्फ खुशामद और चिकनी-चुपड़ी बातों की रोटी खाते थे। मिस्त्री ने कई दूसरे कारखानों में मरम्मत का काम उठा लिया था और रोज़ किसी-न-किसी बहाने से खिसक जाता था। फायरमैन और मशीनमैन दिन को झूठ-मठ चक्की की सफ़ाई में काटते थे और रात को काम करके ओवर टाइम की मजदूरी ले लिया करते थे। दीनानाथ ज़रूर होशियार और तजबेकार आदमी था, मगर उसे भी काम करने के मुकाबिले में 'जी हां' रटते रहने में ज्यादा मज़ा आता था। लाला हरनामदास मज़दूरी देने में बहुत हीले—हवाले किया करते थे और अक्सर काट-कपट के भी आदी थे। इसी को वह कारबार का अच्छा उसूल समझते थे।

हरिदास ने कारखाने में पहंचते ही साफ शब्दों में कह दिया कि तुम लोगों को मेरे वक्त में जी लगाकर काम करना होगा। मैं इसी महीने में काम देखकर सब की तरक्की करूंगा। मगर अब टाल-मटोल का गुज़र नही, जिन्हें मंजूर न हो वह अपना बोरिया-बिस्तर सम्हालें और फिर दीनानाथ को बुलाकर कहा—भाई साहब, मुझे खूब मालूम है कि आप होशियार और सूझ-बझ रखनेवाले आदमी है। आपने अब तक यहां का जो रंग देखा, वही अख्तियार किया है। लेकिन अब मुझे आपके तजबें और मेहनत की ज़रूरत है। पुराने हिसाबों की जांच-पड़ताल कीजिए। बाहर से काम लाना मेरा जिम्मा है लेकिन यहां का इन्तज़ाम आपके सुपुर्द है। जो कुछ नफा होगा, उसमें आपका भी हिस्सा होगा। मैं चाहता ह कि दादा की अनुपस्थिति में कुछ अच्छा काम करके दिखाऊं।

इस मुस्तैदी और चुस्ती का असर बहुत जल्द कारखाने में नज़र आने लगा। हरिदास ने खूब इश्तहार बंटवाये। उसका असर यह हुआ कि काम आने लगा। दीनानाथ की मुस्तैदी की बदौलत गाहको को नियत समय पर और किफायत से

आटा मिलने लगा। पहला महीना भी खत्म न हुआ था कि हरिदास ने नयी मशीन मंगवायी।थोड़े अनुभवी आदमी रख लिये, फिर क्या था सारे शहर में इस कारखाने की धूम मच गयी। हरिदास गाहकों से इतनी अच्छी तरह पेश आता कि जो एक बार उससे मुआमला करता वह हमेशा के लिए उसका खरीदार बन जाता कर्मचारियों के साथ उसका सिद्धान्त था-काम सख्त और मजदूरी ठीक। उसके ऊंचे व्यक्तित्व का भी स्पष्ट प्रभाव दिखायी पड़ा। करीब-करीब सभी कारखानों का रंग फीका पड़ गया। उसने बहुत ही कम नफे पर कई ठेले ले लिये। मशीन को दम मारने की मोहलत न थी, रात और दिन काम होता था। तीसरा महीना खत्म होते-होते उस कारखाने की शकल ही बदल गयी। हाते में घुसते ही ठेले और गाड़ियों की भीड़ नज़र आती थी। कारखाने में बड़ी चहल-पहल थी-हर आदमी अपने-अपने काम में लगा हुआ। इसके साथ ही प्रबन्ध-कौशल का यह वरदान था कि भद्दी हड़बड़ी और जल्दबाज़ी का कहीं निशान न था।

3

लाला हरनामदास धीरे-धीरे ठीक होने लगे। एक महीने के बाद वह रुक-रुककर कुछ बोलने लगे। डाक्टर की सख्त ताकीद थी कि उन्हें पूरी शान्ति की स्थिति में रखा जाय मगर जब से उनकी ज़बान खुली उन्हें एक दम को भी चैन न था। देवकी से कहा करते—सारा कारबार मिट्टी में मिला जाता है। यह लड़का नहीं मालूम क्या कर रहा है, सारा काम अपने हाथ में ले रखा है। मैंने ताकीद कर दी थी कि दीनानाथ को मैनेजर बनाना लेकिन उसने ज़रा भी परवाह न थी। मेरी सारी उम्र की कमाई बरबाद हुई जाती है।

देवकी उनको सान्त्वना देती कि आप इन बातों की आशंका न करें। कारबार बहुत खूबी से चल रहा है. और खूब नफा हो रहा है। पर वह भी इस मामले को तूल देते हुए डरती थी कि कहीं लकवे का फिर हमला न हो जाय। हू-हां कहकर टालना चाहती थी। हरिदास ज्यों ही घर में आता, लाला जी उस पर सवालों की बौछार कर देते और जब वह टालकर कोई दूसरा जिक्र छेड़ देता तो बिगड़ जाते और कहते-ज़ालिम, तू जीते जी मेरे गले पर छुरी फेर रहा है। मेरी पूंजी उड़ा रहा है। तुझे क्या मालूम कि मैंने एक-एक कौड़ी किस मशक्कत से जमा की है। तूने दिल में ठान ली है कि इस दुढ़ापे में मुझे गली—गली ठोकर खिलाये, मुझे कौड़ी-कौड़ी का मुहताज बनाये।

हरिदास फटकार का कोई जवाब न देता क्योंकि बात से बात बढ़ती है। उसकी चुप्पी से लाला साहब को यकीन हो जाता कि ज़रूर कारखाना तबाह हो गया।

एक रोज़ देबकी ने हरिदास से कहा—अभी कितने दिन ओर इन बातों को लालाजी से छिपाओगे?

हरिदास ने जवाब दिया—मैं तो चाहता हूं कि नयी मशीन का रुपया अदा हो जाय तो उन्हें ले जाकर सब कुछ दिखा दूं। तब तक डाक्टर साहब की हिदायत के अनुसार तीन महीने भी पूरे हो जायंगे।

देवकी—लेकिन इस छिपाने से क्या फायदा, जब वे आठों पहर इसी की रट लगाये रहते हैं। इससे तो चिन्ता और बढ़ती ही है, कम नहीं होती। इससे तो यही अच्छा है, कि उनसे सब कुछ कह दिया जाय।

हरिदास—मेरे कहने का तो उन्हें यक़ीन आ चुका। हां, दीनानाथ कहें तो शायद यकीन हो।

देवकी—अच्छा तो कल दीनानाथ को यहां भेज दो। लाला जी उसे देखते ही खुद बुला लेंगे, तुम्हें इस रोज़-रोज़ की डांट-फटकार से तो छुट्टी मिल जायगी।

हरिदास—अब मुझे इन फटकारों का ज़रा भी दुख नहीं होता। मेरी मेहनत और योग्यता का नतीजा आंखों के सामने मौजूद है। जब मैंने कारखाना अपने हाथ में लिया था, आमदनी और खर्च का मीज़ान मुश्किल से बैठता था। आज पांच सौ का नफा है। तीसरा महीना खत्म होनेवाला है और मैं मशीन की आधी कीमत अदा कर चुका। शायद अगले दो महीनों में पूरी कीमत अदा हो जायगी। उस वक्त से कारखाने का खर्च तिगुने से ज्यादा है लेकिन आमदनी पंचगुनी हो गयी है। हज़रत देखेंगे तो आंखें खुल जायंगी। कहां हाते में उल्लू बोलते थे। एक मेज़ पर बैठे आप ऊंघा करते थे, एक पर दीनानाथ कान कुरेदा करता था। मिस्त्री और फायमैन ताश खेलते थे। बस दो-चार घण्टे चक्की चल जाती थी। अब दम मारने की फुरसत नहीं है। सारी ज़िन्दगी में जो कुछ न कर सके वह मैंने तीन महीने करके दिखा दिया। इसी तजुर्बे और कार्रवाई पर आपको इतना घमण्ड था। जितना काम वह एक महीने में करते थे उतना मैं रोज़ कर डालता हूं।

देवकी ने भर्त्सनापूर्ण नेत्रों से देखकर कहा—अपने मह मियां मिट्ठू बनना कोई तुमसे सीख ले! जिस तरह मां अपने बेटे को हमेशा दुबला ही समझती है, उसी तरह बाप बेटे को हमेशा नादान समझा करता है। यह उनकी ममता है, बुरा मानने

की बात नहीं है।

हरिदास ने लज्जित होकर सर झुका लिया।

दूसरे रोज़ दीनानाथ उनको देखने के बहाने से लाला हरनाम दास की सेवा में उपस्थित हुमा। लाला जी उसे देखते ही तकिये के सहारे उठ बैठे और पागलों की तरह बेचैन होकर पूछा—क्यों, कारबार सब तबाह हो गया कि अभी कुछ कसर बाकी है ! तुम लोगों ने मुझे मूर्दा समझ लिया है। कभी बात तक न पूछी। कम से कम तुमसे मुझे ऐसी उम्मीद न थी। बहू ने मेरी तिमारदारी न की होती तो मर ही गया होता।

दीनानाथ—आपका कुशल-मंगल रोज़ बाबू साहब से पूछ लिया करता था। आपने मेरे साथ जो नेकियां की हैं, उन्हें मैं भूल नहीं सकता। मेरा एक-एक रोआं आपका एहसानमन्द है। मगर इस बीच काम ही कुछ ऐसा था कि हाज़िर होने की मोहलत न मिली।

हरनामदास—ख़ैर, कारखाने का क्या हाल है ? दीवाला होने में क्या कसर वाकी है ?

दीनानाथ ने ताज्जुब के साथ रहा—यह आपसे किसने कह दिया कि दीवाला होनेवाला है? इस अरसे में कारोबार में जो तरक्की हई है. वर आप खुद अपनी आंखों से देख लेंगे।

जो हरनामदास व्यंग्यपूर्वक बोले—शायद तुम्हारे बाब साहब ने तुम्हारी मनचाही तरक्की कर दी ! अच्छा अब स्वामिभक्ति छोड़ो और साफ बतलाओ। मैंने ताकीद कर दी थी कि कारखाने का इन्तजाम तुम्हारे हाथ में रहेगा। मगर शायद हरिदास ने सब कुछ अपने ही हाथ में रखा।

दीननाथ—जी हां, मगर मुझे इसका जरा भी दुख नहीं। वही इस काम के लिए ठीक भी थे। जो कुछ उन्होंने कर दिखाया, वह मुझसे हरगिज़ न हो सकता।

हरनामदास—मुझे यह सुन-सुनकर हैरत होती है। बतलाओ, क्या तरक्की हुई ?

दीनानाथ—तफ़सील तो बहुत ज्यादा होगी, मगर थोड़े में यह समझ लीजिए कि पहले हम लोग जितना काम एक महीने में करते थे उतना अब रोज होता है। नयी मशीन आयी थी, उसकी आधी कीमत अदा हो चकी है। वह अक्सर रात को भी चलती है। ठाकुर कम्पनी का पांच हजार मन आटे काठी का लिया था, वह पूरा होनेवाला है। जगतराम बनवारीलाल से कमसरियट का ठेका लिया है। उन्होंने

हमको पांच सौ बोरे माहवार का बयाना दिया है। इसी तरह और फुटकर काम कई गुना बढ़ गया है। आमदनी के साथ खर्च भी बड़े हैं। कई आदमी नये रखे गये हैं, मुलाजिमों को मज़दूरी के साथ कमीशन' भी मिलता हैं मगर खालिस नफा पहले के मुकाबले में चौगुने के करीब है॥

हरदामदास ने बड़े ध्यान से यह बात सुनीं। वह गौर से दीनानाथ के चेहरे की तरफ देख रहे थे। शायद उसके दिल में पैठकर सच्चाई की तह तक पहुंचना चाहते थे। सन्देहपूर्ण स्वर में लोले—दीनानाथ, तुम कभी मुझसे झूट नहीं बोलते थे लेकिन तो भी मुझे इन बातों पर यक़ीन नहीं आता और जब तक अपनी आंखों से देख न लूगा, यकीन न आयेगा।

दीनानाथ कुछ निराश होकर बिदा हुआ। उसे आशा थी कि लाला साहब तरक्की और कारगुजारी की बात सुनने ही फूले न समायेंगे और मेरी मेहनत की दाद देंगे। उस बेचारे को न मालूम था कि कुछ दिलों में सन्देह की जड़ इतनी मजबूत होती है कि सबूत और दलील के हमले उस पर कुछ असर नहीं कर सकते। यहां तक की वह अपनी आंख से देखने को भी धोखा या तिलिस्म समझता है।

दीनानाथ के चले जाने के बाद लाला हरनामदास कुछ देर तक गहरे विचार में डबे रहे और फिर यकायक कहार से बग्घी मंगवायी, लाठी के सहारे बग्घी में आ बैठे और उसे अपने चक्कीघर चलने का हुक्म दिया।

दोपहर का वक्त था। कारखानों के मजदूर खाना खाने के लिए गोल के गोल भागे चले आते थे मगर हरिदास के कारखाने में काम जारी था। बग्घी होते में दाखिल हुई दोनों तरफ फलों की कतारें नज़र आयीं माली क्यारियों में पानी दे रहा था। ठेले और गाड़ियों के मारे बग्घी को निकलने की जगह न मिलती थी। जिधर निगाह जाती थी, सफाई और हरियाली नज़र आती थी।

हरिदास अपने मुहरिर को कुछ खतों का मसौदा लिखा रहा था कि बढे लाला जी लाठी टेकते हुए कारखाने में दाखिल हुए। हरिदास फौरन उठ खड़ा हुआ और उन्हें हाथों का सहारा देते हुए बोला—'आपने कहला क्यों न भेजा कि मैं आना चाहता हूं, पालकी मंगवा देता। आपको बहुत तकलीफ हई।, यह कहकर उसने एक आराम-कुर्सी बैठने के लिए खिसका दी।कारखाने के कर्मचारी दौड़े और उनके चारों तरफ बहुत अदब के साथ खडे हो गये। हरनामदास कुर्सी पर बैठ गये और बोरों के छत चमनेवाले ढेर पर नजर दौड़कर बोले—मालूम होता है दीनानाथ सच कहता था। मझे यहां कई नयी सूरतें नज़र आती हैं। भला कितना काम रोज़ होता है?

हरिदास—आजकल काम ज्यादा आ गया था इसलिए कोई पांच सो मन रोजाना तैयार हो जाता था लेकिन औसत ढाई सो मन का रहेगा। मुझे नयी मशीन की कीमत अदा करनी थी इसलिए अक्सर रात को भी काम होता है।

हरनामदास—कुछ क़र्ज़ लेना पड़ा?

हरिदास—एक कौड़ी नहीं। सिर्फ मशीन की आधी कीमत बाकी है।

हरनामदास के चेहरे पर इत्मीनान का रंग नजर आया। संदेह ने विश्वास को जगह दी। प्यारभरी आंखों से लड़के की तरफ देखा और करुण स्वर में बोले—बेटा, मैंने तुम्हारे ऊपर बड़ा जुल्म किया,मुझे माफ करो। मुझे आदमियों की पहचान का बड़ा घमण्ड था, लेकिन मुझे बहुत धोखा हुआ। मुझे अब से बहुत पहले इस काम से हाथ खींच लेना चाहिए था। मैंने तुम्हें बहुंत नुकसान पहुंचाया। यह बीमारी बड़ी मुबारक है, जिसने मुझे तुम्हारी परख का मौका दिया और तुम्हें अपनी लियाकत दिखाने का। काश यह हमला पांच साल पहले ही हुआ होता। ईश्वर तुम्हें खुश रखे और हमेशा उन्नति दे, यही तुम्हारे बूढ़े बाप का आशीर्वाद है।

—प्रेम बत्तीसी' से

वासना की कड़ियाँ

बहादुर, भाग्यशालो कासिम मुलतान की लड़ाई जीतकर घमंड के नशे से चुर चला आता था। शाम हो गयी थी, लश्कर के लोग आरामगाह की तलाश में नज़रें दौड़ाते थे, लेकिन कासिम को अपने नामदार मालिक की खिदमत में पहुंचने का शौक उड़ाये लिये आता था। उन तैयारियों का खयाल करके जो उसके स्वागत के लिए दिल्ली में की गयी होगी उसका दिल उमंगों से भरपूर हो रहा था। सड़कें बन्दनवारों और झंड़ियों से सजी होंगी, चौराहों पर नौबतखाने अपना सुहाना राग अलापेंगे ज्योंही मैं सारे शहर के अन्दर दाखिल हंगा शहर में शोर मच जायगा, तोपें अगवानी के लिए जोर-शोर से अपती आवाजें बुलन्द करेंगी। हवेलियों के झरोखों पर शहर की चांद जैसी सुन्दर स्त्रियां आंखें गड़ाकर मुझे देखेंगी और मुझ पर फूलों की बारिश करेंगी। जड़ाऊ हौदों पर दरबार के लोग मेरी अगवानी को आयेंगे। इस शान से दीवाने खास तक जाने के बाद जब मैं अपने हुनर की खिदमत में पहुंचंगा तो वह बाँहें खोले हुए मुझे सीने से लगाने के लिए उठेगे और मैं बड़े आदर से उनके पैरों को चन लंगा। आह वह शुभ घड़ी कब आयेगी ? कासिम मतवाला हो गया, उसने अपने चाव की बेसुधी में घोड़े को एड़ लगायी।

कासिम लश्कर के पीछे था। घोड़ा एड पाते ही आगे बढ़ा, कैदियों का झण्ड पीछे छट गया। घायल सिपाहियों की डोलियां पीछे छटी, सवारों का दस्ता पीछे रहा। सवारों के आगे मुलतान के राजा की बेगमों और शहजादियों की पनसें और सुखपाल थे। इन सवारियों के आगे-पीछे हथियारबन्द ख्वाजासराओं की एक बड़ी जमात थी। कासिम अपने री में घोडा बढ़ाये चला आता था। यकायक उसे एक सजी हई पालकी में से दो आंखें-झांकती हुई नज़र आयीं। कासिम ठिठक गया,

उसे मालूम हुआ कि मेरे हाथों के तोते उड़ गये, उसे अपने दिल में एक कंपकंपी, एक कमज़ोरी और बुद्धि पर एक उन्माद-सा अनुभव हुआ। उसका आसन खुदव-खुद ढीला पड़ गया। तनी हुई गर्दन झुक गयी। नज़रें नीची हुई। वह दोनों आंखें दो चमकते और नाचते हए सितारों की तरह, जिनमें जादू का सा आकर्षण था, उसके आदिल के गोशे में बैठीं। वह जिधरताकता था वही दोनों उमंग की रोशनी से चमकते हुए तारे नज़र आते थे। उस बर्ची नहीं लगी, कटार नहीं लगी, किसी ने उस पर जादू नहीं किया, मंतर नहीं किया, नहीं, उसे अपने दिल में इस वक्त एक मजेदार बेसुधी, दर्द की एक लज्जत, मीठी-मीठी-सी एक कैफ़ियत और एक सुहानी चुभन से भरी हुई रोने की-सी हालत महसूस हो रही थी। उसका रोने को जी चाहता था, किसी दर्द की पुकार सुनकर शायद बह रो पड़ा बेताब हो जाता। उसका दर्द का एह सास जाग उठा था जो इश्क की पहली मंजिल है।

क्षण भर बाद उसने हुक्म दिया—आज हमारा यहीं कयाम होगा।

2

आधी रात गुजर चुकी थी, लश्कर के आदमी मीठी नोंद सो रहे थे। चारों तरफ़ मशालें जलती थीं और तिलासे के जवान जगह-जगह बैठे जम्हाइयां लेते थे। लेकिन कासिम की आंखों में नींद न थी। वह अपने लम्बे'चौड़े पुरलुत्फ़ खेमे में बैठा हुआ सोच रहा था—क्या इस जवान औरत को एक नज़र देख लेना कोई बड़ा गुनाह है? माना कि वह मुलतान के राजा की शहज़ादी है और मेरे बादशाह अपने हरम को उससे रौशन करना चाहते हैं लेकिन मेरी आरज़ तो सिर्फ इतनी है कि उसे एक निगाह देख लें और वह भी इस तरह कि किसी को खबर न हो! बस। और मान लो यह गुनाह भी हो तो मैं इस वक्त वह गुनाह करूंगा। अभी हजारों बेगुनाहों को इन्ही हाथों से क़त्ल कर आया हूँ। क्या खुदा के दरबार में इन गुनाहों की माफ़ी सिर्फ इसलिए हो जायेगी कि वह बादशाह के हुक्म से किये गये ? कुछ भी हो, किसी नाजनीन को एक नजर देख लेना किसी की जान लेने से बड़ा गुनाह नहीं। कम से कम मैं ऐसा नहीं समझता।

कासिम दीनदार नौजवान था। वह देर तक इस काम के नैतिक पहलू पर गौर करता रहा। मुलतान को फ़तेह करने वाला हीरो दूसरी बाधाओं को क्यों खयाल में लाता?

उसने अपने खेमे से बाहर निकलकर देखा, बेगमों के खेमे थोड़ी ही दूर पर गड़े

हुए थे। कासिम ने जान-बूझकर अपना खेमा उसके पास लगाया था। इन खेमों के चारों तरफ़ कई मशालें जल रही थी और पांच हब्शी ख्वाजासरा नंगी तलवारें लिये टहल रहे थे। क़ासिम आकर मसनद पर लेट गया और सोचने लगा—इन कम्बख्तों को क्या नींद न आयेगी। और चारों तरफ़ इतनी मशालें क्यों जला रक्खी हैं ? इन का गुल होना ज़रूरी है। इसलिए पुकारा-मसरूर।

—हजूर, फरमाइए ?

—मशालें बुझा दो, मुझे नींद नहीं आती।

—हुजर, रात अंधेरी है।

—कोई डर नहीं। तिलाये के जवान होशियार हैं।

—सब की ही गुल कर दी जायं?

—हां।

—जैसी हुजूर की मर्जी।

ख्वाज़ासरा चला गया और एक पल में सब की सब मशालें गुल हो गयीं, अंधेरा छा गया। थोड़ी देर में एक औरत ने शहजादी के खेमे से निकलकर पूछा—मसरूर, सरकार पूछती हैं यह मशालें क्यों बुझा दी गयीं।

मसरूर बोला—सिपहदार साहब की मर्जी। तुम लोग होशियार रहना, मुझे उनकी नियत साफ़ नहीं मालूम होती।

3

कासिम उत्सुकता से व्यग्र होकर कभी लेटता था, कभी उठ बैठता था, कभी टहलने लगता था। बार-बार दरवाजे पर आकर देखता, लेकिन पांचों ख्वाजासरा देवों की तरह खड़े नज़र आते थे। क़ासिम को इस वक्त यही धुन थी की शहजादी का दर्शन क्योंकर हो? अंजाम की फ़िक्र, बदनामी का डर, और शाही गुस्से का ख़तरा उस पुरज़ोर ख्वाहिश के नीचे दब गया था।

घड़ियाल ने एक बजाया। क़ासिम यों चौंक पड़ा गोया कोई अनहोनी बात हो गयी। जैसे कचहरी में बैठा हुआ कोई फ़रियादी अपने नाम की पुकार सुनकर चौंक पड़ता है। ओ हो, तीन घंटो में सुबह हो जायगी। खेमे उखड़ जायंगे। लश्कर कूच कर देगा। वक्त तंग है अब देर करने की, हिचकाने की गुंजाइश नहीं। कल दिल्ली पहुंच जायंगे। अरमान दिल में क्यों रह जाये, किसी तरह इन हरामखोर

ख्वाजासराओं को चकमा देना चाहिए। उसने बाहर निकल आवाज़ दी-मसरूर।

—हुज़ूर, फ़रमाइए।

—होशियार हो न?

—हुज़ूर, पलक तक नहीं झपकी।

—नींद तो आती ही होगी, कैसी ठंडी हवा चल रही है।

जब हुज़ूर ही ने अभी तक आराम नहीं फ़रमाया तो गुलामों को क्योंकर नींद आती।

—मैं तुम्हें कुछ तकलीफ़ देना चाहता हूँ।

—कहिए।

—तुम्हारे साथ पांच आदमी हैं, उन्हें लेकर ज़रा एक बार लश्कर का चक्कर लगा आओ। देखो, लोग क्या कर रहे हैं। अक्सर सिपाही रात को जसा खेलते हैं। बाज़ आस-पास के इलाकों में जाकर खरमस्ती किया करते हैं। ज़रा होशियारी से काम करना।

मसरूर—मगर यहां मैदान खाली हो जायगा।

कासिम—मैं तुम्हारे आने तक ख़बरदार रहंगा।

मसरूर—जो मर्जी हुजर।

क़ासिम—मैंने तुम्हें मोतबर समझकर यह ख़िदमत सुपुर्द की है, इसका मुआवज़ा इंशाअल्लाह तुम्हें सरकार से आता होगा।

मसरूर ने दबी ज़बान से कहा—बन्दा आपकी यह चालें सब समझता है। इंशाअल्लाह सरकार से आपको भी इसका इनाम मिलेगा। और तब जोर से बोला—आपकी बड़ी मेहरबानी है।

एक लमहे में पांचों ख्वाजासार लश्कर की तरफ़ चले। क़ासिम ने उन्हें जाते देखा। मैदान साफ़ हो गया। अब वह बेधड़क खेमे में जा सकता था। लेकिन अब क़ासिम को मालूम हुआ कि अन्दर जाना इतना आसान नहीं है जितना वह समझा था। गुनाह का पहल उसकी नज़र से ओझल हो गया था। अब सिर्फ जाहिरी मुश्किलों पर निगाह थी।

4

कासिम दबे पांव शहजादी के खेमे के पास आया, हालांकि दबे पांव आने की ज़रूरत न थी। उस सन्नाटे में वह अगर दौड़ता हुआ चलता तो भी किसी को खबर न होती। उसने खेमे से कान लगाकर सुना, किसी की आहट न मिली। इत्मीनान हो

गया। तब उसने कमर से चाकू निकाला और कांपते हए हाथों से खमे की दो-तीन रस्सियां काट डालीं। अन्दर जाने का रास्ता निकल आया। उसने अन्दर की तरफ़ झांका। एक दीपक जल रहा था। दो बांदियां फ़र्श पर लेटी हुई थीं और शहज़ादी एक मखमली गद्दे पर सो रही थी। क़ासिम की हिम्मत बढ़ी। वह सरककर अन्दर चला गया, और दबे पांव शहजादी के करीब जाकर उसके दिल-फ़रेब हुस्न का अमृत पीने लगा। उसे अब वह भय न था जो खेमे में आते वक्त हुआ था। उसने ज़रूरत पड़ने पर अपनी भागने की राह सोच ली थी।

क़ासिम एक मिनट तक मूरत की तरह खड़ा शहज़ादी को देखता रहा। काली—काली लटें खुलकर उसके गालों को छिपाये हुए थीं। गोया काले-काले अक्षरों में एक चमकता हुआ शायराना ख़याल छिपा हुआ था। मिट्टी की इस दुनिया में यह मज़ा, यह घुलावट वह दीप्ति कहा ? कासिम की आंखें इस दृश्य के नशे में चूर हो गयीं। उसके दिल पर एक उमंग बढ़ाने वाला उन्माद-सा छा गया, जो नतीजों से नहीं डरता था। उत्कण्ठा ने इच्छा का रूप धारण किया। उत्कण्ठा में अधीरता थी और आवेश, इच्छा में एक उन्माद और पीड़ा का आनन्द। उसके दिल में इस सुन्दरी के पैरों पर सर मलने की, उसके सामने रोने की, उसके क़दमों पर जान दे देने की, प्रेम का निवेदन करने की, अपने ग़म को बयान करने की एक लहर-सी उठने लगी। वासना के भंवर में पड़ गया।

5

कासिम आध घंटे तक उस रूप की रानी के पैरों के पास सर झुकाये सोचता रहा कि उसे कैसे जगाऊं। ज्योंही वह करक्ट बदलती वह डर के मारे थरथरा जाता। वह बहादुरी जिसने मुलतान को जीता था, उसका साथ छोड़े देती थी।

एकाएक कासिम की निगाह एक सुनहरे गुलाबपाश पर पड़ी जो करीब ही एक चौकी पर रक्खा हुआ था। उसने गुलाब पाश उठा लिया और खडा सोचता रहा कि शहजादी को जगाऊं या न जगाऊं? सोने की डली पड़ी हुई देखकर हमें उसके उठाने में जो आगा-पीछा होता है, वही इस वक्त उसे हो रहा था। आखिरकार उसने कलेजा मज़बूत करके शहज़ादी के कान्तिमान मुखमण्डल पर गुलाब के कई छोटे दिये। दीपक मोतियों की लड़ी से सज उठा।

शहजादी ने चोंककर आंखें खोली और कासिम को सामने खड़ा देखकर फौरन

मुंह पर नकाब खोंच लिया और धीरे से बोली—मसरूर।

कासिम ने कहा—मसरूर तो यहां नहीं है, लेकिन मुझे भी अपना एक अदना जांबाब ख़ादिम समझिए। जो हुक्म होगा उसकी तामील में बाल बराबर उज्र न होगा।

शहजादी ने नकाब और खींच लिया और खेमे के एक कोने में जाकर खड़ी हो गयी।

क़ासिम को अपनी वाक-शक्ति का आज पहली बार अनुभव हुआ। वह बहुत कम बोलनेवाला और गम्भीर आदमी था। अपने हृदय के भावों को प्रकट करने में उसे हमेशा झिझक होती थी लेकिन इस वक्त शब्द बारिश की बंदों की तरह उसकी जबान पर आने लगे। गहरे पानी के बहाव में एक दर्द का स्वर पैदा हो जाता है। बोला—मैं जानता हूं कि मेरी यह गुस्ताखी आपकी नाजुक तबीयत पर नागवार गुज़री है। हुजूर, इसकी जो सजा मुनासिब समझें उसके लिए यह सर झुका हुआ है। आह, मैं ही वह बदनसीब, काले दिल का इंसान हूं जिसने आपके बुज़ुर्ग बाप और प्यारे भाइयों के खून से अपना दामन नापाक किया है। मेरे ही हाथों मुलतान के हजारों जबान मारे गये, सल्तनत तबाह हो गयी, शाही खानदान पर मुसीबत आयी और आपको यह स्याह दिन देखना पड़ा। लेकिन इस वक्त आपका यह मुजरिम आपके सामने हाथ बांधे हाजिर है। सापके एक इशारे पर वह आपके कदमों पर न्योछावर हो जाएगा और उसकी नापाक ज़िन्दगी से दुनिया पाक हो जायगी। मुझे आज मालूम हुआ कि बहादुरी के परदे म वासना आदमी से कैसे-कैसे पाप करवाती है। यह महज लालच की आग है, राख में छिपी हुई। सिर्फ एक कातिल जहर है, खुशनुमा शीशे में बन्द ! काश मेरी आंखें पहले खुली होती तो एक नामवर शाही खानदान यों खाक में न मिल जाता। पर इस मुहब्बत की शमा ने, जो कल शाम को मेरे सीने में रोशन हुई, इस अंधेरे कोने को रोशनी से भर दिया। यह उन रूहानी जज़्बात का फ़ैज़ है, जो कल मेरे दिल में जाग उठे, जिन्होंने मुझे लालच की कैद से आजाद कर, दिया।

इसके बाद कासिम ने अपनी बेक़रारी और दर्दे दिल और वियोग की पीड़ा का बहुत ही करुण शब्दों में वर्णन किया, यहां तक कि उसके शब्दों का भंडार ख़त्म हो गया। अपना हाल कह सुनाने की लालसा पूरी हो गयी।

6

लेकिन वह वासना का बन्दी वहां से हिला नहीं। उसकी आरज़ुओं ने एक क़दन

और आगे बढ़ाया। मेरी इस रामकहानी का हासिल क्या? अगर सिर्फ़ दर्दे दिल ही सुनाना था, तो किसी तसवीर को, सुना सकता था। वह तसवीर इससे ज्यादा ध्यान से और ख़ामोशी से मेरे ग़म की दास्तान सुनती। काश मैं भी इस रूप की रानी की मीठी आवाज़ सुनता, वह भी मुझसे कुछ अपने दिल का हाल कहती, मुझे मालूम होता कि मेरे इस दर्द के किस्से का उसके दिल पर क्या असर हुआ। काश मुझे मालूम होता कि जिस आग में मैं फूंका जा रहा हूं, कुछ उसकी आंच उधर भी पहुंचती है या नहीं। कोन जाने यह सच हो कि मुहब्बत पहले माशूक के दिल में पैदा होती है। ऐसा न होता तो वह सब को तोड़नेवाली निगाह मुझ पर पड़ती ही क्यों ? आह, इस हुस्न की देवी की बातों में कितना लुत्फ़ आयेगा। बुलबुल का गाना संभी सुनते हैं पर फल का गाना किसने सुना है। काश मैं वह गाना सुन सकता, उसकी आवाज़ कितनी दिलकश होगी, कितनी पाकीज़ा कितनी नूरानी, अमत में डूबी हुई और जो कहीं वह भी मुझ से प्यार करती हो तो फिर झसे ज्यादा खुशनसीब दुनिया में और कोन होगा?

इस ख़याल से क़ासिम का दिल उछलने लगा। रगों में एक हरकतसी महसूस हुई। इसके बावजूद कि बांदियों के जाग जाने और मसरूर की वापसी का धड़का लगा हुआ था, आपसी बातचीत की इच्छा ने उसे अधीर कर दिया, बोला—हुस्न की मलका, यह ज़ख़्मी दिल आपकी इनायत की नज़र का मुस्तहक़ है। कुछ उसके हाल पर रहम न कीजिएगा?

शहज़ादी ने नकाब की ओट से उसकी तरफ़ ताका और बोली—जो खद रहम का मुस्तहक़ हो, वह दूसरों के साथ क्या रहम कर सकता है ? कैद में तड़पते हुए पंछो से, जिसके न बोल हैं न पर, गाने की उम्मीद रखना बेकार है। मैं जानती हूं कि कल शाम को मैं दिल्ली के ज़ालिम बादशाह के सामने बांदियों की तरह हाथ बांधे खड़ी हंगी। मेरी इज़्ज़त, मेरे रुतबे और मेरी शान का दारोमदार खानदानी इज्जत पर नहीं बल्कि मेरी सूरत पर होगा। नसीब का हक़ पूरा हो जायगा। कौन ऐसा आदमी है जो इस ज़िन्दगी की आरजू रक्खेगा ? आह, मुलतान की शहजादी आज एक ज़ालिम, चालबाज़, पापी आदमी की वासना का शिकार बनने पर मजबूर है ! जाइए, मुझे मेरे हाल पर छोड़ दीजिए। मैं बदनसीब हूं, ऐसा न हो कि मेरे साथ आपको भी शाही गुस्से का शिकार बनना पड़े। दिल में कितनी ही बातें हैं मगर क्यों कहं, 'क्या हासिल? इस भेद का भेद बना रहना ही अच्छा है। आपमें सच्ची बहादुरी और ख़ुद्दारी का जौहर है। आप दुनिया में नाम पैदा करेंगे, बड़े-बड़े काम करेंगे, खुदा आपके इरादों में बरकत दे-यही इस आफ़त की मारी हुई औरत की दुआ

है। मैं सच्चे दिल से कहती हैं कि मुझे आपसे कोई शिकायत नहीं है। आज मुझे मालूम हुआ कि मुहब्बत बैर से कितनी पाक होती है। वह उस दामन में मुंह छिपाने से भी परहेज नहीं करती जो उसके अजीज़ों के खून से लिथड़ा हुआ हो। आह यह कम्बखत दिल उबला पड़ता है। अपने कान बन्द कर लीजिए, वह अपने आपे में नहीं है, उसकी बातें न सुनिए। सिर्फ आपसे यही बिनती है कि इस ग़रीब को भूल न जाइएगा। मेरे दिल में उस मीठे सपने की याद हमेशा ताजा रहेगी, हरम की कैद में यही सपना दिल को तसकीन देता रहेगा, इस सपने को तोडिए मत। अब खदा के वास्ते यहां से जाइए, ऐसा न हो कि मसरूर आ जाय, वह एक ज़ालिम है। मुझे अंदेशा है कि उसने आपको धोखा दिया, अजब नहीं कि यहीं कहीं छपा बैठा हो, उससे होशियार रहिएगा। खुदा हाफ़िज़ !

7

क़ासिम पर एक बेसूधी की-सी हालत छा गयी। जैसे आत्मा का गीत सुनने के बाद किसी योगी की होती है। उसे सपने में भी जो उम्मीद न हो सकती थी, वह पूरी हो गयी थी। गर्व से उसकी गर्दन की रगें तन गयीं, उसे मालूम हुआ कि दुनिया में मुझसे ज्यादा भाग्यशाली दूसरा नहीं है। मैं चाहूं तो इस रूप की वाटिका की बहार लूट सकता हूं, इस प्याले से मस्त हो सकता हूं। आह, वह कितनी नशीली, कितनी मुबारक ज़िन्दगी होगी ! अब तक क़ासिम की मुहब्बत ग्वाले का दूध थी, पानी से मिली हुई; शहजादी के दिल की तड़प ने पानी को जलाकर सच्चाई का रंग पैदा कर दिया। उसके दिल ने कहा—मैं इस रूप की रानी के लिए क्या कुछ नहीं कर सकता? कोई ऐसी मुसीबत नहीं है जो झेल न सकं, कोई ऐसी आग नहीं, जिसमें कूद न सकं, मुझे किसका डर है ! बादशाह का ? मैं बादशाह का गुलाम नहीं, उसके सामने हाथ फैलानेवाला नहीं, उसका मुहताज नहीं। मेरे जौहर की हर एक दरबार में कद्र हो सकती है। मैं आज इस गुलामी की जंजीर को तोड़ डालूंगा और उस देश में जा बसंगा, जहां बादशाह के फरिश्ते भी पर नहीं मार सकते। हुस्न की नेमत पाकर अब मुझे और किसी चीज़ की इच्छा नहीं। अब अपनी आरजुओं का क्यों गला घोटं ? कामनाओं को क्यों निराशा का ग्रास बनने दूं? उसने उन्माद की-सी स्थिति में कमर से तलवार निकाली और जोश के साथ बोला—जब तक मेरे बाजुओं में दम है, कोई आपकी तरफ़ आंख उठाकर देख भी नहीं सकता। चाहे वह दिल्ली का बादशाह ही

क्यों न हो ! मैं दिल्ली के कुचे और बाजार में खून की नदी बहा दूंगा, सल्तनत की जड़े हिला दूंगा, शाही तख्त को उलट-पलट कर रख दूंगा, और कुछ न कर सकूँगा तो मर मिटूंगा। पर अपनी आंखों से आपको यह ज़िल्लत न देखूगा।

शहज़ादी आहिस्ता-आहिस्ता उसके करीब आयी और बोली—मुझे आप पर पूरा भरोसा है, लेकिन आपको मेरी खातिर से जब्त और सब करना होगा। आपके लिए मैं महलसरा को तकलीफ़ और जुल्म सब सह लंगी। आपकी मुहब्बत ही मेरी ज़िन्दगी का सहारा होगी। यह यक़ोन कि आप मुझे अपनी लौंडी समझते हैं, मुझे हमेशा सम्हालता रहेगा। कौन जाने तक़दीर हमें फिर मिलाये।

कासिम ने अकड़कर कहा—आप दिल्ली जायें ही क्यों ! हम सुबह होते-होते भरतपुर पहुंच सकते हैं।

शहज़ादी—मगर हिन्दोस्तान के बाहर तो नहीं जा सकते। दिल्ली की आंख का कांटा बनकर मुमकिन है हम जंगलों और वीरानों में ज़िन्दगी के दिन काटें पर चैन नसीब न होगा। असलियत की तरफ से आंखें न बन्द कीजिए, खुदा ने आपको बहादुरी दी है, पर तेगे इस्फ़हानी भी तो पहाड़ से टकराकर टूट ही जायगी।

क़ासिम का जोश कुछ धीमा हुआ। भ्रम का परदा नज़रों से हट गया। कल्पना की दुनिया में बढ़-बढ़कर बातें करना आदमी का गुण है। कासिम को अपनी बेबसी साफ़ दिखायी पड़ने लगी। बेशक मेरी यह लनतरानियां मज़ाक की चीज़ हैं। दिल्ली के शाह के मुक़ाबिलें में मेरी क्या हस्ती है ? उनका एक इशारा मेरी हस्ती को मिटा सकता है। इसरत-भरे लहजे में बोला—मान लीजिए, हमको जंगलों और वीरानों ही ज़िन्दगी के. दिन काटने पड़ें तो क्या ? मुहब्बत करनेवाले अंधेरे कोने में भी चमन को सैर का लुत्फ़ उठाते हैं। मुहब्बत में वह फ़क़ीरों और दरवेशों जैसा अलगाव है, जो दुनिया की नेमतों की तरफ़ आंख उठाकर भी नहीं देखता।

शहज़ादी-मगर मुझसे यह कब मुमकिन है कि अपनी भलाई के लिए आपको इन खतरों में डालं? मैं शाहे दिल्ली के जुल्मों की कहानियां सुन चकी हं, उन्हें याद करके रोंगटे खड़े हो जाते हैं। खुदा वह दिन न लाये कि मेरी वजह से आपका बाल भी बांका हो। आपकी लड़ाइयों के चर्चे, आपकी खैरियत की ख़बरें, उस कैद में मुझको तसकीन और ताक़त देंगी। मैं मसीबतें झेलंगी और हंस-हंसकर आग में जलंगो और माथे पर बल न आने दूंगी। हां, मैं शाहे दिल्ली के दिल को अपना बनाऊंगी, सिर्फ आपकी खातिर से ताकि आपके लिए मौक़ा पड़ने पर दो-चार अच्छी बातें कह सकूं।

8

लेकिन कासिम अब भी वहां से न हिला। उसकी आरजुएं उम्मीद से बढ़कर पूरी होती जाती थीं, फिर हवस भी उसी अन्दाज़ से बढ़ती जाती थी। उसने सोचा अगर हमारी मुहब्बत की बहार सिर्फ कुछ लमहों की मेहमान है, तो फिर उन मुबारकबाद लमहों को आगे की चिन्ता से क्यों बेमज़ा करें। अगर तक़दीर में इस हुस्न की नेमत को पाना नहीं लिखा है, तो इस मौके को हाथ से क्यों जाने दूं। कौन जाने फिर मुलाकात हो या न हो? यह मुहब्बत रहे या न रहे? बोला—शहजादी, अगर आपका यही आखिरी फैसला है, तो मेरे लिए सिवाय हसरत और मायूसी के और क्या चारा है? दुख होगा, कुढ़ूंगा, पर सब्र करूंगा। अब एक दम के लिए यहां आकर मेरे पहल में बैठ जाइए ताकि इस बेकरार दिल को तस्कीन हो। आइए, एक लमहे के लिए भूल जायं कि जुदाई की घड़ी हमारे सर पर खड़ी है। कान जाने यह दिन कब आये? शान-शौकत गरीबों की याद भुला देती है, आइए एक घड़ी मिलकर बैठें। अपनी ज़ुल्फ़ों की अम्बरी खुशबू से इस जलती हुई रूह को तरावट पहुंचाइए। यह बांहें, गलों की जंजीरें बन जाएं। अपने बिल्लौर जैसे हाथों से प्रेम के प्याले भर-भरकर पिलाइए। सागर के ऐसे दौर चलें कि हम छक जायं। दिलों पर सुरूर का ऐसा गाढ़ा रंग चढ़े जिस पर जुदाई की तुशियों का असर न हो। वह रंगीन शराब पिलाइए जो इस झुलसी हुई आरजुओं की खेती को सींच दे और यह रूह की प्यास हमेशा के लिए बुझ जाये।

मए अगवानी के दौर चलने लगे। शहजादी की बिल्लौरी हथेली में सुर्ख शराब का प्याला ऐसा मालूम होता था जैसे पानी की बिल्लौरी सतह पर कमल का फल खिला हो। कासिम दीनों दुनिया से बेख़बर प्याले पर प्याले चढ़ाता जाता था जैसे कोई डाक लूट के माल पर टूटा हुआ हो। यहां तक कि उसकी आंखें लाल हो गयी, गर्दन झुक गयी, पी-पीकर मदहोश हो गया। शहजादी की तरफ़ वासना-भरी आंखों से ताकता हुआ बांहें खोले बढ़ा कि घड़ियाल ने चार बजाये और कच के डंके की दिल छेद देनेवाली आवाजें कान में आयीं। बांहें खुली की खुली रह गयीं। लौंडियां उठ बैठी, शहजादी उठ खड़ी हुई और बदनसीब कासिम दिल की आरजूएं लिये खेमे से बाहर निकला, जैसे तक़दीर के फ़ोलादी पंजे ने उसे ढकेलकर बाहर निकाल दिया हो। जब अपने खेमे में आया तो दिल आरज़ूओं से भरा हुआ था। कुछ देर के बाद आरजूओं ने हवस का रूप भरा और अब बाहर निकला तो दिल हसरतों से पामाल

था, हवस का मकड़ी-जाल उसकी रूह के लिए लोहे की जंजीरें बना हुआ था।

9

शाम का सुहाना वक्त था। सुबह की ठण्डी-ठण्डी हवा के सागर में धीरे-धीरे लहरें उठ रही थीं। बहादुर, किस्मत का धनी क़ासिम मुलतान के 'मोर्चे को सर करके गर्व की मदिरा पिये उसके नशे में चूर चला आता था। दिल्ली की सड़कें बन्दनवारों और झंडियों से सजी हुई थीं। गुलाब और केवड़े की खुशबू चारों तरफ़ उड़ रही थी। जगह-जगह नौबतखाने अपना सुहाना राग अलाप रहे थे। शहरपनाह के अन्दर दाखिल होते ही सारे शहर में एक शोर मच गया। तोपों ने अगवानी की घनगरज सदाएं बुलन्द की। ऊपर झरोखों में नगर की सुन्दरियां मितारों की तरह चमकने लगीं। क़ासिम पर फलों की बरखा होने लगी। वह शाही महल के करीब पहुंचा तो बड़े-बड़े अमीर-उमरा उसकी अगवानी के लिए क़तार बांधे खड़े थे। इस शान से वह दीवाने खास तक पहुंचा। उसका दिमाग़ इस वक्त सातवें आसमान पर था। चाव-भरी आंखों से ताकता हुआ बादशाह के पास पहुंचा और शाही तख्त को चम लिया। बादशाह मुस्कराकर तखून से उतरे और बांहें खोले हए कासिम को सीने से लगाने के लिए बढ़े। कासिम आदर से उनके पैरों को चूमने के लिए झुका कि यकायक उसके सिर पर एक बिजली—सी गिरी। बादशाह का तेज खंजर उसकी गर्दन पर पड़ा और सर तन से जुदा होकर अलग जा गिरा। ख न के फ़ौवारे बादशाह के क़दमों की तरफ़, तख़्त की तरफ़ और तख़्त के पीछे खड़े होने वाले मसरूर की तरफ़ लपके, गोया कोई झल्लाया हुआ आग का सांप है।

घायल शरीर एक पल में ठंडा हो गया। मगर दोनों आंखें हसरत की मारी हुई दो मूरतों की तरह देर तक दीवारों की तरफ़ ताकती रहीं। आखिर वह भी बन्द हो गयौं। हवस ने अपना काम पूरा कर दिया। अब सिर्फ हसरत बाक़ी थी जो बरसों तक दीवाने खास के दरोदीवार पर छायी रही और जिसकी झलक अभी तक क़ासिम के मजार पर घास-फूस की सूरत में नज़र आती है।

—'प्रेम बत्तीसी' से

पुत्र-प्रेम

1

बाबू चैतन्यदास ने अर्थशास्त्र खूब पढ़ा था, और केवल पढ़ा ही नहीं था, उसका यथायोग्य व्यवहार भी वे करते थे। वे वकील थे, दो-तीन गांवों में उनकी जमींदारी भी थी, बैंक में भी कुछ रुपये थे। यह सब उसी अर्थशास्त्र के ज्ञान का फल था। जब कोई खर्च सामने आता तब उनके मन में स्वभावतः प्रश्न होता था—इससे स्वयं मेरा उपकार होगा या किसी अन्य पुरुष का ? यदि दो में से किसी का कुछ भी उपकार न होता तो वे बड़ी निर्दयता से उस खर्च का गला दबा देते थे। 'व्यर्थ' को वे विष के समान समझते थे। अर्थशास्त्र के सिद्धान्त उनके जीवन-स्तम्भ हो गये थे।

बाबू साहब के दो पुत्र थे। बड़े का नाम प्रभुदास था, छोटे का शिवदास। दोनों कालेज में पढ़ते थे। उनमें केवल एक श्रेणी का अन्तर था। दोनों ही चतुर, होनहार युवक थे। किन्तु प्रभुदास पर पिता का स्नेह अधिक था। उसमें सदुत्साह की मात्रा अधिक थी और पिता को उसकी जात से बड़ी-बड़ी आशाएँ थीं। वे उसे विद्योन्नति के लिए इंग्लैण्ड भेजना चाहते थे। उसे बैरिस्टर बनाना उनके जीवन की सबसे बड़ी अभिलाषा थी।

2

किन्तु कुछ ऐसा संयोग हुआ कि प्रभुदास को बी० ए० की परीक्षा के बाद ज्वर आने लगा। डाक्टरों की दवा होने लगी। एक मास तक नित्य डाक्टर साहब आते रहे, पर ज्वर में कमी न हुई। दूसरे डाक्टर का इलाज़ होने लगा। पर उससे भी कुछ

लाभ न हुआ। प्रभुदास दिनोंदिन क्षीण होता चला जाता था। उठने-बैठने की शक्ति न थी। यहाँ तक कि परीक्षा में प्रथम श्रेणी में उत्तीर्ण होने का शुभ-सम्वाद सुनकर भी उसके चेहरे पर हर्ष का कोई चिन्ह न दिखायी दिया। वह सदैव गहरी चिन्ता में डूबा रहता था। उसे अपना जीवन बोझ-सा जान पड़ने लगा था। एक रोज़ चैतन्यदास ने डाक्टर साहब से पूछा—यह क्या बात है कि दो महीने हो गये और अभी तक दवा का कोई असर नहीं हुआ ?

डाक्टर साहब ने सन्देहजनक उत्तर दिया—मैं आपको संशय में नहीं डालना चाहता। मेरा अनुमान है कि यह ट्युबरक्युलासिस है।

चैतन्यदास ने व्यग्र होकर कहा—तपेदिक ?

डाक्टर—जी हां, उसके सभी लक्षण दिखायी देते हैं।

चतन्यदास ने अविश्वास के भाव से कहा, मानों उन्हें कोई विस्मयकारी बात सुन पड़ी हो—तपेदिक हो गया !

डाक्टर ने खेद करते हुए कहा—यह रोग बहुत ही गुप्तरीति से शरीर में प्रवेश करता है।

चैतन्यदास—मेरे खानदान में तो यह रोग किसी को न था।

डाक्टर—सम्भव है, मित्रों से इसके जर्म (कीटाणु) मिले हों।

चैतन्यदास कई मिनट तक सोचने के बाद बोले—अब क्या करना चाहिए?

डाक्टर—दवा करते रहिये। अभी फेफड़ों तक असर नहीं हुआ है। इनके अच्छे होने की आशा है।

चैतन्यदास—आपके विचार में कब तक दवा का असर होगा?

डाक्टर—निश्चयपूर्वक नहीं कह सकता। लेकिन तीन-चार महीने में ये स्वस्थ हो जायेंगे। जाड़ों में इस रोग का ज़ोर कम हो जाया करता है।

चैतन्यदास—अच्छे हो जाने पर ये पढ़ने में परिश्रम कर सकेंगे?

डाक्टर—मानसिक परिश्रम के योग्य तो ये शायद ही हो सकें।

चैतन्यदास—किसी सैनेटोरियम (पहाड़ी स्वास्थ्यालय) में भेज दूं तो कैसा हो?

डाक्टर—बहुत ही उत्तम।

चैतन्यदास—तब ये पूर्णरीति से स्वस्थ हो जायंगे ?

डाक्टर—हो सकते हैं, लेकिन इस रोग को दबा रखने के लिए इनका मानसिक परिश्रम से बचना ही अच्छा है।

चैतन्यदास नैराश्य भाव से बोले—तब तो इनका जीवन ही नष्ट हो गया।

3

गर्मी बीत गयी। बरसात के दिन आये। प्रभुदास की दशा दिनोंदिन बिगड़ती गई। वह पड़े-पड़े बहुधा इस रोग पर की गई बड़े-बड़े डाक्टरों की व्याख्याएं पढ़ा करता था। उनके अनुभवों से अपनी अवस्था की तुलना किया करता। पहले कुछ दिनों तक तो वह अस्थिरचित्त-सा हो गया था। दो चार दिन भी दशा संभली रहती तो पुस्तकें देखने लगता और विलायत यात्रा की चर्चा करता। दो-चार दिन भी ज्वर का प्रकोप बढ़ जाता तो जीवन से निराश हो जाता। किन्तु कई मास के पश्चात् जब उसे विश्वास हो गया कि इस रोग से मुक्त होना कठिन है तब उसने जीवन की भी चिन्ता छोड़ दी। पथ्यापथ्य का विचार न करता, घरवालों की निगाह बचाकर औषधियां ज़मीन पर गिरा देता। मित्रों के साथ बैठकर जी बहलाता। यदि कोई उससे स्वास्थ्य के विषय में कुछ पूछता तो चिढ़कर मुंह मोड़ लेता। उसके भावों में एक शान्तिमय उदासीनता आ गई थी और बातों में एक दार्शनिक मर्मज्ञता पाई जाती थी। वह लोक-रीति और सामाजिक प्रथाओं पर बड़ी निर्भीकता से आलोचनाएं किया करता। यद्यपि बाबू चतन्यदास के मन में रह-रहकर शंका उठा करती थी कि जब परिणाम विदित ही है तब इस प्रकार धन का अपव्यय करने से क्या. लाभ, तथापि वे कुछ तो पुत्र-प्रेम और कुछ लोक-मत के भय से धैर्य के साथ दवा-दर्पन करते जाते थे।

जाड़े का मौसम था। चैतन्यदास पुत्र के सिरहाने बैठे हुए डाक्टर साहब ओर प्रश्नात्मक दृष्टि से देख रहे थे। जब डाक्टर साहब टेम्परेचर लेकर (थर्मामीटर लगाकर) कुर्सी पर बैठे तब चैतन्यदास ने पूछा—अब तो जाड़ा आ गया। आपको कुछ अन्तर मालूम होता है ?

डाक्टर—बिलकुल नहीं, बल्कि रोग और भी दुस्साध्य होता जाता है।

चैतन्यदास ने कठोर स्वर में पूछा—तब आप लोग क्यों मुझे इस भ्रम में डाले हए थे कि जाड़े में अच्छे हो जायेंगे? इस प्रकार दूसरों की सरलता का उपयोग करना अपना मतलब साधने का साधन हो तो हो, इसे सज्जनता कदापि नहीं कह सकते।

डाक्टर ने नम्रता से कहा—ऐसी दशाओं में हम केवल अनुमान कर सकते हैं और अनुमान सदैव सत्य नहीं होते। आपको जेरबारी अवश्य हुई, पर मैं आपको विश्वास दिलाता हूं कि मेरी इच्छा आपको भ्रम में डालने की नहीं थी।

शिवदास बड़े दिन की छुट्टियों में आया हुआ था, इसी समय वह कमरे में आ गया और डाक्टर साहब से बोला—आप पिता जी की कठिनाइयों का स्वयं अनुमान कर सकते हैं। अगर उनकी बात नागवार लगी हो तो उन्हें क्षमा कीजिएगा।
6 चैतन्यदास ने छोटे पुत्र की ओर वात्सल्य की दृष्टि से देखकर कहातुम्हें यहां आने की क्या ज़रूरत थी। मैं तुमसे कितनी बार कह चुका हूं कि यहां मत आया करो। लेकिन तुमको सबर ही नहीं होती।

शिवदास ने लज्जित होकर कहा—मैं अभी चला जाता हूं। आप नाराज न हों। मैं केवल डाक्टर साहब से यह पूछना चाहता था कि भाई साहब के लिए अब क्या करना चाहिए?

डाक्टर ने कहा—अब केवल एक ही साधन और है। इन्हें इटली के किसी सैनेटोरियम में भेज देना चाहिए।

चैतन्यदास ने सजग होकर पूछा—कितना खर्च होगा?

'ज्यादा से ज्यादा तीन हजार। साल भर रहना होगा।

'निश्चय है कि वहां से अच्छे होकर आवेंगे?

'जी नहीं। यह तो एक भयंकर रोग है, साधारण बीमारियों में भी कोई बात निश्चयरूप से नहीं कही जा सकती।'

'इतना खर्च करने पर भी वहां से ज्यों के त्यों लोट आये तो?'

'तो ईश्वर की इच्छा। आपको यह तसकीन हो जायगी कि इनके लिए मैं जो कुछ कर सकता था, कर दिया।'

4

आधी रात तक घर में प्रभुदास को इटली भेजने के प्रस्ताव पर वादविवाद होता रहा। चैतन्यदास का कथन था कि एक संदिग्ध फल के लिए तीन हजार का खर्च उठाना बुद्धिमत्ता के प्रतिकूल है। शिवदास भी उनसे सहमत था। किन्तु उसकी माता इस प्रस्ताव का बड़ी दृढ़ता के साथ अनुमोदन कर रही थी। अन्त में माता की धिक्कारों का यह फल हुआ कि शिवदास लज्जित होकर उसके पक्ष में हो गया। बाबू साहब अकेले रह गये। तपेश्वरी ने तर्क से काम लिया। पति के सद्भावों को प्रज्वलित करने की चेष्टा की। धन की नश्वरता की लोकोक्तियां कहीं। इन शस्त्रों से विजय-लाभ न हुआ तो अश्रु-वर्षा करने लगी। बाबू साहब जल-बिन्दुओं के इस शर-प्रहार

के सामने न ठहर सके। इन शब्दों में हार स्वीकार की—अच्छा भाई, रोओ मत। जो कुछ कहती हो वही होगा।

तपेश्वरी—तो कब ?

'रुपये हाथ में आने दो।'

'तो यह क्यों नहीं कहते कि भेजना ही नहीं चाहते ?'

'भेजना चाहता हूं किन्तु अभी हाथ खाली है। क्या तुम नहीं जानतीं?'

'बैंक में तो रुपये हैं ? जायदाद तो है ? दो-तीन हज़ार का प्रबन्ध करना ऐसा क्या कठिन है ?'

चैतन्यदास ने पत्नी को ऐसी दृष्टि से देखा मानों उसे खा जायंगे और एक क्षण के बाद बोले—बिलकुल बच्चों की-सी बातें करता हो। इटली में ऐसी कोई संजीवनी नहीं रक्खी हई है जो तुरन्त चमत्कार दिखायेगी। जब वहां भी केवल प्रारब्ध ही की परीक्षा करनी है तो सावधानी से कर लेंगे। पूर्व पुरुषों की संचित जायदाद और रक्खे हुए रुपये मैं अनिश्चित हित की आशा पर बलिदान नहीं कर सकता।

तपेश्वरी ने डरते-डरते कहा—आखिर, आधा हिस्सा तो प्रभुदास का भी है ?

बाबू साहब तिरस्कार करते हुए बोले—आधा नहीं, उसमें मैं अपना सर्वस्व दे देता, जब उससे कुछ आशा होती, वह खानदान की मर्यादा और ऐश्वर्य बढ़ाता और इस लगाये हुए धन के फलस्वरूप कुछ कर दिखाता। मैं केवल भावुकता के फेर में पड़कर धन का ह्रास नहीं कर सकता।

तपेश्वरी अवाक रह गयी। जीतकर भी उसकी हार हुई।

इस प्रस्ताव के छः महीने बाद शिवदास बी० ए० पास हो गया। बाबू चैतन्यदास ने अपनी ज़मींदारी के दो आने बन्धक रखकर कानून पढ़ने के निमित्त उसे इंगलैण्ड भेजा। उसे बम्बई तक खुद पहुंचाने गये। वहां से लौटे तो उनका अन्तःकरण सदिच्छाओं से परिमित्त लाभ होने की आशा थी। उनके लौटने के एक सप्ताह पीछे अभागा प्रभुदास अपनी उच्च अभिलाषाओं को लिये हुए परलोक सिधारा।

5

चैतन्यदास मणिकर्णिका घाट पर अपने सम्बन्धियों के साथ बैठे चिता-ज्वाला की ओर देख रहे थे। उनके नेत्रों से अश्रुधारा प्रवाहित हो रही थी। पुत्र-प्रेम एक क्षण के लिए अर्थ-सिद्धान्त पर ग़ालिब मा गया था। उस विरक्तावस्था में उनके

मन में यह कल्पना उठ रही थी-सम्भव है, इटली जाकर प्रभुदास स्वस्थ हो जाता। हाय ! मैंने तीन हजार का मुंह देखा और पुत्र,रत्न को हाथ से खो दिया। यह कल्पना प्रतिक्षण सजग होती थी और उनको ग्लानि, शोक और पश्चाताप के बाणों से बेध रही थी। रह-रहकर उनके हृदय में वेदना की शूल-सी उठती थी। उनके अन्तर की ज्वाला उस चिता—ज्वाला से कम दग्धकारिणी न थी। अकस्मात् उनके कानों में शहनाइयों की आवाज़ आयी। उन्होंने आंख ऊपर उठाई तो मनुष्यों का एक समूह एक अर्थी के साथ आता हुआ दिखाई दिया। वे सब के सब ढोल बजाते, गाते, पुष्प आदि की वर्षा करते चले आते थे। घाट पर पहुंचकर उन्होंने अर्थी उतारी और चिता बनाने लगे। उनमें से एक युवक आकर चैतन्यदास के पास खड़ा हो गया। बाबू साहब ने पूछाकिस मुहल्ले में रहते हो?

युवक ने जवाब दिया—हमारा घर देहात में है। कल शाम को चले थे। ये हमारे बाप थे। हम लोग यहां कम आते हैं, पर दादा की अन्तिम इच्छा थी कि हमें मणिकर्णिका घाट पर ले जाना।

चैतन्यदास—ये सब आदमी तुम्हारे साथ हैं ?

युवक—हां, और लोग पीछे आते हैं। कई सौ आदमी साथ आते हैं। यहां तक आने में सैकड़ों उठ गये पर सोचता हूं कि बड़े पिता की मुक्ति तो बन गई। धन और है ही किसलिये।

चैतन्यदास—उन्हें क्या बीमारी थी?

युवक ने बड़ी सरलता से कहा, मानो वह अपने किसी निज सम्बन्धी से बात कर रहा हो—बीमारी का किसी को कुछ पता नहीं चला। हरदम ज्वर चढ़ा रहता था। सूखकर कांटा हो गये थे। तीन वर्ष तक खाट पर पड़ रहे। जिसने जहां बताया लेकर गये। चित्रकूट, हरिद्वार, प्रयाग सभी स्थानों में ले—लेकर घूमे। वैद्यों ने जो कुछ कहा उसमें कोई कसर नहीं की।

इतने में युवक का एक और साथी आ गया और बोला—साहब, मुंह देखी बात नहीं, नारायण लड़का दे तो ऐसा दे। इसने रुपयों को ठीकरे समझा। घर की सारी पंजी पिता की दवा-दारू में स्वाहा कर दी। थोड़ीसी जमीन तक बेच दी पर काल बली के सामने आदमी का क्या बस है।

युवक ने गद्गद् स्वर से कहा—भैया, रुपया—पैसा हाथ का मैल है। कहां आता है, कहां जाता है, मनुष्य नहीं मिलता। जिन्दगानी है तो कमा खाऊंगा। पर मन में यह लालसा तो नहीं रह गयी कि हाय ! यह नहीं किया, उस वैद्य के पास नहीं गया,

नहीं तो शायद बच जाते। हम तो कहते हैं कि कोई हमारा सारा घर-द्वार लिखा ले, केवल दादा को एक बोल बुला दे। इसी माया—मोह का नाम जिन्दगानी है, नहीं तो इसमें क्या रक्खा है ? धन से प्यारी जान, जान से प्यारा ईमान। बाबू साहब, आपसे सच कहता हूं, अगर दादा के लिए अपने बस की कोई बात उठा रखता तो आज रोते न बनता। अपना ही चित्त अपने को धिक्कारता। नहीं तो मुझे इस घड़ी ऐसा जान पड़ता है कि मेरा उद्धार एक भारी ऋण से हो गया। उनकी आत्मा सुख और शान्ति से रहेगी तो मेरा सब तरह कल्याण ही होगा।

बाबू चैतन्यदास सिर झुकाए ये बातें सुन रहे थे। एक-एक शब्द उनके हृदय में शर के समान चुभता था। इस उदारता के प्रकाश में उन्हें अपनी हृदय-हीनता, अपनी आत्मशन्यता, अपनी भौतिकता अत्यन्त भयंकर दिखायी देती थी। उनके चित्त पर इस घटना का कितना प्रभाव पड़ा, यह इसी के अनुमान से किया जा सकता है कि प्रभुदास के अन्त्येष्टी संस्कार में उन्होंने हजारों रुपये खर्च कर डाले। उनके सन्तप्त हृदय की शान्ति के लिए अब एकमात्र यही उपाय रह गया था।

सरस्वती, जून 1982

इज़्ज़त का खून

मैंने कहानियों और इतिहासों में तकदीर के उलट-फेर की अजीबोगरीब दास्तानें पढ़ी हैं। शाह को भिखमंगा और भिखमंगे को शाह बनते देखा है। तक़दीर एक छिपा हुआ भेद है। गलियों में टुकड़े चुनती हुई औरतें सोने के सिंहासन पर बैठ गयी हैं और वह ऐश्वर्य के मतवाले जिनके इशारे पर तक़दीर भी सिर झुकाती थी, आन की आन में चोल कौओं का शिकार बन गये हैं। पर मेरे सर पर जो कुछ बीती उसकी नज़ीर कहीं नहीं मिलती। आह, उन घटनाओं को आज याद करती हूं तो रोंगटे खड़े हो जाते हैं और हैरत होती है कि अब तक मैं क्यों और क्योंकर जिन्दा हूं। सौन्दर्य लालसाओं का स्रोत है। मेरे दिल में क्या लालसाएं न थीं पर आह, निष्ठुर भाग्य के हाथों में मिटीं। मैं क्या जानती थी कि वह आदमी जो मेरी एक-एक अदा पर कुर्बान होता था, एक दिन मुझे इस तरह जलील और बर्बाद करेगा।

आज तीन साल हुए जब मैंने इस घर में कदम रक्खा। उस वक्त यह एक हरा-भरा चमन था। मैं इस चमन की बुलबुल थी, हवा में उड़ती थी, डालियों पर चहकती थी, फूलों पर सोती थी। सईद मेरा था, मैं सईद की थी। इस संगमरमर के हौज़ के किनारे हम मुहब्बत के पासे खेलते थे। इन्हीं क्यारियों में उल्फ़त के तराने गाते थे। इसी चमन में हमारी मुहब्बत की गुप-चुप बातें होती थीं, मस्तियों के दौर चलते थे। वह मुझसे कहते थे—तुम मेरी जान हो। मैं उनसे कहती थी—तुम मेरे दिलदार हो। हमारी जायदाद लम्बी-चौड़ी थी। ज़माने की कोई फ़िक्र जिन्दगी का कोई गम न था। हमारे लिए ज़िन्दगी सशरीर आनन्द, एक अनन्त चाह और बाहर का तिलिस्म थी, जिनमें मुरादें खिलती थीं और खुशियां हंसती थीं। ज़माना हमारी इच्छाओं पर चलने वाला था। आसमान हमारी भलाई चाहता था और तक़दीर हमारी साथी थी।

एक दिन सईद ने आकर कहा—मेरी जान, मैं तुमसे एक बिनती करने आया हूं। देखना इन मुस्कराते हुए होठों पर इनकार का हर्फ़ न आये। मैं चाहता हूं कि अपनी सारी मिलकियत सारी जायदाद तुम्हारे नाम चढ़वा दूं। मेरे लिए तुम्हारी मुहब्बत काफ़ी हैं। यही मेरे लिए सबसे बड़ा नेमत है। मैं अपनी हक़ीक़त को मिटा देना चाहता हूं। चाहता हूं कि तुम्हारे दरवाजे का फ़क़ीर बनकर के रहूं। तुम मेरी नूरजहाँ बन जाओ, मैं तुम्हारा सलीम बनूंगा, और तुम्हारी मूंगे जैसी हथेली के प्यालों पर उम्र बसर करूंगा।

मेरी आंखें भर आयीं। खुशियां अपनी चोटी पर पहुंचकर आंसू की बूंद बन गयीं।

2

पर अभी पूरा साल भी न गुजरा था कि मुझे सईद के मिज़ाज़ में कुछ तबदीली नज़र आने लगी। हमारे दरमियान कोई लड़ाई-झगड़ा या बदमज़गी न हुई थी मगर अब वह सईद न था जिसे एक लमहे के लिए भी मेरी जुदाई दूभर थी। वह अब रात की रात गायब रहता। उसकी आंखों में प्रेम की वह उमंग न थी, न अन्दाजों में वह प्यास न मिजाज़ में वह गर्मी।

कुछ दिनों तक इस रूखेपन ने मुझे खूब रुलाया। मुहब्दत के मजे याद आ-आकर तड़पा देते। मैंने पढ़ा था कि प्रेम अमर होता है, क्या वह स्रोत इतनी जल्दी सूख गया ? आह, नहीं वह अब भी लहरें मार रहा था। पर अब उसका बहाव किसी दूसरी ओर था। वह अब किसी दूसरे चमन को को शादाब करता था। आखिर मैं भी सईद से आंखें चुराने लगी। बेदिली से नहीं, सिर्फ़ इसलिए कि अब मुझे उससे आंखें मिलाने की ताब न थी। उसे देखते ही मुहब्बत के हज़ारों करिश्मे नज़रों के सामने आ जाते और आंखें भर आतीं। मेरा दिल अब भी उसकी तरफ़ खिचता था, कभी-कभी बेअख्तियार जी चाहता कि उसके पैरों पर गिरू और कहूं—मेरे दिलदार यह बेरहमी क्यों? क्या तुमने मुझसे मुंह फेर लिया है, मुझसे क्या ख़ता हई है? लेकिन इस स्वाभिमान का बुरा हो जो दीवार बनकर रास्ते में खड़ा हो जाता।

यहां तक कि धीरे-धीरे दिल में भी मुहब्बत की जगह हरसत ने ले ली। निराशा के धैर्य ने दिल को तसकीन दी। मेरे लिए सईद अब बीते हुए बसन्त का एक भूला हुआ गीत था। दिल की गर्मी ठण्डी हो गयी। प्रेम का दीपक बुझ गया। यही नहीं

उसकी इज्जत भी मेरे दिल से रुख़सत हो गयी। जो आदमी प्रेम के पवित्र मन्दिर में मैल भरा हुआ हो वह हरगिज़ इस योग्य नहीं कि मैं उसके लिए घुलूं और मरूं।

एक रोज़ शाम के वक्त मैं अपने कमरे में पलंग पर पड़ी एक किस्सा पढ़ रही थी, तभी अचानक एक सुन्दर स्त्री मेरे कमरे में आयी। ऐसा, मालूम हुआ कि जैसे कमरा जगमगा उठा। रूप की ज्योति ने दरो-दीवार को रोशन कर दिया गोया अभी सफ़ेदी हुई है। उसकी अलंकृत शोभा, उसका खिला हुआ, फूल जैसा लुभावना चेहरा, उसकी नशीली मिठास, किसकी तारीफ़ करूं। मुझ पर एक रोब-सा छा गया। मेरा रूप का घमंड धूल में मिल गया। मैं आश्चर्य में थी कि यह कौन रमणी है और यहां क्योंका आयी। बेअख्तियार उठी कि उससे मिलूं और पूछू, कि सईद भी मुस्कराता हुआ कमरे में आया। मैं समझ गयी कि यह रमणी उसकी प्रेमिका है। मेरा गर्व जाग उठा। मैं उठी ज़रूर पर शान से गर्दन उठाए हए। आंखों में हुस्न के रोब की जगह घृणा का भाव आ बैठा। मेरी आंखों में अब वह रमणी रूप की देवी नहीं, डसने वाली नागिन थी। मैं फिर चारपाई पर बैठ गयी और किताब खोलकर सामने रख ली—वह रमणी एक क्षण तक खड़ी मेरी तस्वीरों को देखती रही, तब कमरे से निकली, चलते वक्त उसने एक बार मेरी तरफ़ देखा, उसकी आंखों से अंगारे निकल रहे थे। जिनकी किरणों में हिंस्र प्रतिशोध की लाली झलक रही थी। मेरे दिल में सवाल पैदा हुआ-सईद इसे यहां क्यों लाया ? क्या मेरा घमण्ड तोड़ने के लिए?

3

जायदाद पर मेरा नाम था पर वह केवल एक भ्रम था, उस पर अधिकार पूरी तरह सईद का था। नौकर भी उसी को अपना मालिकस मझते थे और अक्सर नेरे साथ ढिटाई से पेश आते। मैं सब्र के साथ ज़िन्दगी के दिन काट रही थी। जब दिल में उमंगें न रहीं, तो पीड़ा क्यों होती ?

सावन का महीना था, काली घटा छायी हुई थी, और रिमझिम बूंदें पड़ रही थीं। बगोचे पर हसरत का अन्धेरा और शियाह दरख्तों पर जुगनुओं की चमक ऐसी मालूम होती थी जैसे एक उनके मुंह से चिनगारियों जैसी आहे निकल रही हैं। मैं देर तक हसरत का यह तमाशा देखती रही। कीड़े एक साथ चमकते थे और एक साथ बुझ जाते थे, गोया रोशनी की बाढ़े छूट रही हैं। मुझे भी झूला झूलने और गाने का शौक हुआ। मौसम की हालतें हरसत के मारे हुए दिलों पर भी अपना जादू कर जाती

हैं। बगीचे में एक गोल बंगला था। मैं उसमें आयी और बरामदे की एक कड़ी में झूला डलवाकर झलने लगी। मुझे आज मालूम हुआ कि निराशा में भी एक आध्यात्मिक आनन्द होता है. जिसका हाल उसको नहीं मालूम जिनकी इच्छाएं पूर्ण हैं। मैं चाव से एक मल्हार गाने लगी। सावन विरह और शोक का महीना है। गीत में एक वियोगी हृदय की कथा ऐसे दर्द भरे शब्दों में बयान की गयी थी कि बरबस आंखों से आंसू टपकने लगे। इतने में बाहर से एक लालटेन की रोशनी नज़र आयी। सईद का नौकर पिछले दरवाजे से दाखिल हआ। उसके पीछे वही हसीना और सईद दोनों चले आ रहे थे। हसीना ने मेरे पास आकर कहा—आज यहां नाच रंग की महफ़िल सजेगी और शराब के दौर चलेंगे।

मैंने घृणा से कहा—मुबारक हो।

हसीना—बारहमासे और मल्हार को ताने उड़ेंगी, साज़िन्दे आ रहे हैं।

मैं—शौक़ से।

हसीना—तुम्हारा सीना हसद से चाक हो जाएगा।

सईद ने मुझसे कहा—जुबैदा, तुम अपने कमरे में चली जाओ, यह इस वक्त आपे में नहीं हैं।

हसीना ने मेरी तरफ़ लाल-लाल आंखें निकालकर कहा—मैं तुम्हें अपने पैरों की धूल के बराबर भी नहीं समझती।

मुझे फिर जब्त न रहा, अकड़कर बोली—और मैं क्या समझती हैं। एक कुतिया, दूसरों की उगली हुई हड्डियां चिचोड़ती फिरती है।

अब सईद के भी तेवर बदले, मेरी तरफ़ भयानक आंखों से देखकर बोले—जुबैदा, तुम्हारे सर पर शैतान तो नहीं सवार है ?

'सईद का यह जुमला मेरे जिगर में चुभ गया, तड़प उठी, जिन होठों से हमेशा मुहब्बत और प्यार की बातें सुनी हों उन्हीं से यह ज़हर निकले, और बिल्कुल बेक़सूर ! क्या मैं ऐसी नाचीज़ और हक़ीर हो गयी हूँ कि एक बाजारू औरत भी मुझे छेड़कर गालियां दे सकती है और मेरा ज़बान खोलना मना ! मेरे दिल में साल भर से जो बुखार हो रहा था, वह उछल पड़ा। मैं झाले से उतर पड़ी और सईद की तरफ़ शिकायतभरी निगाहों से देखकर बोली—शैतार मेरे सर पर सवार है या तुम्हारे सर पर, इसका फैसला तुम खुद कर सकते हो। सईद, मैं तुमको अब तक शरीफ़ और गैरतबाला समझती थी, तुमने मेरे साथ बेवफाई की, इसका मलाल मुझे जरूर था, मगर मैंने सपनों में भी यह न सोचा था कि तुम गैरत से इतने खाली हो कि

हया—फ़रोश औरत के पीछे मुझे इस तरह जलील करोगे। इसका बदला तुम्हें खुदा से मिलेगा।

हसीना ने तेज होकर कहा— मुझे हाया—फ़रोश कहती हैं ?

मैं—बेशक कहती हूं।

सईद—और मैं बेगैरत हूं?

मैं—बेशक ! बेगैरत ही नहीं, शोबदेबाज़, मक्कार, पापी, सब कुछ। यह अल्फाज़ बहुत घिनावने हैं लेकिन मेरे गुस्से के इजहार के लिए काफ़ी नहीं।

मैं यह बातें कह रही थी कि यकायक सईद के लम्बे-तगड़े, हट्टे-कट्टे नौकर ने मेरी दोनों बाहें पकड़ ली और पलक मारते भर में हसीना ने झुले की रस्सियां उतार कर मुझे बरामदे के एक लोहे के खम्भे में बांध दिया।

इस वक्त मेरे दिल में क्या खयाल आ रहे थे, यह याद नहीं पर मेरी आंखों के सामने अंधेरा छा गया था, ऐसा मालूम होता था कि यह तीनों इंसान नहीं, यमदूत हैं। गुस्से की जगह दिल में डर समा गया था। इस वक्त अगर कोई रोबी ताकत मेरे बन्धनों को काट देती, मेरे हाथों में आबदार खंजर दे देती तो भी मैं ज़मीन पर बैठकर अपनी जिल्लत और बेकसी पर आंसू बहाने के सिवा और कुछ न कर सकती। मुझे खयाल आता था कि शायद खुदा की तरफ़ से मुझ पर यह कहर नाजिल हुआ है। शायद मेरी बेन माज़ी और बेदीनी यह सज़ा मिल रही है। मैं अपनी पिछली ज़िन्दगी पर निगाह डाल रही थी। कि मुझसे कौन-सी गलती हुई है जिसकी यह सजा है। मुझे इस हालत में छोड़ कर तीनों सूरतें कमरे में चली गयीं। मैंने समझा मेरी सज़ा खत्म हई। लेकिन क्या यह सब मुझे यों ही बंधा रक्खेंगे? लौंडियां मुझ इस हालत में देख ले तो क्या कहें? नहीं अब मैं इस धर में रहने के के काबिल ही नहीं। मैं सोच रही थी कि रस्सियां क्योंकर खोल मगर अफ़सोस, मुझे न मालूम था कि अभी तक जो मेरी गति हुई है, वह आने वाली बेरहमियों का सिर्फ बयाना हैं। मैं अब तक न जानती थी कि वह छोटा आदमी कितना बेरहम, कितना कातिल है। मैं अपने दिल से बहस कर रही थी कि अपनी इस जिल्लत का इलज़ाम मुझ पर कहां तक है। अगर मैं हसीना की उन दिल जलाने वाली बातों का जवाब न देती तो क्या यह नौबत न आती? आती और ज़रूर आती। वह काली नागिन मझे डसने का इरादा करके चली थी। इसलिए उसने ऐसे दिल दुखाने वाले लहजे में बात ही शरू की थी। मैं गुस्से में आकर उसको लान-तान करूं और उसे मुझे जलील करने का बहाना मिल जाय।

पानी जोर से बरसने लगा, बौछारों से मेरा सारा शरीर तर हो गया था। सामने गहरा अंधेरा था। मैं कान लगाये सुन रही थी कि अन्दर क्या मिसकोट हो रही है मगर मेह की सनसनाहट के कारण आवाजें साफ़ न सुनायी देती थीं। इतने में लालटेन फिर कमरे से बरामदे में आयी और तीनों डरावनी सूरतें फिर सामने आकर खड़ी हो गयीं। अब की उस खूनी परी के हाथों में एक पतली—सी क़मची थी। उसके तेवर देखकर मेरा खून सर्द-हो गया। उसकी आँखों में एक खून पीने वाली वहशत, एक कातिल पागलपन दिखायी दे रहा था। मेरी तरफ़ शरारत भरी नज़रों से देखकर बोली—बेगम साहबा, मैं तुम्हारी बदज़बानियों का ऐसा सबक़ देना चाहती हूं जो तुम्हें सारी उम्र याद रहे। और मेरे गुरू ने बतलाया है कि क़मची से ज्यादा देर तक ठहरने वाला और कोई सबक नहीं होता।

यह कहकर उस ज़ालिम ने मेरी पीठ पर एक कमची ज़ोर से मारी। मैं तिलमिला गयी, मालम हुआ कि किसी ने पीठ पर आग की चिनगारी रख दी। मुझसे ज़ब्त न हो सका। मां-बाप ने कभी फूल की छड़ी से भी न मारा था। ज़ोर से चीखें मार-मारकर रोने लगी। स्वाभिमान, लज्जा सब लुप्त हो गयी। कमची की डरावनी और रोशन असलियत के सामने और सब भावनाएं गायब हो गयीं। उन हिन्दू देवियों के दिल शायद लोहे के होते होंगे जो अपनी आन पर आग में कूद पड़ती थीं। मेरे दिल पर तो इस वक्त यही ख़याल छाया हुआ था कि इस मुशीबत से क्योंकर छुटकारा हो। सईद तस्वीर की तरह खामोश खड़ा था। मैं उसकी तरफ़ फ़रियाद की आंखों से देखकर बड़े विनती के स्वर में बोली—सईद, खुदा के लिए मुझे इस ज़ालिम से बचाओ, मैं तुम्हारे पैरों पड़ती हूं, तुम मझे ज़हर दे दो खंजर से गर्दन काट लो लेकिन यह मुशीबत सहने की मुझमें ताब नहीं। उन दिलजोइयों को याद करो, मेरी मुहब्बत को याद करो, उसी के सदके इस वक्त मुझे इस अज़ाब से बचाओ, खुदा तुम्हें इसका इनाम देगा।

सईद इन बातों से कुछ पिघला। हसीना की तरफ़ डरी हुई आंखों से देखकर बोला—ज़रीना, मेरे कहने से अब जाने दो। मेरी ख़ातिर से इन पर रहम करो।

ज़रीना तेवर बदल कर बोली—तुम्हारी ख़ातिर से सब कुछ कर सकती हूँ, गालियां नहीं बर्दाशत कर सकती।

सईद—क्या अभी तुम्हारे ख़याल में गालियों की काफ़ी सज़ा नहीं हुई ?

ज़रीना-तब तो आपने मेरी इज्जत की खूब कद्र की ! मैंने रानियों से चिलमचियां उठवायी हैं, यह बेगम साहबा हैं किस खयाल में ? मैं इसे अगर कुन्द छुरी से काटुं

तब भी इसकी बदज़बानियों की काफ़ी सजा न होगी।

सईद—मुझसे अब यह जुल्म नहीं देखा जाता।

जरीना—आंखें बन्द कर लो।

सईद—ज़रीना, गुस्सा न दिलाओ, मैं कहता हूं, अब इन्हें माफ़ करो।

ज़रीना ने सईद को ऐसी हिकारत भरी आंखों से देखा गोया वह उसका गुलाम है। खुदा जाने उस पर उसने क्या मन्तर मार दिया था कि उसमें खानदानी गैरत और बड़ाई और इन्सानियत का ज़रा भी एहसास बाकी न रहा था। वह शायद उसे गुस्से जैसे मर्दाना जज्बे के काबिल ही न समझती थी। हुलिया पहचानने वाले कितनी गलती करते हैं क्योंकि दिखायी कुछ पड़ता है, अन्दर कुछ होता है ! बाहर के ऐसे सुन्दर रूप के परदे में इतनी बेरहमी, इतनी निष्ठुरता ! कोई शक नहीं, रूप हुलिया पहचानने की विद्या का दुश्मन है। बोली—अच्छा तो अब आपको मुझ पर गुस्सा आने लगा। क्यों न हो, आखिर निकाह तो आपने बेगम ही से किया है। मैं तो हया—फरोश कुतिया ही ठहरी !

सईद—तुम ताने देती हो और मुझ से यह खून नहीं देखा जाता।

ज़रीना—तो यह कमची हाथ में लो, और इसे गिनकर सौ लगाओ। गुस्सा उतर जायगा, इसका यही इलाज है।

सईद—फिर वही मज़ाक़।

जरीना—नहीं, मैं मज़ाक नहीं करती।

सईद ने कमची लेने को हाथ बढ़ाया मगर मालूम नहीं जरीना को। क्या शुबहा पैदा हुआ, उसने समझा शायद वह कमची को तोड़ कर फेंक देंगे। कामची हटा ली और बोली—अच्छा मुझसे यह दगा ! तो लो अब मैं ही हाथों की सफाई दिखाती हूँ। यह कहकर उस बेदर्द ने मुझे बेतहाशा क़मचियां मारना शुरू की। मैं दर्द से ऐंठ-ऐंठकर चीख रही थी। उसके पैरों पड़ती थी, मिन्नतें करती थी, अपने किये पर शर्मिन्दा थी, दुआएं देती थी, पीर और पैग़म्बर का वास्ता देती थी, पर उस क़ातिल को ज़रा भी रहमान आता था। सईद काठ के पुतले की तरह दर्दोसितम का यह नज़ारा आंखों से देख रहा था और उसको जोश न आता था। शायद मेरा बड़े-से-बड़ा दुश्मन भी मेरे रोने-धोने पर तरस खाता। मेरी पीठ छिलकर लहू-लुहान हो गयी, जखम पड़ते थे, हरेक चोट आग के शोले की तरह बदन पर लगती थी। मालूम नहीं उसने मुझे कितने दुर्रे लगाये यहां तक कि क़मची को मुझ पर रहम आ गया, वह फटकर टूट गयी। लकड़ी का कलेजा फट गया मगर इन्सान का दिल न पिघला।

4

मुझे इस तरह जलील और तबाह करके तीनों ख़बीस रूहें वहां से रुखसत हो गयीं। सईद के नौकर ने चलते वक्त मेरी रस्सियां खोल दीं। मैं कहां जाती? उस घर में क्योंकर क़दम रखती?

मेरा सारा जिस्म नासूर हो रहा था लेकिन दिल के फफोले उससे कहीं ज्यादा जानलेवा थे। सारा दिल फफोलों से भर उठा था। अच्छी भावनाओं के लिए जगह भी बाक़ी न रही थी। उस वक्त में किसी अंधे को कुएं में गिरते देखती तो मुझेहंसी आती, किसी यतीम का दर्दनाक रोना सुनती तो उसका मुंह चिढ़ाती। दिल की हालत में एक ज़बर्दस्त इन्कलाब हो गया था। मुझे गुस्सा न था, ग़म न था, मौत की आरज़ू न थी, यहां तक कि बदला लेने की भावना न थी। उस इन्तहाई जिल्लत ने बदला लेने की इच्छा को भी ख़त्म कर दिया था। हालांकि मैं चाहती तो कानूनन सईद को शिकंजे में ला सकती थी, उसे दाने-दाने के लिए तरसा सकती थी लेकिन यह बेइज्जती, यह बेआबरूई,जह पामाली बदले के ख़याल के दायरे से बाहर थी। बस सिर्फ एक चेतना बाक़ी थी और वह अपमान की चेतना थी। मैं हमेशा के लिए ज़लील हो गयी। क्या यह दाग़ किसी तरह मिट सकता था ? हरगिज़ नहीं। हां वह छिपाया जा सकता था और उसकी एक ही सूरत थी कि ज़िल्लत के काले गड्ढे में गिर पड़े ताकि सारे कपड़ों की सियाही इस सियाह दाग़ को छिपा दे। क्या इस घर से बियाबान अच्छा नहीं, जिसकी दीवारें टूटकर ढेर हो गयी हों? इस किश्ती से क्या पानी की सतह अच्छी नहीं जिसके पेंदे में एक बड़ा छेद हो गया हो ? इस हालत में यही दलील मुझ पर छा गयी। मैंने अपनी तबाही को और भी मुकम्मल, अपनी ज़िल्लत को और भी गहरा, अपने काले चेहरे को और भी काला करने का पक्का इरादा कर लिया। मैं अनजान में ही सईद से नैतिक रूप से बदला लेने पर आमादा हो गयी। रात भर मैं वहीं पड़ी कभी दर्द से कराहती और कभी इन्हीं ख़यालात में उलझती रही। यह घातक इरादा हर क्षण मजबूत से और भी मजबूत होता जाता था। घर में किसी ने मेरी ख़बर न ली। पौ फटते ही मैं बागीचे से बाहर निकल आयी, मालूम नहीं मेरी लाज-शर्म कहां गायब हो गयी थी। जो शख्स समुन्दर में गोते खा चुका हो उसे ताल-तलैयों का क्या डर? मैं जो दरोदीवार से शर्माती थी, इस वक्त शहर की गलियों में बेधड़क चली जा रही थी—चौर कहां वहीं जहां जिल्लत की क़द्र है,

जहां किसी पर कोई हंसने वाला नहीं, जहां बदनामी का बाजार सजा हुआ है, जहां हया बिकती है है और शर्म लुटती है !

इसके तीसरे दिन रूप की मन्डी के एक अच्छे हिस्से में एक ऊंचे कोठे पर बैठी हुई मैं उस मण्डी की सैर कर रही थी। शाम का वक्त था, नीचे सड़क पर आदमियों की ऐसी भीड़ थी कि कंधे से कंधा छिलता था। आज सावन का मेला था, लोग साफ़-सुथरे कपड़े पहने क़तार की क़तार दरिया की तरफ जा रहे थे। हमारे बाजार की बेशकीमती जिन्स भी आज नदी के किनारे सजी हुई थी। कहीं हसीनों के झूले थे, कहीं सावन के मीत, लेकिन मुझे इस बाज़ार की सैर दरिया के किनारे से ज्यादा पुरलुत्फ मालूम होती थी। ऐसा मालूम होता है कि शहर की और सब सड़कें बन्द हो गयी हैं, सिर्फ यही तंग गली खुली हुई है और सब की निगाहें कोठों ही की तरफ़ लगी थीं, गोया वह जमीन पर नहीं चल रहे हैं, हवा में उड़ना चाहते हैं। हां, पढ़े-लिखे लोगों को मैंने इतना बेधड़क नहीं पाया। वह भी घुरते थे मगर कनखियों से। अधेड़ उम्र के लोग सबसे ज्यादा बेधड़क मालूम होते थे। शायद उनकी मंशा जवानी के जोश को ज़ाहिर करना था। बाज़ार क्या था एक लम्बा-चौड़ा थियेटर था, लोग हंसी-दिल्लगी करते थे, लुत्फ उठाने के लिए नहीं, हसीनों को सुनाने के लिए। मुंह दूसरी तरफ़ था, निगाह किसी दूसरी तरफ़। बस, भांडों और नक्क़ालों की मजलिस थी।

यकायक सईद की फ़िटन नज़र आयी। मैं उस पर कई बार सैर कर चुकी थी। सईद अच्छे कपड़े पहने अकड़ा हुआ बैठा था। ऐसा सजीला, बांका जवान सारे शहर में न था, चेहरे-मोहरे से मर्दानापन बरसता था। उसकी आंख एक बार मेरे कोठे की तरफ़ उठी और नीचे झुक गयी। उसके चेहरे पर मुर्दनी-सी छा गयी जैसे किसी जहरीले सांप ने काट खाया हो। उसने कोचवान से कुछ कहा, दम के दम में फ़िटन हवा हो गयी। इस वक्त उसे देखकर मुझे जो द्वेषपूर्ण प्रसन्नता हुई, उसके सामने उस जानलेवा दर्द की कोई हक़ीक़त न थी। मैंने जलील होकर उसे जलील कर दिया। यह कटार क़मचियों से कहीं ज्यादा तेज़ थी। उसकी हिम्मत न थी कि अब मुझसे आंख मिला सके। नहीं, मैंने उसे हरा दिया, उसे उम्र भर के लिए कैद में डाल दिया। इस कालकोठरी से अब उसका निकलना गैर-मुमकिन था क्योंकि उसे अपने खानदान के बड़प्पन का घमण्ड था।

दूसरे दिन भोर में ख़बर मिली कि किसी कातिल ने मिर्जा सईद का काम तमाम कर दिया। उसकी लाश उसी बागीचे के गोल कमरे में मिली। सीने में गोली लग गयी थी। नौ बजे दूसरी खबर सुनायी दी, ज़रीना को भी किसी ने रात के वक्त क़त्ल

कर डाला था। उसका सर तन से जुदा कर दिया गया था। बाद को जांच-पड़ताल से मालूम हुआ कि यह दोनों वारदातें सईद के ही हाथों हुई। उसने पहले ज़रीना को उसके मकान पर क़त्ल किया और तब अपने घर आकर अपने सीने में गोली मारी। इस मर्दाना गैरतमन्दी ने सईद की मुहब्त मेरे दिल में ताजा कर दी।

शाम के वक्त मैं अपने मकान पर पहुंच गयी। अभी मुझे यहां से गये हुए सिर्फ चार दिन गुजरे थे मगर ऐसा मालूम होता था कि वर्षों के बाद आयी हूं। दरोदीवार पर हसरत छायी हुई थी। मैंने घर में पांव रक्खा तो बरबस सईद की मुस्कराती हई सूरत आंखों के सामने आकर खड़ी हो गई—वही मर्दाना हुस्न, वही बांकपन, वही मनुहार की आंखें। बेअख्तियार मेरी आंखें भर आयीं और दिल से एक ठण्डी आह निकल आयी। गम इसका न था कि सईद ने क्यों जान दे दी। नहीं, उसकी वह मुजरिमाना बेहिसी और रूप के पीछे भागना इन दोनों बातों को मैं मरते दम तक माफ़ न करूंगी। ग़म यह था कि यह पागलपन उसके सर में क्यों समाया ? इस वक्त दिल की जो कैफ़ियत है उससे मैं समझती हूँ कि कुछ दिनों में सईद की बेवफ़ाई और बेरहमी का घाव भर जायगा, अपनी जिल्लत की याद भी शायद मिट जाय, मगर उसकी चन्दरोजा मुहब्बत का नक्श बाकी रहेगा और अब यही मेरी ज़िन्दगी का सहारा है।

—उर्दू 'प्रेम पचीसी' से

होली की छुट्टी

वर्नाक्युलर फ़ाइनल पास करने के बाद मुझे एक प्राइमरी स्कूल में जगह मिली, जो मेरे घर से ग्यारह मील पर था। हमारे हेडमास्टर साहब की छुट्टियों में भी लड़कों को पढ़ाने की सनक थी। रात को लड़के खाना खाकर स्कूल में आ जाते और हेडमास्टर साहब चारपाई पर लेटकर अपने खर्राटों से उन्हें पढ़ाया करते। जब लड़कों में घोल-धप्पा शुरू हो जाता और शोर-गुल मचने लगता तब यकायक वह खरगोश की नींद से चौंक पड़ते और लड़कों को दो-चार तमाचे लगाकर फिर अपने सपनों के मजे लेने लगते। ग्यारह-बारह बजे रात तक यही ड्रामा होता रहता, यहां तक कि लड़के नींद से बेक़शर होकर वहीं टाट पर सो जाते। अप्रैल में सालाना इम्तहान होनेवाला था, इसलिए जनवरी ही से हाय-तोबा मची हुई थी। नाइट स्कलों पर इतनी रियायत थी कि रात की क्लासों में उन्हें न तलब किया जाता था, मगर छुट्टियां बिलकुल न मिलती थीं। सोमवती अमावस आयो और निकल गयी, बसन्त आया और चला गया, शिवरात्रि आयी और गुज़र गयी, मीर इतवारों का तो जिक्र ही क्या है। एक दिन के लिए कौन इतना बड़ा सफ़र करता, इसलिए कई महीनों से मुझे घर जाने का मौका न मिला था। मगर अबकी मैंने पक्का इरादा कर लिया था कि होली पर ज़रूर घर जाऊंगा, चाहे नौकरी से हाथ ही क्यों न धोने पड़ें। मैंने एक हफ्ते पहले से ही हेडमास्टर साहब को आल्टीमेटम दे दिया कि 20 मार्च को होली की छटी शुरू होगी और बन्दा 16 की शाम को रुखसत हो जायगा। हेडमास्टर साहब ने मुझे समझाया कि अभी लड़के हो, तुम्हें क्या मालुमः नौकरी कितनी मुश्किलों से मिलती है और कितनी मुश्किलों से निभती है, नौकरी पाना उतना मुश्किल नहीं जितना उसको निभाना। अप्रैल में इम्तहान होनेवाला है, तीन-चार दिन स्कूल बन्द

रहा तो बताओ कितने लड़के पास होंगे? सालभर की सारी मेहनत पर पानी फिर जायगा कि नहीं? मेरा कहना मानो, इस छुट्टी में न जाओ, इम्तहान के के बाद जो जुट्टी पड़े उसमें चले जाना। ईस्टर की चार दिन की छुट्टी होगी, मैं एक दिन के लिए भी न रोकूगा।

मैं अपने मोर्चे पर कायम रहा, समझाने-बुझाने, डराने-धमकाने और जवाब तलब किये जाने के हथियारों का मुझ पर असर न हुआ। 19 को ज्यों ही स्कूल बन्द हुआ, मैंने हेडमास्टर साहब को सलाम भी न किया और चुपके से अपने डेरे पर चला आया। उन्हें सलाम करने जाता तो वह एक न एक काम निकालकर मुझे रोक लेते—रजिस्टर में फ़ोस की मीज़ान लगाते जाओ, औसत हाजिरी निकालते जाओ, लड़कों की कापियां जमा करके उन पर संशोधन और तारीख सब पूरी कर दो। गोया यह मेरा आखिरी सफ़र है और मुझे ज़िन्दगी के सारे काम अभी ख़तम कर देने चाहिए।

मकान पर आकर मैंने चटपट अपनी किताबों की पोटली उठायी, अपना हलका लिहाफ़ कंधे पर रखा और स्टेशन के लिए चल पड़ा। गाडी 5 बजकर 5 मिनट पर जाती थी। स्कूल की घड़ी हाज़िरी के वक्त हमेशा आधा घण्टा तेज़ और छुट्टी के वक्त आधा घण्टा सुस्त रहती थी। चार बजे स्कूल बन्द हुआ था। मेरे ख़याल में स्टेशन पहुंचने के लिए काफी वक्त था। फिर भी मुसाफ़िरों को गाड़ी की तरफ़ से आम तौर पर जो अन्देशा लगा रहता है, और जो घड़ी हाथ में होने पर भी और गाड़ी का वक्त ठीक मालूम होने पर भी दूर से किसी गाड़ी की गड़गड़ाहट या सीटी सुनकर क़दमों को तेज़ और दिल को परेशान कर दिया करता हैं, वह मझे भी लगा हुआ था। किताबों की पोटली भारी थी, उस पर कंधे पर लिहाफ़, बार-बार हाथ बदलता और लपका चला जाता था। यहां तक कि स्टेशन कोई दो फर्लाग से नजर आया। सिगनल डाउन था। मेरी हिम्मत भी उस सिगनल की तरह डाउन हो गयी, उम्र के तक़ाजे से एक सौ क़दम दौड़ा ज़रूर मगर यह निराशा की हिम्मत थी। मेरे देखते-देखते गाडी आयी, एक मिनट ठहरी और रवाना हो गयी। स्कूल की घड़ी यकीनन आज और दिनों से भी ज्यादा सुस्त थी।

अब स्टेशन पर जाना बेकार था। दूसरी गाड़ी ग्यारह बजे रात को आयेगी, मेरे घरवाले स्टेशन पर कोई बारह बजे पहुंचेगी और वहां से मकान पर जाते-जाते एक बज जायगा। इस सन्नाटे में रास्ता चलना भी एक मोर्चा था जिसे जीतने की मुझमें हिम्मत न थी। जी में तो आया कि चलकर हेडमास्टर को आड़े हाथों लूं मगर जब्त

किया और पैदल चलने के लिए तैयार हो गया। कुल बारह मील ही तो हैं, अगर दो मील फी धण्टा भी चलूं तो छ: घण्टे में घर पहुंच सकता हूं। अभी पांच बजे है, जरा कदम बढ़ाता जाऊं तो दस बजे यक़ीनन पहुंच जाऊंगा। अम्मां और मुन्नू मेरा इन्तज़ार कर रहे होंगे, पहुंचते ही गरम-गरम खाना मिलेगा। कोल्हाड़े में गुड़ पक रहा होगा, वहां से गरम-गरम रस पीने को आ जायगा और जब लोग सुनेंगे कि मैं इतनी दूर से पैदल चला आया हूं तो उन्हें कितना अचरज होगा! मैंने फ़ौरन गंगा की तरफ़ पैर बढ़ाया। यह क़स्बा नदी के किनारे था और मेरे गांव की सड़क नदी के उस पार से थी। मुझे इस रास्ते से जाने का कभी संयोग न हुआ था, मगर इतना सुना था कि कच्ची सड़क सीधी चली जाती है, परीशानी की कोई बात न थी, दस मिनट में नाव पार पहुंच जायगी और बस फर्राटे भरता हुआ चल दूंगा। बारह मील कहने को तो होते हैं, हैं तो कुल छः कोस !

मगर घाट पर पहुंचा तो नाव में आधे मुसाफ़िर भी न बैठे थे। मैं। कूदकर जा बैठा। खेवे के पैसे भी निकालकर दे दिये लेकिन नाव है कि वहीं अचल ठहरी हुई है। मुसाफिरों की संख्या काफ़ी नहीं है, कैसे खुले। लोग तहसील और कचहरी से आते-जाते हैं और बैठते जाते हैं और मैं हूँ कि अन्दर ही अन्दर भुना जाता हूं। सूरज नीचे दौड़ा चला जा रहा है, गोया मुझसे बाज़ी लगाये हुए है। अभी सफ़ेद था, फिर पीला होना शुरू हआ और देखते-देखते लाल हो गया। नदी के उस पार क्षितिज पर लटका हुआ, जैसे कोई डोल कुएं पर लटक रहा है। हवा में कुछ ख नकी भी आ गयी भख भी मालूम होने लगी। मैंने आज घर जाने की खुशी और हड़बड़ी में रोटियां न पकायी थीं, सोचा था कि शाम को तो घर पहुंच जाऊंगा, लाओ एक पैसे के चने लेकर खा लूं उन दोनों ने इतनी देर तक तो साथ दिया, अब पेट की पेचीदगियों में जाकर न जाने कहां गुम हो गये। मगर क्या ग़म है, रास्ते में क्या दुकानें न होंगी, दो-चार पैसे की मिठाइयां लेकर खा लूंगा।

जब नाव उस किनारे पहुंची तो सूरज की सिर्फ आखिरी सांस बाक़ी थी, हालांकि नदी का पाट बिलकुल पेदे में चिमटकर रह गया था।

मैंने पोटली उठायी और तेजी से चला। दोनों तरफ़ चने के खेत थे जिनके ऊदे फूलों पर ओस का हलका-सा पर्दा पड़ चला था। बेअख्तियार एक खेत में घुसकर बूट उखाड़ लिये और टूंगता हुआ भागा।

2

सामने बारह मील की मंजिल है, कच्चा सुनसान रास्ता, शाम हो गयी है, मुझे पहली बार गलती मालूम हुई। लेकिन बचपन के जोश ने कहा कि क्या बात है, एक-दो मील तो दौड़ ही सकते हैं। बारह को मन में 1760 से गुणा किया, बीस हजार गज़ ही तो होते हैं। बारह मील के मुकाबिले में बीस हजार गज़ कुछ हलके और आसान मालम हुए। और जब दो-तीन मोल रह जायगा तब तो एक तरफ से अपने गांव ही में हूंगा, उसका क्या शुमार। हिम्मत बंध गयी। इक्के-दुक्के मुसाफ़िर भी पीछे चले आ रहे थे। और इत्मीन हुआ।

अंधेरा हो गया है मैं लपका जा रहाहूं। सड़क के किनारे दूर से एक झोंपड़ी नज़र आती है। एक कुप्पी जल रही है। जरूर किसी बनिये की दुकान होगी। और कुछ नहोगा तो गुड़ और चने तो मिल ही जायंगे। क़दम और तेज करता हूँ। झोंपड़ी आती है। उसके सामने एक क्षण के लिए खड़ा हो जाता हूं। चार-पांच आदमी उकडूं बैठे हुए हैं, बीच में एक बोतल है, हर एक के सामने एक-एक कुल्हड़। दीवार से मिली हुई ऊंची गद्दी है, उस पर साहजी बैठे हुए हैं, उनके सामने कई बोतलें रखी हुई हैं। ज़रा और पीछे हटकर एक आदमी कड़ाही में सूखे मटर भून रहा है। उसकी सोंधी खुशबू मेरे शरीर में बिजली की तरह दौड़ जाती है बेचैन होकर जेब में हाथ डालता हूं और एक पैसा निकालकर उसकी तरफ़ चलता हूं लेकिन पांव आप ही रुक जाते हैं—यह कलवरिया है।

खोंचेवाला पूछता है—क्या लोगे?

मैं कहता हूं—कुछ नहीं।

और आगे बढ़ जाता हूं। दुकान भी मिली तो शराब की, गोया दुनिया में इन्सान के लिए शराब ही सबसे जरूरी चीज़ है। यह सब आदमी धोबी और चमार होंगे, दूसरा कोन शराब पीता है, देहात में। मगर वह मटर का आकर्षक सोंधापन मेरा पीछा कर रहा है और मैं भागा जा रहा हूं।

किताबों की पोटली जी का जंजाल हो गयी है, ऐसी इच्छा होती है कि इसे यहीं सड़क पर पटक दूं। उसका वज़न मुश्किल से पांच सेर होगा, मगर इस वक्त वह मुझे मन भर से ज्यादा मालूम हो रही है। शरीर में कमजोरी महसूस हो रही है। पूरनमासी का चांद पेड़ों के ऊपर जा बैठा है और पत्तियों के बीच से ज़मीन की तरफ़ झांक रहा है। मैं बिलकुल अकेला चला जा रहा हूं, मगर दर्द बिलकुल नहीं है, भूख

ने सारी चेतना को दबा रखा है और खुद उन पर हावी हो गयी।

आहा हा, यह गुड़ की खुशबू कहां से आयी ! कहीं ताज़ा गुड़ पक रहा है। कोई गांव क़रीब ही होगा।हां वह आमों के झुर्मट में रोशनी नज़र आ रही है। लेकिन वहां पैसे-दो पैसे का गुड़ कौन बेचेगा और यों मुझसे मांगा न जायगा, मालूम नहीं लोग क्या समझें। आगे बढ़ता हूं, मगर ज़बान से राल टपक रही है। गुड़ से मुझे बड़ा प्रेम है। जब कभी किसी चीज़ की दुकान खोलने की सोचता था तो वह हलवाई की दुकान होती थी। बिक्री हो या न हो, मिठाइयां तो खाने को मिलेंगी। हलवाइयों को देखो, मारे मोटापे के हिल नहीं सकते। लेकिन वह बेवकूफ़ होते हैं, आरामतलबी के मारे तोंद निकाल लेते हैं, मैं कसरत करता रहूंगा। मगर गुड़ की वह धीरज की परीक्षा लेनेवाली, भूख को तेज़ करनेवाली खुशबू बराबर आ रही है। मुझे वह घटना याद आती है, जब अम्मां तीन महीने के लिए अपने मैके या मेरी ननिहाल गयी थी और मैंने तीन महीने में एक मन गुड़ का सफाया कर दिया था। यही गुड़ के दिन थे। नाना बीभार थे, अम्मां को बुला भेजा था। मेरा इम्तहान पास था इसलिए मैं उनके साथ न जा सका, मुन्नू को लेती गयीं। जाते वक्त उन्होंने एक मन गुड़ लेकर एक मटके में रखा और उसके मुंह पर एक सकोरा रखकर मिट्टी से बन्द कर दिया। मुझे सख़्त ताकीद कर दी कि मटका न खोलना। मेरे लिए थोड़ासा गुड़ एक हांडी में रख दिया था। वह हांडी मैंने एक हफ्ते में सफाचट कर दी। सुबह को दूध के साथ गुड़, दोपहर को रोटियों के साथ गुड, तीसरे पहर दानों के साथ गुड़, रात को फिर दूध के साथ गुड़। यहां तक जायज़ खर्च था जिस पर अम्मां को भी कोई ऐतराज़ न हो सकता। मगर स्कूल से बार-बार पानी पीने के बहाने घर में आता और दो-एक पिण्डियां निकालकर खा लेता। उसकी बजट में कहां गुंजाइश थी। और मुझे गुड़ का कुछ ऐसा चस्का पड़ गया कि हर वक्त वही नशा सवार रहता। मेरा घर में आना गुड़ के सिर शामत आना था। एक हफ्ते में हांडी ने जवाब दे दिया। मगर मटका खोलने की सख्त मनाही थी और अम्मां के घर आने में अभी पौने तीन महीने बाक़ी थे। एक दिर तो मैंने बड़ी मुश्किल से जैसे-तैसे सब्र किया लेकिन दूसरे दिन एक आह के साथ सब्र जाता रहा और मटके की एक मीठी चितवन के साथ होश रुखसत हो गया। मैंने महापाप की भावना के साथ मटके को खोला और हांडी भर गुड़ निकाल कर उसी तरह मटके को बन्द कर दिया और सकल्प कर लिया कि इस हांडी को तीन महीने चलाऊंगा। चले या न चले, मैं चलाये जाऊंगा। मटके को वह सात मंजिल

समझूगा जिसे रुस्तम भी न खोल सका था। मैंने मटके की पिडियों को कुछ इस तरह कैंची लगाकर रखा कि जैसे बाज़ दुकानदार दियासलाई की डिबियां भर देते हैं। एक हांडी गड़ ख़ाली हो जाने पर भी मटका मुंहोमुँह भरा था। अम्मां को पता ही न चलेगा, सवाल-जवाब की नौबत कैसे आयेगी। मगर दिल और जवान में वह खींचतान शुरू हुई कि क्या कहूं, और हर बार जीत ज़बान ही के हाथ रहती। यह दो अंगल की जीभ दिल जैसे शहज़ोर पहलवान को नचा रही थी, जैसे मदारी बन्दर को नचाये—उसको, जो आकाश में उड़ता है और सातवें आसमान के मंसूबे बांधता है और अपने ज़ोम में फ़रऊन को भी कुछ नहीं समझता। बार-बार इरादा करता, दिन भर में पांच पिंडियों से ज्यादा न खाऊं, लेकिन यह इरादा शराबियों की तोबा की तरह घंटे-दो घंटे से ज्यादा न टिकता। अपने को कोसता, धिक्कारता—गुड़ तो खा रहे हो मगर बरसात में सारा शरीर सड़ जायगा, गंधक का मलहम लगाये घूमोगे, कोई तुम्हारे पास बैठना भी न पसन्द करेगा ! क़समें खाता, विद्या की, मां की स्वर्गीय पिता की, गऊ की, ईश्वर की—मगर उनका भी वही हाल होता। दूसरा हफ्ता ख़त्म होते-होते हांड़ी भी खत्म हो गयी। उस दिन मैंने बड़े भक्तिभाव से ईश्वर से प्रार्थना की-भगवान,यह मेरा चंचल लोभी मन मुझे परेशान कर रहा है, मुझे शक्ति दो कि उसको वश में रख सकू। मुझे अष्टघात की लगाम दो जो उसके मुंह में डाल दूं ! यह अभागा मुझे अम्मां से पिटवाने और घुड़कियां खिलवाने पर तुला हुआ है, तम्हीं मेरी रक्षा करो तो बच सकता हूँ। भक्ति की विह्वलता के मारे मेरी आंखों से दो-चार बंदें आंसूओं की भी गिरी लेकिन ईश्वर ने भी इसकी सुनवायी न की और गुड़ की बुभुक्षा मुझ पर छायी रही; यहां तक कि दूसरी हांडी का मसिया पढ़ने की नौबत आ पहुंची।

संयोग से उन्हीं दिनों तीन दिन की छुट्टी हुई और मैं अम्मां से मिलने ननिहाल गया। अम्मां ने पूछा—गुड़ का मटका देखा है ? चींटे तो नहीं लगे ? सीलन तो नहीं पहुंची ? मैंने मटके को देखने की क़सम खाकर अपनी ईमानदारी का सबूत दिया। अम्मां ने मुझे गर्व के नेत्रों से देखा और मेरे आज्ञा-पालन के पुरस्कार-स्वरूप मुझे एक हांडी निकाल लेने की इजाजत दे दी, हां ताकीद भी कर दी कि मटके का मुंह अच्छी तरह बन्द कर देना। अब तो वहां मुझे एक-एक दिन एक-एक युग मालूम होने लगा। चौथे दिन घर आते ही मैंने पहला काम जो किया वह मटका खोलकर हांडी भर गुड़ निकालना था। एकवारगी पांच पिंडियां उड़ा गया फिर वहीं गुड़बाजी शुरू हई अब क्या ग़म हैं, अम्माँ की इजाजत मिल गयी थी।

सैयां भये कोतवाल, और आठ दिन में हांडी गायब ! आखिर मैंने अपने दिल की कमजोरी से मजबूर होकर मटके की कोठरी के दरवाजे पर ताला डाल दिया और उसकी कुंजी दीवार की एक मोटी संधि में डाल दी। अब देखें तुम कैसे गुड़ खाते हो। इस संधि में से कुंजी निकालने का मतलब यह था कि तीन हाथ दीवार खोद डाली जाय और यह हिम्मत मुझमें न थी। मगर तीन दिन में ही मेरे धीरज का प्याला छलक उठा और इन तीन दिनों में भी दिल की जो हालत थी वह बयान से बाहर है। शीरी, यानी मीठे गुड़, की कोठरी की तरफ़ से बार-बार गुज़रता और अधीर नेत्रों से देखता और हाथ मलकर रह जाता। कई बार ताले को खटखटाया खींचा, झटके दिये, मगर ज़ालिम ज़रा भी न हुमसा। कई बार जाकर उस संधि की जांच-पड़ताल को, उसमें झांककर देखा, एक लकड़ी से उसको गहराई का अन्दाजा लगाने की कोशिश की मगर उसकी तह न मिली। सबीयत खोयी हुई-सी रहती, न खाने-पीने में कुछ मज़ा था, न खेलने कूदने में। वासना बार-बार युक्तियों जोर से दिल को कायल करने की कोशिश करती। आखिर गुड़ और किस मर्ज की दवा है ! मैं उसे फेंक तो देता नहीं, खाता ही तो हूं, क्या आज खाया और क्या एक महीने बाद खाया, इसमें क्या फ़र्क है ! अम्मां ने मनाही की है बेशक, लेकिन उन्हें मुझे एक उचित काम से अलग रखने का क्या हक हैं ? अगर वह आज कहें खेलने मत जाओं या पेड़ पर मत चढ़ो या तलाब में तैरने मत जाओ, या चिड़ियों के लिए कम्पा मत लगाओ, तितलियां मत पकड़ो, तो क्या मैं माने लेता हूं? आखिर मेरे भी कुछ अधिकार हैं या नहीं ! तो फिर इस एक मामले में क्यों अम्मां की मनाही पर अपनी इच्छाओं का बलिदान कर दूं? आखिर चौथे दिन वासना की जीत हुई। मैंने तड़के उठकर एक कुदाल लेकर दीवार खोदना शुरू किया। संधि थी ही, खोदने में ज्यादा देर न लगी, आध घण्टे के घनघोर परिश्रम के बाद दीवार से कोई गज़ भर लम्बा और तीन इंच मोटा चप्पड़ टूटकर नीचे गिर पड़ा और संधि की तह में वह सफलता की कुंजी पड़ी हुई थी, जैसे समन्दर की तह में मोती की सीप पड़ी हो ! मैंने झटपट उसे निकाला और फ़ौरन दरबाज़ा खोला, मटके से गुड़ निकालकर हांडी में भरा और दरवाज़ा बन्द कर दिया। मटके में इस लूट-पाट से स्पष्ट कमी पैदा हो गयी थी। हज़ार तरकीबें आज़माने पर भी उसका गढ़ा न भरा। मगर अवकी बार मैंने इस चटोरेपन का अम्मां की वापसी तक खात्मा कर देने के लिए कंजी को कुएं में डाल दिया। क़िस्सा लम्बा हैं, मैंने कैसे ताला तोड़ा, कैसे गुड़ निकाला और मटका खाली हो जाने पर कैसे फोड़ा और

उसके टुकड़े रात को कुएं में फेंके और अम्मां आयीं तो मैंने कैसे रो-रोकर उनसे मटके के चोरी जाने की कहानी कही, यह बयान करने लगा तो यह घटना जो मैं आज लिखने बैठा हूँ अधूरी रह जायगी।

चूनांचे इस वक्त गुड़ की उस मीठी प्यारी खुशबू ने मुझे बेसुध बना दिया मगर मैं सब्र करके आगे बढ़ा।

ज्यों-ज्यों रात गुज़रती थी, शरीर थकान से चूर होता जाता था, यहाँ तक कि पांव कांपने लगे। कच्ची सड़क पर गाड़ियों के पहियों की लीक पड़ गयी थी। जब कभी लीक में पांव चला जाता तो मालूम होता किसी गहरे गढ़े में गिर पड़ा हूं। बार-बार जी में आता, यहीं सड़क के किनारे लेट जाऊं। किताबों की छोटी सी पोटली मन भर की लगती थी। अपने को कोसता था। कि किताबें लेकर क्यों चला। दूसरी ज़बान का इम्तहान देने की तैयारी कर रहा था। मगर छुट्टियों में एक दिन भी तो किताब खोलने की नौबत न आयेगी, खामखाह यह बोझा उठाये चला आता हूँ। ऐसा जी झंझलाता था कि इस मूर्खता के बोझ को वहीं पटक दूं। आखिर टाँगों ने चलने से इनकार कर दिया। एक बार मैं गिर पड़ा और सम्हलकर उठा तो पांव थरथरा रहे थे। अब बग़ैर कुछ खाये पैर उठना दूभर था, मगर यहां क्या खाऊं। बार-बार रोने को जी चाहता था। संयोग से एक ईख का खेत नज़र आया; अब मैं अपने को न रोक सका। चाहता था कि खेत में घुसकर चार-पांच ईख तोड़ लूँ और मज़े से रस चूसता हुआ चलूं। रास्ता भी कट जायगा और पेट में कुछ पड़ भी जायगा। मगर मेड़ पर पांव रखा ही था कि कांटों में उलझ गया। किसान ने शायद मेड़ पर कांटे बिखेर दिये थे। शायद बेर की झाड़ी थी। धोती—कुर्ता सब कांटों में फंसा हुआ, पीछे हटा तो कांटों की झाड़ी साथ-साथ चली, कपड़े छुड़ाने लगा तो हाथ में कांटे चुभने लगे। जोर से खींचा तो धोती फट गयी। भूख तो गायब हो गयी, फ़िक्र हुई कि इस नयी मुसीबत से क्योंकर छुटकारा हो। कांटों को एक जगह से अलग करता तो दूसरी जगह चिमट जाते, झुकता तो शरीर में चुभते, किसी को पुकारूं तो चोरी खुली जाती है, अजीब मुसीबत में पड़ा हुआ था। उस वक्त मुझे अपनी हालत पर रोना आ गया कोई रेगिस्तानों की खाक छाननेवाला आशिक भी इस तरह कांटों में फंसा होगा ! बड़ी मुश्किल से आध घण्टे में गला छूटा मगर धोती और कुर्ते के माथे गयी, हाथ और पांव छलनी हो गये वह घाते में। अब एक कदम आगे रखना मुहाल था। मालूम नहीं कितना रास्ता तय हुआ, कितना बाक़ी है, न कोई आदमी न आदमजाद किससे पूछूं। अपनी हालत पर

रोता हुआ जा रहा था। एक बड़ा गांव नज़र आया बड़ी खुशी हुई। कोई न कोई दुकान मिल ही जायगी। कुछ खा लूंगा और किसी के सायबान में पड़ रहूगा, सुबह देखी जायगी।

मगर देहातों में लोग सरे-शाम सोने के आदि होते हैं। एक आदमी कुएं पर पानी भर रहा था। उससे पूछा तो उसने बहुत ही निराशाजनक उत्तर दिया—अब यहां कुछ न मिलेगा। बनिये नमक-तेल रखते हैं। हलवाई की दुकान एक भी नहीं। कोई शहर थोड़े ही है, इतनी रात तक दुकान खोले कौन बैठा रहे! |

मैंने उससे बड़े विनती के स्वर में कहा—कहीं सोने को जगह मिल जायगी?

उसने पूछा—कौन हो तुम ? तुम्हारी जान-पहचान का यहां कोई है?

'जान-पहचान का कोई होता तो तुमसे क्यों पूछता ?'

'तो भाई, अनजान आदमी को यहां नहीं ठहरने देंगे। इसी तरह कल एक मुसाफ़िर आकर ठहरा था, रात को एक घर में सेंध पड़ गयी, सुबह को मुसाफ़िर का पता न था।'

'तो क्या तुम समझते हो, मैं चोर हूँ।,

'किसी के माथे पर तो लिखा नहीं होता, अन्दर का हाल कौन जाने !

'नहीं ठहराना चाहते न सही, मगर चोर तो न बनाओ। मैं जानता यह इतना मनहूस गांव है तो इधर आता ही क्यों?'

मैंने ज्यादा खुशामद न की, जी जल गया। सड़क पर आकर फिर आगे चल पड़ा। इस वक्त मेरे होश ठिकाने न थे। कुछ खबर नहीं किस रास्ते से गांव में आया था और किधर चला जा रहा था। अब मुझे अपने घर पहंचने की उम्मीद न थी। रात यों ही भटकते हुए गुज़रेगी, फिर इसका क्या ग़म कि कहां जा रहा हूं। मालूम नहीं कितनी देर तक मेरे दिमाग की यह हालत रही। अचानक एक खेत में आग जलती हुई दिखायी पड़ी कि जैसे आशा का दीपक हो। जरूर वहां कोई आदमी होगा। शायद रात काटने को जगह मिल जाय। कदम तेज़ किये और करीब पहुंचा कि यकायक एक बड़ा-सा कुत्ता भूकता हुआ मेरी तरफ दौड़ा। इतनी डरावनी आवाज थी कि मैं कांप उठा। एक पल में वह मेरे सामने आ गया और मेरी तरफ लपक लपककर भंकने लगा। मेरे हाथों में किताबों की पोटली के सिवा और क्या था, न कोई लकड़ी थी न पत्थर, कैसे भगाऊं, कहीं बदमाश मेरी टांग पकड़ ले तो क्या करू! अग्रेजी नस्ल का शिकारी कुत्ता मालूम होता था। मैं जितना ही धत्-धत् करता था उतना ही वह गरजता

था। मैं खामोश खड़ा हो गया और पोटली ज़मीन पर रखकर पांव से जूते निकाल लिये, अपनी हिफ़ाज़त के लिए कोई हथियार तो हाथ में हो! उसकी तरफ़ गौर से देख रहा था कि ख़तरनाक हद तक मेरे करीब आये तो उसके सिर पर इतने ज़ोर से नालदार जूता मार दूं कि याद ही तो करें लेकिन शायद उसने मेरी नियत ताड़ ली और इस तरह मेरी तरफ़ झपटा कि मैं कांप गया और जूते हाथ से छुटकर जमीन पर गिर पड़े। और उसी वक्त मैंने डरी हुई आवाज़ में पुकारा- अरे खेत में कोई है, देखो यह कुत्ता मझे काट रहा है! ओ महतो, देखो तुम्हारा कुत्ता मुझे काट रहा है!

जवाब मिला, कोन है?

'मैं हूं राहगीर, तुम्हारा कुत्ता मुझे काट रहा है।'

'नहीं, काटेगा नहीं, डरो मत। कहां जाना है?'

'महमूदनगर।'

'महमूदनगर का रास्ता तो तुम पीछे छोड़ आये, आगे तो नदी है।

मेरा कलेजा बैठ गया, रुआंसा होकर बोला—महमूदनगर का रास्ता कितती दूर छूट गया है?

'यही कोई तीन मील।'

और एक लहीम-शहीम आदमी हाथ में लालटेन लिये हुए आकर मेरे सामने खड़ा हो गया। सर पर हैट था, एक मोटा फ़ौजी ओवरकोट पहने हुए, नीचे निकर, पांव में फुलबूट, बड़ा लंबा-तडंगा, बड़ी-बड़ी मूंछे, गोरा रंग, साकार पुरुष-सौन्दर्य। बोला—तुम तो कोई स्कूल के लड़के मालूम होते हो।

'लड़का तो नहीं हूं, लड़कों का मुदर्रिस हूं, घर जा रहा हूं। आज से तीन दिन छुट्टी है।'

'तो रेल से क्यों नहीं गये?'

'रेल छूट गयी और दूसरी एक बजे छूटती है।'

'वह अभी तुम्हें मिल जायगी। बारह का अमल है। चलो मैं स्टेशन का रास्ता दिखा दूं।'

'कौन-से स्टेशन का?'

'मगवन्तपुर का।'

'भगवन्तपुर ही से तो मैं चला हूं। वह बहुत पीछे छूट गया होगा।'

'बिल्कुल नहीं, तुम भगवन्तपुर स्टेशन से एक मील के अन्दर खड़े हो। चलो

मैं तुम्हें स्टेशन का रास्ता दिखा दूं। अभी गाड़ी मिल जायगी। लेकिन रहना चाहो तो मेरे झोपड़े में लेट जाओ। कल चले जाना।'

अपने ऊपर गुस्सा आया कि सर पीट लूं। पांच बजे से तेली के बैल की तरह घूम रहा हूं और अभी भगवन्तपुर से कुल एक मील आया हूं। रास्ता भूल गया। यह घटना भी याद रहेगी कि चला छः घण्टे और तय किया एक मील। घर पहुंचने की धुन जैसे और भी दहक उठी।

बोला—नहीं, कल तो होली है। मुझे रात को पहुंच जाना चाहिए।

'मगर रास्ता पहाड़ी है, ऐसा न हो कोई जानवर मिल जाय। अच्छा चलो, मैं तुम्हें पहुचाये देता हूं, मगर तुमने बड़ी गलती की, अनजान रास्ते को पैदल चलना कितना खतरनाक है। अच्छा चलो मैं पहुंचाये देता हू खैद खड़े रहो, मैं अभी आता हूं।'

कुत्ता दुम हिलाने लगा और मुझसे दोस्ती करने का इच्छुक जान पड़ा। दुम हिलाता हुआ, सिर झुकाये क्षमा-याचना के रूप में मेरे सामने आकर खड़ा हुँआ। मैंने भी बड़ी उदारता से उसका अपराध क्षमा कर दिया और उसके सिर पर दाथ फेरने लगा। क्षण भर में वह आदमी बन्दुक कंधे पर रखे आ गया और बोला—चलो, मगर अब ऐसी नादानी न करना, खौरियत हुई कि मैं तुम्हें मिल गया। नदी पर पहुंच जाते तो ज़रूर किसी जानवर से मुठभेड़ हो जाती।

मैंने पूछा—आप तो कोई अंग्रेज़ मालूम होते हैं, मगर आपकी बोली बिलकुल हमारे जैसी है?

उसने हंसकर कहा—हां, मेरा बाप अंग्रेज़ था, फ़ौजी अफ़सर। मेरी उम्र यहीं गुज़री है। मेरी मां उसका खाना पकाती थी। मैं भी फ़ौज में रह चुका हूं। योरोप की लड़ाई में गया था, अब पेंशन पाता हूं। लड़ाई में मैंने जो दृश्य अपने आंखों से देखे और जिन हालात में मुझे जिन्दगी बसर करनी पड़ी और मुझे अपनी इन्सानियत का जितना खून करना पड़ा उनसे इस पेश से मुझे नफ़रत हो गयी और मैं पेंशन लेकर यहां चला आया। मेरे पापा ने यहीं एक छोटा-सा घर बना लिया था। मैं यहीं रहता हूँ और आस-पास के खेतों की रखवाली करता हूं। यह गंगा की घाटी है। चारों तरफ पहाड़ियां हैं। जंगली जानवर बहुत लगते हैं। सुअर, नीलगाय, हिरन सारी खेती बर्बाद कर देते हैं। मेरा काम है, जानवरों से खेती की हिफाजत करना। किसानों से मुझे हल पीछे एक मन गल्ला मिल जाता है। वह मेरे गुजर-बसर के लिए काफ़ी होता है। मेरी बुढ़िया मां अभी जिन्दा है। जिस तरह पापा का खाना पकाती थी, उसी

तरह अब मेरा खाना पकाती है। कभी-कभी मेरे पास आया करो, मैं तुम्हें कसरत करना सिखा दूंगा, साल भर में पहलबान हो जाओगे।

मैंने पूछा—आप अभी तक कसरत करते हैं ?

वह बोला—'हां, दो घण्टे रोज़ाना कसरत करता हूं। मुगदर और लेज़िम का मुझे बहुत शौक है। मेरा पचासवां साल है, मगर एक सांस में पांच मील दौड़ सकता हूँ। कसरत न करूं तो इस जंगल में रहूं कैसे। मैंने खूब कुश्तियां लड़ी हैं। अपनी रेजीमेण्ट में खूब मज़बूत आदमी था। मगर अब इस फ़ौजी जिन्दगी की हालातों पर गौर करता हूं तो शर्म और अफ़सोस से मेरा सर झुक जाता है। कितने ही बेगुनाह मेरी रायफ़ल के शिकार हुए। मेरा उन्होंने क्या नुक़सान किया था? मेरी उनसे कौन-सी अदावत थी? मुझे तो जर्मन और आस्ट्रियन सिपाही भी वैसे ही सच्चे, वैसे ही बहादुर, वैसे ही खुशमिज़ाज, वैसे ही हमदर्द मालूम हुए जैसे फ्रांस या इंगलैण्ड के। हमारी उनसे खूब दोस्ती हो गयी थी, साथ खेलते थे, साथ बैठते थे, यह खयाल ही न आता था कि यह लोग हमारे अपने नहीं हैं। मगर फिर भी हम एक दूसरे के खून के प्यासे थे। किसलिए ? इसीलिए कि बड़े-बड़े अंग्रेज़ सौदागरों का खतरा था कि कहीं जर्मनी उनका रोज़गार न छीन ले। यह सौदागरों का राज है। हमारी फौजें उन्हीं के इशारों पर नाचनेवाली कठपुतलियां हैं। जान हम गरीबों की गयी, जेबें गर्म हुई मोटे-मोटे सौदागरों की। उस वक्त हमारी ऐसी ख़ातिर होती थी, ऐसी पीठ ठोंकी जाती थी, गोया हम सल्तनत के दामाद हैं। हमारे ऊपर फूलों की बारिश होती थी, हमें गार्डन पार्टियां दी जाती थी, हमारी बहादुरी की कहानियां रोज़ाना उखबारों में तस्वीरों के साथ छपती थीं। नाज़कबदन लेडियां और शहज़ादियां हमारे लिए कपड़े सीती थीं, तरह-तरह के सुरब्बे और अचार बना-बनाकर भेजती थीं। लेकिन जब सुलह हो गयी तो उन्हीं जांबाज़ियों को कोई टके को भी न पूछता था। कितनों ही के अंगभंग हो गये थे, कोई लूला हो गया था, कोई लंगड़ा, कोई अंधा। उन्हें एक टुकड़ा रोटी भी देनेवाला कोई न था। मैंने कितनों ही को सड़क पर भीख मांगते देखा। तब से मुझे इस पेशे से नफ़रत हो गयी। मैंने यहां आकर यह काम अपने ज़िम्मे ले लिया और खुश हूं। सिपहगिरी इसलिए है कि उससे गरीबों की जान-माल की हिफ़ाज़त हो, इसलिए नहीं कि करोड़पतियों की बेशुमार दौलत और बढ़े। यहां मेरी जान हमेशा खतरे में रहती है। कई बार मरते-मरते बचा हूं लेकिन इस काम में मर भी जाऊं तो मुझे अफ़सोस न होगा, क्योंकि मुझे यह तस्कीन होगा कि मेरी जिन्दगी ग़रीबों के काम आयी।

और यह बेचारे किसान मेरी कितनी ख़ातिर करते हैं कि तुमसे क्या कहूं। अगर मैं बीमार पड़ जाऊं और उन्हें मालूम हो जाय कि मैं उनके शरीर के ताजे खून से अच्छा हो जाऊंगा तो बिना झिझके अपना खून दे देंगे। पहले मैं बहुत शराब पीता था। मेरी बिरादरी को तो तुम जानते होंगे। हममें बहुत ज्यादा लोग ऐसे हैं, जिनको खाना मयस्सर हो या न हो मगर शराब ज़रूर चाहिए। मैं भी एक बोतल शराब रोज़ पी जाता था। बाप ने काफी पैसे छोड़े थे। अगर किफ़ायत से रहना जानता तो जिन्दगी भर आराम से पड़ा रहता। मगर शराब ने सत्यानाश कर दिया। उन दिनों मैं बड़े ठाठ से रहता था। कालर-टाई लगाये, छैला बना हुआ, नौजवान छोकरियों से आंखें लड़ाया करता था। घुड़दौड़ में जुआ खेलना, शराब पीना. क्लब में ताश खेलना और औरतों से दिल बहलाना, यही मेरी ज़िन्दगी थी। तीन-चार साल में मैंने पच्चीसतीस हज़ार रुपये उड़ा दिये। कौड़ी कफ़न को न रखी। जब पैसे ख़तम हो गये तो रोज़ी की फिक्र हुई। फ़ौज में भर्ती हो गया। मगर खुदा का शुक्र है कि वहां से कुछ सीखकर लौटा। यह सच्चाई मुझ पर खुल गयी कि बहादुर का काम जान लेना नहीं, बल्कि जान की हिफ़ाज़त करना है।

'योरोप से आकर एक दिन मैं शिकार खेलने लगा और इधर आ गया। देखा, कई किसान अपने खेतों के किनारे उदास खड़े हैं। मैंने पूछा क्या बात है ? तुम लोग क्यों इस तरह उदास खड़े हो? एक आदमी ने कहा—क्या करें साहब, ज़िन्दगी से तंग हैं। न मौत आती है न पैदावार होती है। सारे जानवर आकर खेत चर जाते हैं। किसके घर से लगान चुकायें, क्या महाजन को दें, क्या अमलों को दें और क्या खुद खायं ? कल इन्हीं खेतों को देखकर दिल की कली खिल जाती थी, आज इन्हें देखकर आंखों में आंसू आ जाते हैं। जानवरों ने सफाया कर दिया।

'मालूम नहीं उस वक्त मेरे दिल पर किस देवता या पैग़म्बर का साया था कि मुझे उन पर रहम आ गया। मैंने कहा—आज से मैं तुम्हारे खेतों की रखवाली करूंगा। क्या मजाल कि कोई जानवर फटक सके। एक दाना जो जाय तो जुर्माना दूं। बस उस दिन से आज तक मेरा यही काम है। आज दस साल हो गये, मैंने कभी नागा नहीं किया। अपना गुज़र भी होता है और एहसान मुफ़्त मिलता है और सबसे बड़ी बात यह है कि इस काम से दिल की खुशी होती है।'

नदी आ गयी। मैंने देखा वही घाट है जहां शाम को किश्ती पर बैठा था। उस चांदनी में नदी जड़ाऊ गहनों से लदी हुई जैसे कोई सुनहरा सपना देख रही हो।

मैंने पूछा—आपका नाम क्या है ? कभी-कभी आपके दर्शन के लिए आया करूंगा।

उसने लालटेन उठाकर मेरा चेहरा देखा और बोला—मेरा नाम जैक्सन है। बिल जैक्सन। ज़रूर आना। स्टेशन क पास जिससे मेरा नाम पूछोगे, मेरा पता बतला देगा।

यह कहकर वह पीछे की तरफ़ मुड़ा, मगर यकायक लोट पड़ा और बोला—मगर तुम्हें यहां सारी रात बैठना पड़ेगा और तुम्हारी अम्मां घबरा रही होगी। तुम मेरे कंधे पर बैठ जाओ तो मैं तुम्हें उस पार पहुंचा दूं। आजकल पानी बहुत कम है, मैं तो अक्सर तैर आता हूं।

मैंने एहसान से दबकर कहा—आपने यही क्या कम इनायत की है कि मुझे यहां तक पहुंचा दिया, वर्ना शायद घर पहुंचना नसीब न होता। मैं यहाँ बैठा रहूंगा और सुबह को किश्ती से पार उतर जाऊंगा।

'वाह, और तुम्हारी अम्मां रोती होंगी कि मेरे लाड़ले पर न जाने क्या गुज़री?'

यह कहकर मिस्टर जैक्सन ने मुझे झट उठाकर कंधे पर बिठा लिया और इस तरह बेधड़क पानी में घुसे कि जैसे सूखी ज़मीन है। मैं दोनों हाथों से उनकी गरदन पकड़े हैं, फिर भी सीना धड़क रहा है और रगों में सनसनी-सी मालूम हो रही है। मगर जैक्सन साहब इत्मीनान से चले जा रहे हैं। पानी घुटने तक आया, फिर कमर तक पहुचा, ओफ्फ़ोह सीने तक पहंच गया। अब साहब को एक-एक क़दम मुश्किल हो रहा है। मेरी जान निकल रही है। लहरें उनके गले लिपट रही हैं। मेरे पांव भी चमने लगी। मेरा जी चाहता है उनसे कहूं भगवान के लिए वापस चलिए, मगर जबान नहीं खुलती। चेतना ने जैस इस संकट का सामना करने के लिए सब दरवाज़े बन्द कर लिए। डरता हूं कहीं जैक्सन साहब फिसले तो अपना काम तमाम है। यह तो तैराक हैं, निकल जायेंगे, मैं लहरों की खराक बन जाऊंगा। अफ़सोस आता है। अपनी बेवकफ़ी पर कि तैरना क्यो न सीख लिया? यकायक जैक्सन ने मुझे दोनों हाथों से कंधे के ऊपर उठा लिया। हम बीच धार में पहुंच गए थे। बहाव में इतनी तेजी थी कि एक-एक कदम आगे रखने में एक-एक मिनट लग जाता था। दिन को इस नदी में कितनी ही बार आ चुका था लेकिन रात को और इसे मझधार में वह बहती हुई मौत मालूम होती थी। दस-बारह क़दम तक मैं जैक्सन के दोनों हाथों पर टंगा रहा। फिर पानी उतरने लगा। मैं देख न सका, मगर शायद पानी जैक्सन

के सर के ऊपर तक आ गया था। इसीलिए उन्होंने मुझे हाथों पर बिठा लिया था। जब उनकी गर्दन बाहर निकल आयो तो जोर से हंसकर बोले—लो अब पहुंच गये।

मैंने कहा—आपको आज मेरी वजह से बड़ी तकलीफ़ हुई।

जैक्सन ने मुझे हाथों से उतारकर फिर कंधे पर बिठाते हुए कहा और आज मुझे जितनी ख शी हैई उतनी आज तक कभी न हुई थी, जर्मन कप्तान को क़त्ल करके भी। अपनी माँ से कहना मुझे दुआ दें।

घाट पर पहुंचकर मैं साहब से रुखसत हुआ, उसकी सज्जनता, नि:स्वार्थ सेवा, और अदम्य साहस का न मिटनेवाला असर दिल पर लिए हुए। मेरे जी में आया, काश मैं भी इस तरह लोगों के काम आ सकता।

तीन बजे रात को जब मैं घर पहुंचा तो होली में आग लग रही थी। मैं स्टेशन से दो मील सरपट दौड़ता हुआ गया। मालूम नहीं भखे शरीर में इतनी ताक़त कहां से आ गयी थी।

अम्मां मेरी आवाज़ सुनते ही आंगन में निकल आयीं और मुझे छाती से लगा लिया और बोलों-इतनी रात कहां कर दी, मैं तो सांझ से तुम्हारी राह देख रही थी, चलो.खाना खा लो, कुछ खाया—पिया है कि नहीं?

वह अब स्वर्ग में हैं। लेकिन उनका वह मुहब्बत-भरा चेहरा मेरी आंखों के सामने है और वह प्यार भरी आवाज़ कानों में गूंज रही है।

मिस्टर जैक्सन से कई बार मिल चुका हूं। उसकी सज्जनता ने मुझे उसका भक्त बना दिया है। मैं उसे इन्सान नहीं फ़रिश्ता समझता हूं।

— 'ज़ादे राह' से

नादान दोस्त

केशव के घर में कानिस के ऊपर एक चिड़िया ने अण्डे दिए थे। केशव और उसकी बहन श्यामा दोनों बड़े ध्यान से चिड़ियां को वहां आते-जाते देखा करते। सवेरे दोनों आंखें मलते कार्निस के सामने पहुंच जाते और चिड़ा या चिड़िया दोनों को वहां बैठा पाते। उनको देखने में दोनों बच्चों को न मालूम क्या मज़ा मिलता, दूध और जलेबी की भी सुध न रहती थी। दोनों के दिल में तरह-तरह के सवाल उठते। अण्डे कितने बड़े होंगे? किस रंग के होंगे ? कितने होंगे? क्या खाते होंगे? उनमें बच्चे किस तरह निकल आयेंगे? बच्चों के पर कैसे निकलेंगे? घोंसला कैसा है ? लेकिन इन बातों का जवाब देने वाला कोई नहीं। न अम्मां को घर के काम-धंधों से फ़ुर्सत थी न बाबजी को पढ़ने-लिखने से। दोनों बच्चे आपस ही में सवाल-जवाल करके अपने दिल को तसल्ली दे लिया करते थे।

श्यामा कहती—क्यो भइयां, बच्चे निकलकर फुर से उड़ जायेंगे।

केशव विद्वानों जैसे गर्व से कहता—नहीं री पगली, पहले पर निकलेंगे। बगैर परों के बेचारे कैसे उड़ेगे?

श्यामा—बच्चों को क्या खिलायेगी बेचारी? केशव इस पेचीदा सवाल का जवाब कुछ न दे सकता था।

इस तरह तीन-चार दिन गुज़र गए। दोनों बच्चों की जिज्ञासा दिनदिन बढ़ती जाती थी। अण्डों को देखने के लिए वह अधीर हो उठते थे। उन्होंने अनुमान लगाया कि अब जरूर निकल आये होंगे। बच्चों के चारों का सवाल अब उनके सामने आ खड़ा हुआ। चिड़िया बेचारी इतना दाना कहां पायेगी कि सारे बच्चों का पेट भरे। गरीब बच्चे भूख के मारे चूं-चूं करके मर जायेंगे।

इस मुसीबत का अन्दाज़ा करके दोनों घबरा उठे। दोनों ने फैसला किया कि कानिस पर थोड़ा-सा दाना रख दिया जाय। श्यामा खुश होकर बोली—तब तो चिड़ियों को चारे के लिए कहीं उड़ कर न जाना पड़गा न?

केशव—नहीं, तब क्यों जायंगी?

श्यामा—क्यों भइया, बच्चों को धूप न लगती होगी?

केशव का ध्यान इस तकलीफ़ की तरफन गया था। बोला—जरूर तक लीफ़ हो रही होगी। बेचारे प्यास के मारे तड़फ़ रहे होंगे। ऊपर छाया भी तो कोई नहीं।

आखिर यही फैसला हुआ कि घोंसले के ऊपर कपड़े की छत बना देनी चाहिए। पानी की प्याली और थोड़े से चावल रख देने का प्रस्ताव भी स्वीकृत हो गया।

दोनों बच्चे बड़े चाव से काम करने लगे। श्यामा माँ की आँख बचाकर मटके से चावल निकाल लायी। केशव ने पत्थर की प्याली का तेल चुपके से. ज़मीन पर गिरा दिया और उसे खूब साफ़ करके उसमें पानी भरा।

अब चांदनी के लिए कपड़ा कहां से लाए ? फ़िर ऊपर बगैर छर्डिओं के कपड़ा ठहरेगा कैसे और छड़ियां खड़ी होंगी कैसे?

केशव बड़ी देर तक इसी उधेड़-बुन में रहा। आखिरकार उसने यह मुश्किल भी हल कर दी। श्यामा से बोला—जाकर कड़ा फेंकने वाली टोकरी उठा लाओ। अम्मा जी को मत दिखाना।

श्यामा—वह तो बीच में फटी हुई है। उसमें से धूप न जाएगी?

केशव ने झुंझलाकर कहा—तू टोकरी तो ला, मैं उसका सुराख बन्द करने की कोई हिकमत निकालूंगा।

श्यामा दौड़कर टोकरी उठा लायी। केशव ने उसके सुराखा में थोड़ा सा काग़ज ठंस दिया और तब टोकरी को एक टहनी से टिकाकर बोला—देख ऐसे ही घोंसले पर उसकी आड़ दूंगा। तब कैसे धूप जाएगी ?

श्यामा ने दिल में सोचा, भइया कितने चालाक हैं।

2

गर्मी के दिन थे। बाबूजी दफ्तर गए हुए थे। अम्मां दोनों बच्चों को कमरे में सुलाकर खुद सो गयी थीं। लेकिन बच्चों की आंखों में आज नींद कहां ? अम्मां जी को बहकाने के लिए दोनों दम रोके आखें बन्द किए मौक़ का इन्तजार कर रहे

थे। ज्यों ही. मालूम हुआ कि अम्मां जी अच्छी तरह सो गयीं, दोनों चुपके से उठे और बहुत धीरे से दरवाजे की सिटकनी खोलकर बाहर निकल आये? अण्डों की हिफाजत करने की तैयारियां होने लगी। केशव कमरे में से एक स्ट्रल उठा लाया, लेकिन जब उससे काम न चला, तो नहाने की चौकी लाकर स्टूल के नीचे रखी और डरते-डरते स्टूल पर चढ़ा।

श्यामा दोनों हाथों से स्टूल पकड़े हुए थी। स्टूल चारों टांगें बराबर न होने के कारण जिस तरफ़ ज्यादा दबाव पाता था, जरा-सा हिल जाता था। उस वक्त केशव को कितनी तकलीफ़ उठानी पड़ती थी। यह उसी का दिल जानता था। दोनों हाथों से कानिस पकड़ लेता और श्यामा को दबी आवाज से डांटता—अच्छी तरह पकड़, वर्ना उतरकर बहुत मारूंगा। मगर बेचारी श्यामा का दिल तो ऊपर कानिस पर था। बार-बार उसका ध्यान उधर चला जाता और हाथ ढीले पड़ जाते।

केशव ने ज्यों ही कानिस पर हाथ रक्खा, दोनों चिड़ियां उड़ गयीं। केशव ने देखा, कानिस पर थोड़े तिनके बिछे हुए हैं, और उस पर तीन अण्डे पड़े हैं। जैसे घोसले उसने पेड़ों पर देखे थे, वैसा कोई घोंसला नहीं है। श्यामा ने नीचे से पूछा—के बच्चे हैं भइया?

केशव—तीन अण्डे हैं, अभी बच्चे नहीं निकले।

श्यामा—जरा हमें दिखा दो भइया, कितने बड़े हैं ?

केशव—दिखा दूंगा, पहले जरा चिथड़े ले आ, नीचे बिछा दूं। बेचारे अंडे तिनकों पर पड़े हैं।

श्यामा दौड़कर अपनी पुरानी धोती फाड़कर एक टुकड़ा लायी। के शव ने झुककर कपड़ा ले लिया, उसके कई तह, कर के उसने एक गद्दी बनायी और उसे तिनकों पर बिछाकर तीनों अण्डे उस पर धीरे से रख दिए।

श्यामा ने फिर कहा—हमको भी दिखा दो भइया।

केशव—दिखा दूंगा, पहले ज़रा वह टोकरी दे दो, ऊपर छाया कर

श्यामा ने टोकरी नीचे से थमा दी और बोली—अब तुम उतर आओ, मैं भी तो देखू।

केशव ने टोकरी को एक टहनी से टिकाकर कहा—जा, दाना और पानी की प्याली ले आ, मैं उतर आऊं तो दिखा दूंगा।

श्यामा प्याली और चावल भी लायी। केशव ने टोकरी के नीचे दोनों चीजें रख दी और आहिस्ता से उतर आया।

श्यामा ने गिड़गिड़ा कर कहा—अब हमको भी चढ़ा दो भइया।

केशव—तू गिर पड़ेगी।

श्यामा—न गिरूंगी भइया, तुम नीचे से पकड़े रहना।

केशव—न भइया, कहीं तू गिर-गिरा पड़ तो अम्मां जी मेरी चटनी ही कर डालेंगी। कहें कि तूने ही चढ़ाया था। क्या करेगी देखकर। अब अण्डे बड़े आराम से हैं। जब बच्चे निकलेंगे, तो उनको पालेंगे।

दोनों चिड़ियां बार-बार कानिस पर आती थीं और बगर बैठे ही उड़ जाती थीं। केशव ने सोचा हम लोगों के डर के मारे नहीं बैठती। स्टल उठाकर कमरे में रख आया, चौकी जहां की थी, वहां रख दी।

श्यामा ने आंखों में आंसू भरकर कहा—तुमने मुझे नहीं दिखाया, मैं अम्मा जी से कह दूंगी।

केशव—अम्मा जी से कहेगी तो बहुत मारूंगा, कहे देता हूं।

श्यामा—तो तुमने मुझे दिखाया क्यों नहीं ?

केशव—और गिर पड़ती तो चार सर न हो जाते।

श्यामा—हो जाते, हो जाते। देख लेना मैं कह दूंगी।

इतने में कोठरी का दरवाजा खुला और मां ने धूप से आंखों को बचाते हए कहा—तुम दोनों बाहर कब निकल आए ? मैंने कहा न था कि दोपहर को न निकलना ? किसने किवाड़ खोला ?

किवाड़ केशव ने खोला था, लेकिन श्यामा ने मां से यह बात नहीं कही। उसे डर लगा कि भैया पिट जायेंगे। केशव दिल में कांप रहा था कि कहीं श्यामा कह न दे। अण्डे न दिखाए थे, इससे अब उसको श्यामा पर विश्वास न था। श्यामा सिर्फ़ मुहब्बत के मारे चुप थी या इस क़सूर में हिस्सेदार होने की वजह से, इसका फैसला नहीं किया जा सकता। शायद दोनों ही बातें थीं।

माँ ने दोनों को डांट-डपटकर फिर कमरे में बन्द कर दिया और आप धीरे-धीरे उन्हें पंखा झलने लगी। अभी सिर्फ दो बजे थे। बाहर तेज ल चल रही थी। अब दोनों बच्चों को नींद आ गयी थी।

3

चार बजे यकायक श्यामा की नींद खुली। किवाड़ खुले हुए थे। वह दौडी हई कार्निस के पास आयी और ऊपर की तरफ़ ताकने लगी। टोकरी का पता न था।

संयोग से उसकी नज़र नीचे गयी और वह उलटे पांव दौडती हई कमरे में जाकर ज़ोर से बोली—भइया, अण्डे तो नीचे पडे है, बच्चे उड़ गए!

केशव घबराकर उठा और दौड़ा हुआ बाहर आया तो क्या देखता है कि तीनों अण्डे नीचे टूटे पड़े हैं और उनसे कोई चूने की-सी चीज़ बाहर निकल आयी है। पानी की प्याली भी एक तरफ़ टूटी पड़ी है।

उसके चेहरे का रंग उड़ गया। सहमी हई आंखों से ज़मीन की तरफ़ देखने लगा।

श्यामा ने पूछा—बच्चे कहां उड़ गए भइया?

केशव ने करुण स्वर में कहा—अण्डे तो फट गए। 'और बच्चे कहां गये?'

केशव—तेरे सर में। देखती नहीं है अण्डों से उजला—उजला पानी निकल आया है। वही तो दो-चार दिन में बच्चे बन जाते।

मां ने सोटी हाथ में लिए हुए पूछा—तुम दोनों वहां धूप में क्या कर कर रहे हो?

श्यामा ने कहा—अम्मा जी, चिड़िया के अण्डे टूटे पड़े हैं।

मां ने आकर टूटे हुए अण्डों को देखा और गुस्से से बोलीं-तुम लोगों ने अण्डों को छुआ होगा?

अब तो श्यामा को भइया पर ज़रा भी तरस न आया। उसी ने शायद अण्डों को इस तरह रख दिया कि वह नीचे गिर पड़े। इसकी उसे सजा. मिलनी चाहिए। बोली—इन्होंने अण्डों को छेड़ा था अम्मां जी।

मां ने के शव से पूछा—क्यों रे?

केशव भीगी बिल्ली बना खड़ा रहा।

मां—तू वहां पहुंचा कैसे?

श्यामा—चौके पर स्टूल रखकर चढ़े अम्मांजी।

केशव—तू स्टूल थामें नहीं खड़ी थी ?

श्यामा—तुम्हीं ने तो कहा था !

माँ—तू इतना बड़ा हुआ, तुझे अभी इतना भी नहीं मालूम कि छूने से चिड़ियों के अण्डे गन्दे हो जाते हैं। चिड़िया फिर उन्हें नहीं सेती।

श्यामा ने डरते-डरते पूछा—तो क्या चिड़िया ने अण्डे गिरा दिए हैं, अम्मां जी?

मां—और क्या करती। केशव के सिर इसका पाप पड़ेगा। हाय, हाय, जानें ले ली दुष्ट ने !

केशव रोनी सूरत बनाकर बोला—मैंने तो सिर्फ अण्डों को गद्दी पर रख दिया था, अम्मा जी!

मां को हंसी आ गयी। मगर केशव को कई दिनों तक अपनी गलती पर अफसोस होता रहा। अण्डों की हिफ़ाज़त करने के जोश में उसने उनका सत्यानाश कर डाला। इसे याद करके वह कभी-कभी रो पड़ता था।

दोनों चिड़ियां वहां फिर न दिखायी दी।

—'ख़ाके परवाना' से

प्रतिशोध

माया अपने तिमंज़ले मकान की छत पर खड़ो सड़क की ओर उद्विग्न और अधीर आंखो से ताक रही थी और सोच रही थी, वह अब तक आये क्यों नहीं ? कहां देर लगायी? इसी गाड़ी से आने को लिखा था। गाड़ी तो आ गयी होगी, स्टेशन से मुसाफ़िर चले आ रहे हैं। इस वक्त तो कोई दूसरी गाड़ी नहीं आती। शायद असबाब वगैरह रखने में देर हुई, यार-दोस्त स्टेशन पर बधाई देने के लिए पहुंच गये हों, उनसे फर्सत मिलेगी तब घर की सुध आयेगी ! उनकी जगह मैं होती तो सोधे घर आती। दोस्तों से कह देती, जनाब इस वक्त मुझे माफ़ कीजिए, फिर मिलिएगा। मगर दोस्तों में तो उनकी जान बसती है !

मिस्टर व्यास लखनऊ के नौजवान मगर अत्यन्त प्रतिष्पित बैरिस्टरों में हैं। तीन महीने से वह एक राजनीतिक मुक़दमे की पैरवी करने के लिए सरकार की ओर से लाहौर गये हुए हैं। उन्होंने माया को लिखा था—जीत हो गयी। पहली तारीख को मैं शाम की मेल में ज़रूर पहुंचूंगा। आज वही शाम है। माया ने आज सारा दिन तैयारियों में बिताया। सारा मकान धुलवाया। कमरों के सजावट के सामान साफ़ कराये, मोटर धलवायी। ये तीन महीने उसने तपस्या के काटे थे। मगर अब तक मिस्टर व्यास नहीं आये।

उसकी छोटी बच्ची तिलोत्तमा आकर उसके पैरों में चिमट गयी और बोली—अम्मां, बाबू जी कब आयेंगे?

माया ने उसे गोद में उठा लिया और चूमकर बोली—आते ही होंगे बेटी, गाड़ी तो कब की आ गयी।

तिलोत्तमा—मेरे लिए अच्छी अच्छी गुड़ियां लाते होंगे।

माया ने कुछ जवाब न दिया। इन्तजार अब गुस्से में बदलता जाता था। वह सोच रही थी, जिस तरह मुझे हजरत परेशान कर रहे हैं, उसी तरह मैं भी उनको परेशान करूंगी। घण्टे भर तक बोल गी ही नहीं। आकर स्टेशन पर बैठे हुए हैं! जलाने में उन्हें मज़ा आता है। यह उनकी पुरानी आदत है। दिल को क्या करूँ। नहीं, जी तो यही चाहता है कि जैसे वह मुझसे बेरूखी दिखलाते हैं, उसी तरह मैं भी उनकी बात न पूछु!

यकायक एक नौकर ने ऊपर आकर कहा—बहू जी, लाहौर से यह तार आया है।

माया अन्दर-ही-अन्दर जल उठी। उसे ऐसा माल म हुआ कि जैसे बड़े जोर की हरारत हो गयी हो। बरबस खयाल आया—सिवाय इसके और क्या लिखा होगा कि इस गाड़ी से न आ सकुंगा। तार दे देना कौन मुश्किल है। मैं भी क्यों न तार दे दूं कि मैं एक महीने के लिए मैके जा रही है। नौकर से कहा—तार ले जाकर कमरे में मेज़ पर रख दो। मगर फिर कुछ सोचकर उसने लिफ़ाफ़ा ले लिया और खोला ही था कि काग़ज़ हाथ से छूटकर गिर पड़ा। लिखा था-मिस्टर व्यास को आज दस बजे रात किसी बदमाश ने क़त्ल कर दिया।

2

कई महीने बीत गये। मगर खूनी का अब तक पता नहीं चला। खुफ़िया पुलिस के अनुभवी लोग उसका सुराग लगाने की फ़िक्र मे परेशान है। खूनी को गिरफ्तार करा देनेवाले को बीस हजार रुपये इनाम दिये जाने का ऐलान कर दिया गया हैं। ममर कोई नतीजा नहीं।

जिस होटल में मिस्टर व्यास ठहरे थे, उसी में एक महीने से माया ठहरी हुई है। उस कमरे से उसे प्यार-सा हो गया है। उसकी सूरत इतनी बदल गयी है कि अब उसे पहचानना मुश्किल है। मगर उसके चेहरे पर बेकसी या दर्द का पीला—पन नहीं क्रोध की गर्मी दिखायी पड़ती है। उसकी नशीली आंखों में अब खुन की प्यास है और प्रतिशोध की लपट। उसके शरीर का एक-एक कण प्रतिशोध की आग से जला जा रहा है। अब यही उसके जीवन का ध्येय, यही उसकी सबसे बड़ी अभिलाषा है। उसके प्रेम की सारी निधि अब यही प्रतिशोध का आवेग है। जिस पापी ने उसके जीवन का सर्वनाश कर दिया उसे अपने सामने तड़पते देखकर ही उसकी आंखें ठण्डी होंगी। खुफ़िया पुलिस भय और लोभ, जांच और पड़ताल से काम ले रही है, मगर माया ने अपने लक्ष्य पर पहुंचने के लिए एक दूसरा ही रास्ता अपनाया है।

मिस्टर व्यास को प्रेत-विद्या से लगाव था। उनकी संगति में माया ने कुछ आरम्भिक अभ्यास किया था। उस वक्त उसके लिए यह एक मनोरंजन था। मगर अब यही उसके जीवन का सम्बल था। वह रोज़ाना तिलोत्तमा पर अमल करती और रोज़-ब-रोज़ अभ्यास बढ़ाती जाती थी। वह उस दिन का इन्तज़ार कर रही थी जब अपने पति की आत्मा को बुलाकर उससे खूनी का सुराग़ लगा सकेगी। वह बड़ी लगन से, बड़ी एकाग्रचित्तता से अपने काम में व्यस्त थी। रात के दस बज गये थे। माया ने कमरे को अन्धेरा कर दिया था और तिलोत्तमा पर अभ्यास कर रही थी। यकायक उसे ऐसा मालूम हुआ कि कमरे में कोई दिव्य व्यक्तित्व आया। बुझते हुए दीपक की अंतिम झलक की तरह एक रोशनी नज़र आयीं।

माया ने पूछा—आप कौन हैं?

तिलोत्तमा ने हंसकर कहा—तुम मुझे नहीं पहचानतीं? मैं ही तुम्हारा मनमोहन हूं जो दुनिया में मिस्टर व्यास के नाम से मशहूर था।

'आप खूब आये। मैं आपसे खूनी का नाम पूछना चाहती हूं।'

'उसका नाम है, ईश्वर दास।'

'कहां रहता है?'

'शाहजहांपुर।'

माया ने मुहल्ले का नाम, मकान का नम्बर, सूरत-शकल, सब कुछ विस्तार के साथ पूछा और काग़ज़ पर नोट कर लिया। तिलोत्तमा जरा देर में उठ बैठी। जब कमरे में फिर रोशनी हुई तो माया का मुरझाया हआ चेहरा विजय की प्रसन्नता से चमक रहा था। उसके शरीर में एक नया जोश लहरें मार रहा था कि जैसे प्यास से मरते हुए मुसाफ़िर को पानी मिल गया हो।

उसी रात को माया ने लाहौर से शाहजहांपुर जाने का इरादा किया।

3

रात का वक्त पंजाब मेल बड़ी तेजी से अंधेरे को चीरती हुई चली जा रही थी। माया एक सेकेण्ड कलाश के कमरे में बैठी सोच रही थी कि शाहजहांपुर में कहां ठहरेगी, कैसे ईश्वरदास का मकान तलाश करेगी और कैसे उससे ख न का बदला लेगी। उसके बग़ल में तिलोत्तमा बेख़बर सो रही थी। सामने ऊपर के बर्थ पर एक आदमी नींद में ग़ाफ़िल पड़ा हुआ था।

यकायक गाड़ी का कमरा खुला और दो आदमी कोट-पतलू न पहने हुए कमरे में दाखिल हुए। दोनों अग्रेज़ थे। एक माया की तरफ़ बैठा और दूसरा दूसरी तरफ़। माया सिमटकर बैठ गयी। इन आदमियों का यों बैठना उसे बहुत बुरा माल म हुआ। वह कहना चाहती थी आप लोग दूसरी तरफ़ बैठे, पर वही औरत जो खून का बदला लेने जा रही थी, सामने यह खतरा देखकर कांप उठी। वह दोनों शैतान उसे सिमटते देखकर और भी करीब आ गये। माया अब वहां न बैठी रह सकी। वह उठकर दूसरे बर्थ पर जाना चाहती वी कि उनमें से एक ने उसका हाथ पकड़ लिया। माया ने ज़ोर स हाथ छुड़ाने की कोशिश करके कहा—तुम्हारी शामत तो नहीं आयी है, छोड़ दो मेरा हाथ, सुअर?

इस पर दूसरे आदमी ने उठकर माया का सीने से लिपटा लिया। और लड़खड़ाती हुई जबान से बोला—वेल हम, तुमको बहुत-सा रुपया देगा।

माया ने उसे सारी ताकत से ढकेलने की कोशिश करते हुए कहाहट जा हरामजादे, वनां अभी तेरा सर तोड़ दूंगी।

दूसरा आदमी भी उठ खड़ा हुआ और दोनों मिलकर माया को बर्थ पर लिटाने की कोशिश करने लगे। यकायक यह खटपट सुनकर ऊपर के बर्थ पर सोया हुआ आदमी चौंका और उन बदमाशों की हरकत देखकर ऊपर से कूद पड़ा। दोनों गोरे उसे देखकर माया को छोड़ उसकी तरफ़ झपटे और उसे धूंसे मारने लगे। दोनों उस पर ताबड़तोड़ हमला कर रह थे और वह हाथो से अपने को बचा रहा था। उसे वार करने का कोई मौका न मिलता था। यकायक उसने उचककर अपने बिस्तरे में से एक छरा निकाल लिया और आस्तीने समेटकर बोला—तुम दोनों अगर अभी बाहर न चले गये तो मैं एक को भी जीता.न छोड़ूंगा।

दोनों गोरे छुरा देखकर डरे मगर वह भी निहत्थे न थे। एक ने जेब से रिवाल्वर निकाल लिया और उसकी नली उस आदमी की तरफ़ करके बोला—निकल जाओ, रैस्कल !

माया थर-थर कांप रही थी कि न जाने क्या आफत आने वाली है। मगर ख़तरा हमारी छिपी हुई हिम्मतों की कुंजी है। खतरे में पड़कर हम भय की सीमाओं से आगे बढ़ जाते हैं और कुछ कर गुजरते हैं जिस पर हमें खुद हैरत होती है। वही माया जो अब तक थर-थर कांप रही थी, बिल्ली की तरह कूद कर उस गोरे की तरफ लपकी और उसके हाथ से रिवाल्वर खीचकर गाड़ी के नीचे फेंक दिया। गोरे ने खिसियाकर माया को दांत काटना चाहा मगर माया ने जल्दी से हाथ खींच लिया और खतरे की जंजीर के पास जाकर उसे जोर से खींचा। दूसरा गोरा अब तक किनारे खड़ा था।

उसके पास कोई हथियार न था इसलिए वह छुरी के सामने न आना चाहता था। जब उसने देखा कि माया ने जंजीर खींच ली तो भीतर का दरवाजा खोल कर भागा। उसका साथी भी उसके पीछे-पीछे भागा चलते-चलते छुरी वाले आदमी ने उसे इतने जोर से धक्का दिया कि वह मुंह के बल गिर पड़ा। फिर तो उसने इतनी ठोकरें, इतनी लातें और इतने घंसे जमाये कि उसके मुंह से खून निकल पड़ा। इतने में गाड़ी रुक गयी और गार्ड लालटेन लिये आता दिखायी दिया।

4

मगर वह दोनों शैतान गाड़ी को रुकते देखकर बेतहाशा नीचे कूद पड़े और उस अंधेरे में न जाने कहां खो गये। गार्ड ने भी ज्यादा छानबीन न को और करता भी तो उस अंधेरे में पता लगना मुकिल था। दोनों तरफ़ खड्ड थे, शायद गाड़ी किसी नदी के पास थी। वहां दो क्या दो सो आदमी उस वक्त बड़ी आसानी से छिप सकते थे। दस मिनट तक गाड़ी खड़ी रही, फिर चल पड़ी।

माया ने मुक्ति की सांस लेकर कहा—आप आज न होते तो ईश्वर ही जाने मेरा क्या हाल होता। आपके कहीं चोट तो नहीं आयी?

उस आदमी ने छुरे को जेब में रखते हुए कहा—बिल्कुल नहीं। मैं ऐसा बेसुध सोया हुआ था कि उन बदमाशों के आने की खबर ही न हुई। वर्ना मैंने उन्हें अन्दर पांव ही न रखने दिया होता। अगले स्टेशन पर रिपोर्ट करूंगा।

माया—जी नहीं, खामखाह की बदनामी और परेशानी होगी। रिपोर्ट करने से कोई फायदा नहीं। ईश्वर ने आज मेरी आबरू रख ली। मेरा कलेजा अभी तक धड़-धड़ कर रहा है। आप कहां तक चलेंगे ?

'मुझे शाहजहांपुर जाना है।'

'वहीं तक तो मुझे भी जाना है। शुभ नाम क्या है ? कम से कम अपने उपकारक के नाम से तो अपरिचित न रहूं।'

'मुझे तो ईश्वर दास कहते हैं।'

'माया का कलेजा धक से हो गया। ज़रूर यह वही खूनी है, इसकी शक्ल-सूरत भी वही है जो उसे बतलायी गयी थी। उसने डरते-डरते पूछा—आपका मकान किस मुहल्ले में है ?

'...में रहता हूं।'

माया का दिल बैठ गया। उसने खिड़की से सिर बाहर निकालकर एक लम्बी सांस ली। हाय ! खूनी मिला भी तो ऐसी हालत में जब वह उसके एहसान के बोझ में दबी हुयी है ! क्या उस आदमी को वह खंजर का निशाना बना सकती है, जिसने बगैर किसी परिचय के सिर्फ हमदर्दी के जोश में ऐसे गाढ़े वक्त में उसकी मदद की? जान पर खेल गया ? वह एक अजीब उलझन में पड़ गयी। उसने उसके चेहरे की तरफ़ देखा, शराफत झलक रही थी। ऐसा आदमी खून कर सकता है, इसमें उसे सन्देह था।

ईश्वर दास ने पूछा—-आप लाहौर से आ रही हैं न? शाहजहांपुर में कहां जाइएगा?

'अभी तो कहीं धर्मशाला में ठहरूगी, मकान का इन्तज़ाम करना है।'

ईश्वर दास ने ताज्जुब से पूछा—तो वहां आप किसी दोस्त या रिश्तेदार के यहां नहीं जा रही हैं ?

'कोई न कोई मिल ही जाएगा।'

'यों आपका असली मकान कहां है ?'

'असली मकान पहले लखनऊ था, अब कहीं नहीं है। मैं बेवा हैं।'

5

ईश्वर दास ने शाहजहांपुर में माया के लिए एक अच्छा मकान तय कर दिया। एक नौकर भी रख दिया। दिन में कई बार हाल-चाल पूछने आता। माया कितना ही चाहती थी कि उसके एहसान न ले, उससे घनिष्टता न पैदा करे, मगर वह इतना नेक, इतना बामुरौवत और शरीफ़ था कि माया मजबूर हो जाती थी।

एक दिन वह कई गमले और फ़र्नीचर लेकर आया। कई खूबसूरत तसवीरें भी थीं। माया ने त्यौरियां चढ़ाकर कहा—मुझे साज-सामान की बिल्कुल ज़रूरत नहीं, आप नाहक तकलीफ़ करते हैं।

ईश्वर दास ने इस तरह लज्जित होकर कि जैसे उससे कोई भूल हो गयी हो, कहा—मेरे घर में यह चीजें बेकार पड़ी थी, लाकर रख दीं।

'मैं इन टीम-टाम की चीजों की ग लाम नहीं बनना चाहती।'

ईश्वदास ने डरते-डरते कहा—अगर आपको नागवार हो तो उठवा ले जाऊं?

माया ने देखा कि उसकी आँखें भर आयी हैं, मजबूर होकर बोलीअब आप ले आये हैं तो रहने दीजिए। मगर आगे से कोई ऐसी चीज़ न लाइएगा।

एक दिन माया का नौकर न आया। माया ने आठ-नौ बजे तक उसकी राह देखी। जब अब भी वह न आया तो उसने जूठे बर्तन मांजना शुरू किया। उसे कभी अपने हाथ से चौका-बर्तन करने का संयोग न हुआ था। बार-बार अपनी हालत पर रोना आता था। एक दिन वह था कि उसके घर में नौकरों की एक पलटन थी, आज उसे अपने हाथों बर्तन मांजने पड़ रहे हैं। तिलोत्तमा दोड़-दौड़ कर बड़े जोश से काम कर रही थी। उसे कोई फ़िक्र न थी। अपने हाथों से काम करने का, अपने को उपयोगी साबित करने का ऐसा अच्छा मौका पाकर उसकी खुशी की सीमा न रही। इतने में ईश्वरदास आकर खड़ा हो गया और मायाको बर्तन मांजते देखकर बोला—यह आप क्या कर रही हैं ? रहने दीजिए, मैं अभी एक आदमी को बुलवाये लाता हूं। आपने मुझे क्यों न खबर दी, राम-राम, उठ आइए वहां से।

माया ने लापरवाही से कहा—कोई जरूरत नहीं। आप तकलीफ़ न कीजिए। मैं अभी मांजे लेती हूं।

'इसकी ज़रूरत भी क्या, मैं एक मिनट में आता हं।'

'नहीं, आप किसी को न लाइए, मैं इतने बर्तन बड़ी आसानी से धो नंगी।

'अच्छा तो लाइए मैं भी कुछ मदद करूं।

यह कहकर उसने डोल उठा लिया और बाहर से पानी लेने दौड़ा। पानी लाकर उसने मंजे हुए बर्तनों को धोना शुरू किया।

माया ने उसके हाथ से बर्तन छीनने की कोशिश करके कहा—आप मुझे क्यों मिन्दा करते हैं ? रहने दीजिए, मैं अभी साफ़ किये डालती हैं।

'आप मुझे शर्मिन्दा करती हैं या मैं आपको मिन्दा कर रहा हूँ? आप यहां मुसाफ़िर हैं, मैं यहां का रहने वाला हूं, मेरा धर्म है कि आपकी सेवा करूं। आपने एक ज्यादती तो यह की कि मुझे ज़रा भी खबर न दी, अब दूसरी ज्यादती यह कर रही हैं। मैं इसे बर्दाश्त नहीं कर सकता।'

ईश्वर दास ने जरा देर में सारे बर्तन साफ़ करके रख दिये। ऐसा माल म होता था कि वह ऐसे कामों का आदी है। बर्तन धोकर उसने सारे बर्तन पानी से भर दिये और तब माथे से पसीना पोंछता हुआ बोला—बाज़ार से कोई चीज़ लानी हो तो बतला दीजिए, अभी ला दूं।

माया—जी नहीं, माफ़ कीजिए, आप अपने घर का रास्ता लीजिए।

ईश्वर दास-'तिलोत्तमा' आओ आज तुम्हें सैर करा लायें।

माया—जी नहीं, रहने दीजिए। इस वक्त सैर करने नहीं जाती।

माया ने यह शब्द इतने रूखेपन से कहे कि ईश्वर दास का मुंह उतर गया। उसने दुबारा कुछ न कहा। चुपके से चला गया। उसके जाने के बाद माया ने सोचा मैंने उसके साथ कितनी बेमुरोवती की। रेलगाड़ी की उस दुखद घटना के बाद उसके दिल में बराबर प्रतिशोध और मनुष्यता में लड़ाई छिड़ी हुई थी। अगर ईश्वदास उस मौक पर स्वर्ग के एक दूत की तरह न आ जाता तो आज उसकी क्या हालत होती, यह खयाल करके उसके रोएं खड़े हो जाते थे और ईश्वर दास के लिए उसके दिल की गहराइयों से कृतज्ञता के शब्द निकलते। क्या अपने ऊपर इतना बड़ा एहसान करने वाले के खून से अपने हाथ रंगेगी? लेकिन उसी के हाथों से उसे यह मनहूस दिन भी तो देखना पड़ा ! उसी के कारण तो उसने रेल का वह सफ़र किया था वर्ना वह अकेले बिना किसी दोस्त या मददगार के सफ़र ही क्यों करती? उसी के कारण तो आज वह वैधव्य की विपत्तियां झेल रही है और सारी उम्र झेलेगी। इन बातों का ख़याल करके उसकी आंखें लाल हो जाती, मुंह से एक गर्म आह निकल जाती और जी चाहता इसी वक्त बटार लेकर चल पड़े और उसका काम तमाम कर दे।

6

आज माया ने अन्तिम निश्चय कर लिया। उसने ईश्वरदास की दावत की थी। यही उसकी आखिरी दावत होगी। ईश्वर दास ने उस पर एहसान ज़रूर किये हैं लेकिन दुनिया में कोई एहसान कोई नेकी उस शोक के दाग को मिटा सकती है ? रात के नौ बजे ईश्वरदास आया तो माया ने अपनी वाणी में प्रेम का आवेग भरकर कहा—बैठिए, आपके लिए गर्मगर्म पूड़िया निकाल दूं?

ईश्वरदास—क्या अभी तक आप मेरे इन्तजार में बैठी हुई हैं ? नाहक गर्मी में परेशान हुई।

माया ने थाली परसकर उसके सामने रखते हुए कहा—मैं खाना पकाना नहीं जानती ? अगर कोई चीज़ अच्छी न लगे तो माफ़ कीजिएगा।

ईश्वरदास ने खूब तारीफ़ करके एक-एक चीज़ खायी। ऐसी स्वादिष्ट चीजें उसने अपनी उम्र में कभी न खायी थीं।

'आप तो कहती थी मैं खाना पकाना नहीं जानती?'

'तो क्या मैं ग़लत कहती थी?'

'बिलकुल गलत। आपने खुद अपनी ग़लती साबित कर दी। ऐसे ख़स्ते मैंने

ज़िन्दगी में भी न खाये थे।'

'आप मुझे बनाते हैं, अच्छा साहब बना लीजिए!'

'नहीं मैं बनाता नहीं, बिलकुल सच कहता हूं। किस-फिस चीज़ की तारीफ करूं? चाहता हूं कि कोई ऐब-निकालं, लेकिन सूझता ही नहीं। अबकी मैं अपने दोस्तों की दावत करूंगा तो आपको एक दिन तकलीफ़ दूगा।'

'हां शोक से कीजिए, मैं हाज़िर हूं।'

खाते-खाते दस बज गये। तिलोत्तमा सो गयी। गली में भी सन्नाटा हो गया। ईश्वरदास चलने को तैयार हआ, तो माया बोली—क्या आप चले जायंगे? क्यों न आज यहीं सो रहिए? मुझे कुछ डर लग रहा है। आप बाहर के कमरे में सो रहिएगा, मैं अन्दर आंगन में सो रहूंगी।

ईश्वरदास ने क्षण भर सोचकर कहा—अच्छी बात है। आपने पहले कभी न कहा कि आपको इस घर में डर लगता है वर्ना मैं किसी भरोसे की बुढ्ढी औरत को रात को सोने के लिए ठीक कर देता।

ईश्वरदास ने तो कमरे में आसन जमाया, माया अन्दर खाना-खाने गयी। लेकिन आज उसके गले के नीचे एक कौर भी न उतर सका। उसका दिल जोर-जोर से धड़क रहा था। दिल पर एक डर-सा छाया हुआ था। ईश्वरदास कहीं जाग पड़ा तो? उसे उस वक्त कितनी मिन्दगी होगी!

माया ने कटार को खूब तेज़ कर रखा था। आज दिन भर उसे हाथ में लेकर अभ्यास किया। वह इस तरह वार करेगी कि खाली ही न जाय। अगर इश्वरदास जाग ही पड़ा तो भी जानलेवा घाव लगेगा।

जब आधी रात हो गयी और ईश्वरदास के खर्राटों की आवाज़ कानों में आने लगी तो माया कटार लेकर उठी पर उसका सारा शरीर कांप रहा था। भय और संकल्प, आकर्षण और घणो एक साथ कभी उसे एक क़दम आगे बढ़ा देती कभी पीछे हटा देतीं। ऐसा मालम होता था कि जैसे सारा मकान, मारा आसमान चक्कर खा रहा है। कमरे की हर एक चीज़ घूमती दुई नज़र आ रही थी। मगर एक क्षण में यह बेचैनी दूर हो गयी और दिल पर डर छा गया। वह दबे पांव ईश्वरदास के कमरे तक आयी, फिर उसके क़दम वहीं जम गये। उसकी आंखों से आंसू बहने लगे। आह, मैं कितनी कमजोर हं, जिस आदमी ने मेरा सर्वनाश कर दिया, मेरी हरी-भरी खेती उजाड़ दी, मेरे लहलहाते हुए उपवन को वीरान कर दिया, मुझे हमेशा के लिए आग के जलते हुए कंडों में डाल दिया, उससे मैं खून का बदला भी नहीं ले सकती! वह मेरी ही बहनें थों,

जो तलवार और बन्दूक लेकर मैदान में लड़ती थीं, दहकती हुई चिता में हंसते-हंसते बैठ जाती थीं। उसे उस वक्त ऐसा मालूम हुआ कि मिस्टर व्यास सामने खड़े हैं और उसे आगे बढ़ने की प्रेरणा कर रहे हैं। कह रहे हैं, क्या तुम मेरे खून का बदला न लोगी? मेरी आत्मा प्रतिशोध के लिए तड़प रही है। क्या उसे हमेशा-हमेशा यों ही तड़पाती रहोगी? क्या यही वफ़ा की शर्त थी? इन विचारों ने माया की भावनाओं को भड़का दिया। उसकी आंखें खन की तरह लाल हो गयीं, होंठ दांतों के नीचे दब गये और कटार के हत्थे पर मुट्ठी बंध गयी। एक उन्माद-सा छा गया। उसने कमरे के अन्दर पैर रखा मगर ईश्वरदास की आंखें खुल गयी थीं। कमरे में लालटेन की मद्धिम रोशनी थी। माया की आहट पाकर वह चौंका और सिर उठाकर. देखा तो ख न सर्द हो गया—माया प्रलय की मूर्ति बनी हाथ में नंगी कटार लिये उसकी तरफ चली आ रही थी!

वह चारपाई से उठकर खड़ा हो गया और घबड़ाकर बोला—क्या है बहन ? यह कटार क्यों लिये हुए हो ?

माया ने कहा—यह कटार तुम्हारे ख न की प्यासी है क्योंकि तुमने मेरे पति का खून किया है।

ईश्वरदास का चेहरा पीला पड़ गया। बोला—मैंने !

"हां तुमने, तुम्हीं ने लाहौर में मेरे पति की हत्या की, जब वे एक मुक़दमे की पैरवी करने गये थे। क्या तुम इससे इनकार कर सकते हो? मेरे पति की आत्मा ने खुद तुम्हारा पता बतलाया है।'

'तो तुम मिस्टर व्यास की बीवी हो ?'

'हां, मैं उनकी बदनसीब बीवी हं और तुम मेरा सोहाग लटनेवाले हो ! गो तुमने मेरे ऊपर एहसान किये हैं लेकिन एहसानों से मेरे दिल की आग नहीं बुझ सकती। वह तुम्हारे खून ही से बुझेगी।'

ईश्वरदास ने माया की ओर याचना-भरी आंखों से देखकर कहा—अगर आपका यही फैसला है तो लीजिए यह सर हाज़िर है। अगर मेरे खून से आपके दिल की आग बुझ जाय तो मैं खुद उसे आपके कदमों पर गिरा दंगा ! लेकिन जिस तरह आप मेरे खून से अपनी तलवार की प्यास बुझाना अपना धर्म समझती हैं उसी तरह मैंने भी मिस्टर व्यास को क़त्ल करना अपना धर्म समझा। आपको मालूम है, वह एक राजनीतिक मुकदमे की पैरवी करने लाहौर गये थे। लेकिन मिस्टर व्यास ने जिस तरह अपनी ऊंची कानूनी लियाक़त का इस्तेमाल किया, पुलिस को झठी शहादतों के तैयार करने में जिस तरह मदद दी, जिस बेरहमी और बेदर्दी से बेकस और ज्यादा

बेगुनाह नौजवानों को तबाह किया, उसे मैं सहन सकता था। उन दिनों अदालत में तमाशाइयों की बेइन्तहा भीड़ रहती थी। सभी अदालत से मिस्टर व्यास को कोसते हुए जाते थे। मैं तो मुक़दमे की हक़ीक़त को जानता था, इसलिए मेरी अन्तरात्मा सिर्फ़ कोसने और गालियां देने से शान्त न हो सकती थी। मैं आपसे क्या कहं। मिस्टर व्यास ने आंख खोलकर समझ-बूझकर झूठ को सच साबित किया और कितने ही धरानों को बेचिराग़ कर दिया। आज कितनी मांएं अपने बेटों के लिए खून के आंसू रो रही हैं, कितनी ही औरतें रंडापे की आग में जल रही हैं। पुलिस कितनी ही ज्यादतियां करे, हम परवाह नहीं करते। पुलिस से हम इसके सिवा और कोई उम्मीद भी नहीं रखते। उसमें ज्यादातर जाहिल, शोहदे, लुच्चे भरे हुए हैं। सरकार ने इस महकमे को कायम ही इसलिए किया है कि वह रिआया को तंग करे। मगर वकीलों से हम इन्साफ की उम्मीद रखते हैं। हम उनकी इज्जत करते हैं। वे उच्चकोटि के पढ़े-लिखे, सजग लोग होते हैं। जब ऐसे आदमियों को हम पुलिस के हाथों की कठपुतली बना हुआ देखते हैं तो हमारे क्रोध की सीमा नहीं रहती। मैं मिस्टर व्यास का प्रशंसक था, मगर जब मैंने उन्हें बेगुनाह मुलज़िमों से जबरन जुर्म का इक़बाल कराते देखा तो मुझे उनसे नफ़रत हो गयी। गरीब मुलज़िम रात-दिन भर उल्टे लटकाये जाते थे ! सिर्फ इसलिए कि वह अपना जर्म, जो उन्होंने कभी नहीं किया, इक़बाल कर लें! उनकी नाक में लाल मिर्च का धुआं डाला जाता था ! मिस्टर व्यास यह सारी ज्यादतियां सिर्फ अपनी आंखों से देखते ही नहीं थे, बल्कि उन्हीं के इशारे पर वह की जाती थीं।

माया के चेहरे की कठोरता जाती रही। उसकी जगह जायज़ गुस्से की गर्मी पैदा हुई। बोली—इसका आपके पास कोई सबूत है कि उन्होंने मुलजिमों पर ऐसी सख़्तियां की?

‘यह सारी बातें आमतौर पर मशहूर थीं। लाहौर का बच्चा-बच्चा जानता है। मैंने खुद आंखों से देखीं, इसके सिवा मैं और क्या सबूत दे सकता हूं। उन बेचारों का बस इतना क़सूर था कि वह हिन्दुस्तान के सच्चे दोस्त थे, अपना सारा वक्त प्रजा की शिक्षा और सेवा में खर्च करते थे। भूखे रहते थे, प्रजा पर पुलिस और हुक्काम की सख्तियां न होने देते थे, यही उनका गुनाह था और इसी गुनाह की सजा दिलाने में मिस्टर व्यास पुलिस के दाहिने हाथ बने हुए थे !’

माया के हाथ से खजर गिर पड़ा। उसकी आंखों में आंसू भर आये, बोली—मुझे न मालूम था कि वे ऐसी हरकतें भी कर सकते हैं।

ईश्वरदास ने कहा—यह न समझिए कि मैं आपकी तलवार से डर-कर वकील

साहब पर झूठे इल्ज़ाम लगा रहा हूं। मैंने कभी ज़िन्दगी की परवाह नहीं की। मेरे लिए कौन रोनेवाला बैठा हुआ है जिसके लिए ज़िन्दगी की परवाह करू। अगर आप समझती हैं कि मैंने अनुचित हत्या की है तो आप इस तलवार को उठाकर इस जिन्दगी का खात्मा कर दीजिए, मैं जरा भी न झिजकुंगा। अगर भाप तलवार न उठा सकें तो पुलिस को खबर कर दीजिए वह बड़ी आसानी से मुझे दुनिया से रुखसत कर सकती है। सबूत मिल जाना मुश्किल न होगा। मैं खुद पुलिस के सामने अपने जुर्म का इक़बाल कर लेता मगर मैं इसे जुर्म नहीं समझता। अगर एक जान के जाने से सैकड़ों जानें बच जायं तो वह खून नहीं है। मैं सिर्फ इसलिए जिन्दा रहना चाहता हूं कि शायद किसी ऐसे ही मौके पर मेरी फिर जरूरत पड़े।

माया ने रोते हुए कहा—अगर तुम्हारा बयान सही है तो मैं अपना खून माफ़ करती हूं। तुमने जा किया या बेजा किया इसका फ़ैसला ईश्वर करेंगे। तुमसे मेरी प्रार्थना है कि मेरे पति के हाथों जो घर तबाह हुए हैं उनका मुझे पता बतला दो, शायद मैं उनकी कुछ सेवा कर सकुं।

—'प्रेमचालीसी' से

देवी

रात भीग चुकी थी। मैं बरामदे में खड़ा था। सामने अमीनुद्दौला पार्क नींद में डूबा खड़ा था। सिर्फ एक औरत एक तकियादार बेंच पर बैठी हुई थी। पार्क के बाहर सड़क के किनारे एक फ़कीर खड़ा राहगीरों को दुआएं दे रहा था-खदा और रसूल का वास्ता......राम और भगवान् का वास्ता......इस अंधे पर रहम करो।

सड़क पर मोटरों और सवारियों का तांता बन्द हो चुका था। इक्के-दुक्के आदमी नज़र आ जाते थे। फ़क़ीर की आवाज़ जो पहले नक्कार-खाने में तूती की आवाज़ थी, अब खुले मैदानों की बुलंद पुकार हो रही थो! एकाएक वह औरत उठी और इधर-उधर चौकन्नी आंखों से देखकर फ़कीर के हाथ में कुछ रख दिया और फिर बहुत धीमे से कुछ कहकर एक तरफ़ चली गयी। फकीर के हाथ में काग़ज़ का एक टुकड़ा नज़र आया जिसे वह बार-बार मल रहा था। क्या उस औरत ने यह कागज दिया है ?

यह क्या रहस्य है ? उसको जानने के कुतूहल से अधीर होकर मैं नीचे आया और फकीर के पास खड़ा हो गया।

मेरी आहट पाते ही फकीर ने उस काग़ज़ के पुर्जे को दो उंगलियों से दबाकर मुझे दिखाया और पूछा—बाबा, देखो यह क्या चीज़ है?

मैंने देखा-दस रुपये का नोट था ! बोला—दस रुपये का नोट है, कहां पाया?

फकीर ने नोट को अपनी झोली में रखते हुए कहा—कोई खुदा की बंदी दे गयी है।

मैंने और कुछ न कहा। उस औरत की तरफ दौड़ा जो अब अंधेरे में बस एक सपना बनकर रह गयी थी।

वह कई गलियों में होती हुई एक टूटे-फटे गिरे-पड़े मकान के दरवाज़े पर रुकी, ताला खोला और अन्दर चली गयी।

रात को कुछ पूछना ठीक न समझकर मैं लोट आया।

रात भर मेरा जी उसी तरफ लगा रहा। एकदम तड़के मैं फिर उस गली में जा पहुंचा। मालूम हुआ वह एक अनाथ विधवा है।

मैंने दरवाजे पर जाकर पुकारा-देवी, मैं तुम्हारे दर्शन करने आया हूं।

औरत बाहर निकल आयी—ग़रीबी और बेकसी की ज़िन्दा तस्वीर।

मैंने हिचकते हुए कहा—रात मापने फकीर को...............

देवी ने बात काटते हुए कहा—अजी वह क्या बात थी, मुझे वह नोट पड़ा मिल गया था, मेरे किस काम का था।

मैंने उस देवी के कदमों पर सिर झुका दिया।

—'प्रेमचालीसी' से

खुदी

मुन्नी जिस वक्त दिलदारनगर में आयी, उसकी उम्र पांच साल से ज्यादा न थी। वह बिलकुल अकेली थी, मां-बाप दोनों न मालूम मर गये या कहीं परदेस चले गय थे। मुन्नी सिर्फ इतना जानती थी कि कभा एक देवी उसे खिलाया करती थी और एक देवता उसे कंधे पर लेकर खेतों की सैर कराया करता था। पर वह इन बातों का ज़िक्र कुछ इस तरह करती थी कि जैसे उसने सपना देखा हो। सपना था या सच्ची घटना, इसका उसे ज्ञान न था। जब कोई पूछता तेरे मां-बाप कहां गये? तो वह बेचारी कोई जवाब देने के बजाय रोने लगती और यों ही उन सवालों को टालने के लिए एक तरफ़ हाथ उठाकर कहती—ऊपर। कभी आसमान की तरफ़ देखकर कहती—वहां। इस ऊपर और वहां से उसका क्या मतलब था यह किसी को मालूम न होता। शायद मुन्नी को यह ख द भी मालूम न था। बस एक दिन लोगों ने उसे एक पेड़ के नीचे खेलते देखा और इससे ज्यादा उसकी बाबत किसी को कुछ पता न था।

लड़की की सूरत बहुत प्यारी थी। जो उसे देखता, मोह जाता। उसे खाने-पीने को कुछ फ़िक्र न रहती। जो कोई बुलाकर कुछ दे देता,वही खा लेती और फिर खेलने लगती। शक्ल-सूरत से वह किसी अच्छे घर की लड़की मालूम होती थी। ग़रीब-से-ग़रीब घर में भी उसके खाने को दो कोर और सोने को एक टाट के टुकड़े की कमी न थी। वह सबकी थी, उसका कोई न था।

इस तरह कुछ दिन बीत गये। मुन्नी अब कुछ काम करने के काबिल हो गयी। कोई कहता, जरा जाकर तालाब से यह कपड़े तो धो ला। मुन्नी बिना कुछ कहे-सुने कपड़े लेकर चली जाती। लेकिन रास्ते में कोई बुलाकर कहता, बेटी कुएं से दो घड़े पानी तो खींच ला, तो वह कपड़े वहीं रखकर घड़े लेकर कुएँ की तरफ़ चल देती, जरा

खेत से जाकर थोड़ा साग तो ले आ और मुन्नी घड़ें वहीं रखकर साग लेने चली जाती। पानी के इन्तज़ार में बैठी हुई औरत उसकी राह देखते-देखते थक जाती। कुएँ पर जाकर देखती है तो घड़े रखे हुए हैं। वह मुन्नी को गालियाँ देती हुई कहती, आज से इस कलमही को कुछ खाने को न दूंगी। कपड़े के इन्तज़ार में बैठी हुई औरत उसकी राह देखते-देखते थक जाती और गुस्से में तालाब की तरफ़ जाती तो कपड़े पड़े हुए मिलते। तब वह भी उसे गालियां देकर कहती, आज से इसको कुछ खाने को न दूंगी। इस तरह मुन्नी को कभी-कभी कुछ खाने को न मिलता और तब उसे बचपन याद आता, जब वह कुछ काम न करती थी और लोग उसे बुलाकर खाना खिला देते थे। वह सोचती किसका काम न करूँ, जिसे जवाब दूं वही नाराज़ हो जायगा। मेरा अपना कौन है, मैं तो सब की हूँ। उस गरीब को यह न मालूम था कि जो सब का होता है वह किसी का नहीं होता। वह दिन कितने अच्छे थे, जब उसे खाने-पीने की और किसी की खुशी या नाखुशी की परवाह न थी। दुर्भाग्य में भी बचपन का वह समय चैन का था।

कुछ दिन और बीते, मुन्नी जवान हो पायी। अब तक वह औरतों की थी, अब मर्दों की हो गयी। वह सारे गाँव की प्रेमिका थी पर कोई उसका प्रेमी न था। सब उससे कहते थे—मैं तम पर मरता है, तुम्हारे वियोग में तारे गिनता हूँ, तुम मेरे दिलोजान की मुराद हो, पर उसका सच्चा प्रेमी कौन है, इसकी उसे ख़बर न होती थी। कोई उससे यह न कहता था कि तू मेरे दुख-दर्द की शरीक हो जा। सब उससे अपने दिल का घर आबाद करना चाहते थे। सब उसकी निगाह पर, एक मद्धिम-सी मुस्कराहट पर कुर्बान होना चाहते थे, पर कोई उसकी बाँह पकड़नेवाला, उसकी लाज रखनेवाला न था। वह सब को थी, उसकी मुहब्बत के दरवाजे सब पर खुले हए थे; पर कोई उस पर अपना ताला न डालता था जिससे मालम होता कि यह उसका घर है, और किसी का नहीं।

वह भोली—भोली लड़की जो एक दिन न जाने कहाँ से भटकर आ गयी थी, अब गाँव की रानी थी। जब वह अपने उन्नत वक्षों को उभारकर रूप-गर्व से गर्दन उठाये नज़ाकत से लचकती हई चलती तो मनचले नौजवान दिल थामकर रह जाते, उसके पैरों तले लाँखे बिछाते। कौन था जो उसके इशारे पर अपनी जान न निसार कर देता। वह अनाथ लड़की जिसे कभी गुड़ियाँ खेलने को न मिलीं, अब दिलों से खेलती थी। किसी को मारती थी। किसी को जिलाती थी, किसी को ठुकराती थी, किसी को थपकियां देती थी,किसी से रूठती थी, किसी को मनातीथी। इस खेल में

उसे क़त्ल और ख़ून का-सा मज़ा मिलता था। अब पासा पलट गया था। पहले वह सबकी थी, कोई उसका न था; अब सब उसके थे, वह किसी की न थी। उसे जिस चीज़ की तालाश थी, वह कहीं न मिलती थी। किसी में वह हिम्मत न थी जो उससे कहता, आज से तू मेरी है। उस पर दिल न्यौछावर करने वाले बहतेरे थे, सच्चा साथी एक भी न था। असल में उन सर फिरों को वह बहत नीची निगाह से देखती थी। कोई उसकी मुहब्बत के काबिल नहीं था। ऐसे पस्त-हिम्मतों को वह खिलौनों से ज्यादा महत्व न देना चाहती थी, जिनका मारना और जिलाना एक मनोरंजन से अधिक कुछ नहीं।

जिस वक्त कोई नौजवान मिठाइयों के थाल और फूलों के हार लिये उसके सामने खड़ा हो जाता तो उसका जी चाहता; मह नोच लं। उसे वह चीजें कालकूट हलाहल जैसी लगतीं। उनकी जगह वह रूखी रोटियां चाहती थी, सच्चे प्रेम में डूबी हुई। गहनों और अफ़ियों के ढेर उसे बिच्छू के डंक जैसे लगते। उनके बदले वह सच्ची, दिल के भीतर से निकली हुई बातें चाहती थी जिनमें प्रेम की गंध और सच्चाई का गीत हो। उसे रहने को महल मिलने थे, पहनने को रेशम, खाने को एक से-एकव्यंजन, पर उसे इन चीजों की आकांक्षा न थी। उसे आकांक्षा थी, फस के झोंपड़े, मोटे-झोटे सूखे खाने। उसे प्राणघातक सिद्धियों से प्राणपोषक निषेध कहीं ज्यादा प्रिय थे, खुली हवा के मुकाबले में बंद पिंजरा कहीं ज्यादा चहेता !

एक दिन एक परदेसी गांव में आ निकला। वहत ही कमजोर, दीन-हीन आदमी था। एक पेड़ के नीचे सत्तू खाकर लेंटा। एकाएक मुन्नी उपर से जा निकली। मुसाफ़िर को देखकर बोली—कहां जाओगे ?

मुसाफ़िर ने बेरुखी से जवाब दिया—जहन्नूम !

मुन्नी ने मुस्कराकर कहा—क्यों, क्या दुनिया में जगह नहीं ?

'औरों के लिए होगी, मेरे लिए नहीं।'

'दिल पर कोई चोट लगी है ?'

मुसाफ़िर ने जहरीली हंसी हंसकर कहा— बदनसीबों की तक़दीर में और क्या है ! रोना धोना और डूब मरना, यही उनकी ज़िन्दगी का खुलासा है। पहली दो मंज़िल तो तय कर चुका, अब तीसरी मंजिल और बाकी है, कोई दिन वह भी पूरी हो जायगी; ईश्वर ने चाहा तो बहुत जल्द।

यह एक चोट खाये हुए दिल के शब्दथे। ज़रूर उसके पहल में दिल है। वर्ना यह दर्द कहाँ से आता? मुन्नी बहुत दिनों से दिल को तालाश कर रही थी। बोली—कहीं

और वफ़ा की तालाश क्यों नहीं करते?

मुसाफ़िर ने निराश के भाव से उत्तर दिया—मेरी तक़दीर में नहीं, वर्ना मेरा क्या बना-बनाया घोंसला उजड़ जाता। दौलत मेरे पास नहीं। रूप-रंग मेरे पास नहीं, फिर वफ़ा की देवी मुझ पर क्योंमेहर बान होने लगी? पहले समझता था वफ़ा दिल के बदले मिलती है, अब मालूम हुआ और चीज़ों की तरह वह भी सोने-चांदी से खरीदी जा सकती है।

मुन्नी को मालूम हुआ, मेरी नज़रों ने धोखा खाया था। मुसाफ़िर बहुत काला नहीं, सिर्फ सांवला। उसका नाक-नक्सा भी उसे आकर्षक जान पड़ा। बोली—नहीं यह बात नहीं, तुम्हारा पहला ख़याल ठीक था।

यह कहकर मुन्नी चली गयी। उसके हृदय के भाव उसके संयम से बाहर हो रहे थे। मुसाफ़िर किसी ख़याल में डूब गया। वह इस सुन्दरीको बातों पर गौर कर रहा था, क्या सचमुच यहां वफ़ा मिलेगी? क्या यहां भी तक़दीर धोखा न देगी?

मुसाफ़िर ने रात उसी गांव में काटी। वह दूसरे दिन भी न गया। तीसरे दिन उसने एक फूस का झोंपड़ा खड़ा किया। मुन्नी ने पूछा—यह झोंपड़ा किसके लिए बनाते हो?

मुसाफ़िर ने कहा—जिससे वफ़ा की उम्मीद है।

'चले तो न जाओगे?'

'झोंपड़ा तो रहेगा।'

'खाली घर में भत रहते हैं।'

'अपने प्यारे का भूत ही प्यारा होता है।'

दूसरे दिन मुन्नी उस झोंपड़े में रहने लगी। लोगों को देखकर ताज्जब होता था। मुन्नी उस झोंपड़े में नहीं रह सकती। वह उस भोले मुसाफ़िर को जरूर दगा देगी, यह आम ख़याल था, लेकिन मुन्नी फली न समाती थी। वह न कभी इतनी सुन्दर दिखायी पड़ी थी, न इतनी खुश। उसे एक ऐसा आदमी मिल गया था, जिसके पहल में दिल था।

3

लेकिनः मुसाफ़िर को दूसरे दिन यह चिन्ता हुई कि कहीं यहां भी वही अभागा दिन न देखना पढ़े। रूप में वफ़ा कहां ? उसे याद आया, पहले भी इसी तरह की बातें

हुई थीं, ऐसी ही कस खायी गयी थी, एक दूसरे से वादे किए गए थे। मगर उन कच्चे धागों को टूटटे कितनी देर लगी? वह धागे क्या फिर न टूट जायेंगे? उसके क्षणिक आनन्द का समय बहता जल्द बीत गया और फिर वही निराशा उसके दिल पर छा गयी। इस मरहम से भी उसके जिगर का ज़ख्म न भरा। तीसरे रोज वह सारे दिन उदास और चिन्तित बैठा रहा और चौथे रोज लापता हो गया। उसकी यादगार सिर्फ उसकी फूस की झोंपड़ी रह गयी।

मुन्नी दिन भर उसकी राह देखती रही। उसे उम्मीद थी कि वह जरूर आयेंगे। लेकिन महीनों गुज़र गये और मुसाफिर न लौटा। कोई खत भी न आया। लेकिन मुन्नी को उम्मीद थी, वह जरूर आयेंगे।

साल बीत गया। पेड़ों में नयी—नयी कोंपलें निकलीं, फूल खिले, फल लगे, काली घटाएं आयीं, बिजली चमकी, यहां तक की जाड़ा भी बीत गया और मुसाफिर न लौटा। मगर मुन्नी को अब भी उसके आने की उम्मीद थी; बह ज़रा भी चिन्तिन न थी, भयभीत न थी। वह दिन भर मजदूरी करती और शाम को झोंपड़े में पड़ रहती। लेकिन वह झोंपड़ा अब एक सुरक्षित किला था, जहां सिरफिरों के निगाह के पांव भी लंगड़े हो जाते थे।

एक दिन वह सर पर लकड़ी का गट्ठा लिये चले आती थी। एक रसिया ने छेड़खानी की—मुन्नी, क्यों अपने सुकुमार शरीर के साथ यह अन्याय करती हो? तुम्हारी एक कृपा दृष्टि पर इस लकड़ी के बराबर सोना न्योछावर कर सकता हूं।

मुन्नी ने बड़ी घृणा के साथ कहा—तुम्हारा सोना तुम्हें मुबारक हो, यहां अपनी मेहनत का भरोसा है।

'क्यों इतना इतराती हो अब वह लौटकर न आयेगा।'

मुन्नी ने अपने झोंपड़े की तरफ इशारा करके कहा—वह गया कहां जो लौटकर आयेगा? मेरा होकर वह फिर कहां जा सकता है ? वह तो मेरे दिल में बैठा हुआ है !

इसी तरह एक दिन एक और प्रेमीजन ने कहा—तुम्हारे लिए मेरा महल हाजिर है। इस टूटे-फूटे झोंपड़े में क्या पड़ी हो।

मुन्नी ने अभिमान से कहा—इस झोंपड़े पर एक लाख महल न्योछावर हैं। यहां मैंने वह चीज़ पाई है, जो और कहीं न मिली थी और न मिल सकती है। यह झोंपड़ा नहीं है, मेरे प्यारे का दिल है !

इस झोंपड़े में मुन्नी ने सत्तर साल काटे। मरने के दिन तक उसे मुसाफ़िर के लौटने की उम्मीद थी, उसकी आखिरी निगाहें दरवाजे का तरफ लगी हुई थीं। उसके

ख़रीदारों में कुछ तो मर गए, कुछ जिन्दा हैं, मगर जिस दिन से वह एक की हो गयी, उसी दिन से उसके चेहरे पर वह दीप्ति दिखायी पड़ी जिसकी तरफ़ ताकते ही वासना की आंखें अन्धी हो जाती। खुदी जब जाग जाती है तो दिल की कमजोरियां उसके पास आते डरती

—'खाके परवाना' से

बड़े बाबू

तीन सौ पैंसठ दिन, कई घण्टे और कई मिनट की लगातार और अनथक दौड़-धूप के बाद मैं आखिर अपनी मंजिल पर धड़ से पहुंच गया। बड़े बाबू के दर्शन हो गए। मिट्टी के गोले ने आग के गोले का चक्कर पूरा कर लिया। अब तो आप भी मेरी भूगोल की लियाकत के कायल हो गए। इसे रूपक न समझिएगा। बड़े बाब में दोपहर के सूरज की गर्मी और रोशनी थी और मैं क्या और मेरी बिसात क्या, एक मुट्ठी खाक। बड़े बाबु मुझे देखकर मुस्कराये। हाय, यह बड़ो लोगों की मुस्कराहट, मेरा अधमरा-सा शरीर कांपने लगा। जी में आया बड़ बाब के कदमों पर बिछ जाऊं। मैं काफिर नहीं, ग़ालिब का मुरीद नहीं, जन्नत के होने पर मुझे पूरा यकीन है, उतना ही पूरा जितना अपने अन्धेरे घर पर। लेकिन फरिश्ते मुझे पूरा जन्नत ले जाने के लिए आए तो भी यकीनन मुझे वह जबरदस्त खुशी न होती जो इस चमकती हुई मुस्कराहट से हुई। आंखों में सरसों फूल गई। सारा दिल और दिमाग एक बगीचा तन गया। कल्पना ने मिस्र के ऊंचे-ऊंचे महल बनाने शुरू कर दिए। सामने कुर्सियों, पर्दों और ख़स की टट्टियों से सजा-सजाया कमरा था। दरवाजे पर उम्मीदवारों की भीड़ लगी हुई थी और ईजानिब एक कुर्सी पर शान से बैठे हुए सबको उसका हिस्सा देनेवाले खुदा के दुनियावी फ़र्ज़ अदा कर रहे थे। नज़र-नियाज़ का तूफ़ान बरपा था और मैं किसी तरफ़ आंख उठाकर न देखता था कि जैसे मुझे किसी से कुछ लेना-देना नहीं।

अचानक एक शेर जैसी गरज ने मेरे बनते हुए महल में एक भूचालसा ला दिया—क्या काम है ? हाय रे, ये भोलापन ! इस पर सारी दुनिया के हसीनों का भोलापन और बेपरवाही निसार है। इस ड्योढ़ी पर माथा रगड़ते-रगड़ते तीन सो

पैंसठ दिन, कई घण्टे और कई मिनट गुज़र गए। चौखट का पत्थर घिसकर ज़मीन से मिल गया। ईद बिसाती की दुकान के आधे खिलौने और गोवर्द्धन हलवाई की आधी. दुकान इसी ड्योढ़ी की भेंट चढ़ गयी और मुझसे आज सवाल होता है, क्या काम है !

मगर नहीं, यह मेरी ज्यादती है। सरासर जल्म। जो दिमाग़ बड़े-बड़े मुल्की और माली तमदुनी मसलों में दिन-रात लगा रहता है, जो दिमाग़ डाकिटों, सरकुलरों, परवानों, हुक्मनामों, नक्शों बगैरह के बोझ से दबा जा रहा हो, उसके नजदीक मुझ-जैसे खाक के पुतले की हस्ती ही क्या। मच्छर अपने को चाहे, हाथी समझ ले पर बैल के सींग को उसकी क्या ख़बर। मैंने दबी ज़बान में कहा—हुज़ूर की क़दम बोसी के लिए हाजिर हुआ।

बड़े बाबू फिर गरजे—क्या काम है ?

अबकी बार मेरे रोए खड़े हो गए। खुदा के फ़ज़ल से लहीम-शहीम आदमी हूं, जिन दिनों कालेज में था, मेरे डील डोल और मेरी वहादुरी और दिलेरी की धूम थी। हाकी टीम का कप्तान, फुटबाल टीम का नायब कप्तान और क्रिकेट का जनरल था। कितने ही गोरों के जिस्म पर अब भी मेरी बहादुरी के दाग़ बाकी होंगे। मुमकिन है, दो चार अब भी बैसाखियां लिए चलते या रेंगते हों। बम्बई क्रानिकल और टाइम्स में मेरे गेंदों की धूम थी। मगर इस वक्त बाबू साहब की गरज सुनकर मेरा शरीर कांपने लगा। कांपते हुए बोला—हुज़ूर की कदमबोसी के लिए हाज़िर हुआ।

बड़े बाबू ने अपना स्लीपरदार पैर मेरी तरफ़ बढ़ाकर कहा—शौक से लीजिए यह कदम हाजिर है, जितने बोसे चाहे लीजिए, बेहिसाब मामले हैं, मुझसे कसम ले लीजिए जो मैं गिनूं, जब तक आपका मुंह न थक जाए, लिए जाइए! मेरे लिए इससे बढ़कर खुशनसीबी का क्या मौका होगा? औरों की जो बात बड़े जप-तप, बड़े संयम-व्रत से मिलती है, वह मुझे बैठे-बिठाये बगैर हड़-फिटकरी लगाए हासिल हो गयी। वल्लाह, हूं मैं भी खुशनसीब। आप अपने दोस्त-अहबाब, आत्मीय-स्वजन जो हों, उन सबको लायें तो और भी अच्छा, मेरे यहां सबको छूट है !

हंसी के पर्दे में यह जो जुल्म बड़े बाबू कर रहे थे उस पर शायद अपने दिल में उनको नाज़ हो। इस मनहूस तकदीर का बुरा हो, जो इस दरवाजे का भिखारी बनाए हुए है। जी में तो आया कि हज़रत के बढ़े हुए, पैर को खींच लूं और आपको ज़िन्दगी भर के लिए सबक दे दूं कि बदनसीबों से दिल्लगी करने का यह मज़ा है। मगर बदनसीबी अगर दिल पर जब्र न कराये, जिल्लत का अहसास न पैदा करे तो

वह बदनसीबी क्यों कहलाए। मैं भी एक जमाने में इसी तरह लोगों को तकलीफ पहुंचाकर हंसता था। उस वक्त इन बड़े बाबुओं की मेरी निगाह में कोई हस्ती न थी। कितने ही बड़े बाबुओं को रुलाकर छोड़ दिया। कोई ऐसा प्रोफेसर न था, जिसका चेहरा मेरी सूरत देखते ही पीला न पड़ जाता हो। हज़ार-हजार रुपया पाने वाले प्रोफेसरों की मुझसे कोर दबती थी। ऐसे क्लर्कों को मैं समझता ही क्या था। लेकिन अब वह जमाना कहां। दिल में पछताया कि नाहक कदम वोसी का लफ्ज़ ज़बान पर लाया। मगर अपनी बात कहना ज़रूरी था। मैं पक्का इरादा करके आया था कि उस ड्योढ़ी से आज कुछ लेकर ही उठंगा। मेरे धीरज़ और बड़े बाबू के इस तरह जान बूझकर अनजान बनने में रस्साकशी थी। दबी ज़बान से बोला—हुजूर, ग्रेजुएट हूं।

शुक्र है, हज़ार शुक्र है, बड़े बाबू हंसे। जैसे हांडी उबल पड़ी हो। वह गरज और वह करख्त आवाज़ न थी। मेरा माथा रगड़ना आखिर कहां तक असर न करता। शायद असर को मेरी दुआ से दुश्मनी नहीं। मेरे कान बड़ी बेक़रारी से वे लफ़्ज़ सुनने के लिए बेचैन हो रहे थे जिनसे मेरी रूह को खुशी होगी। मगर आह, जितनी मायूसी इन कानों को हुई है, उतनी शायद पहाड़ खोदने वाले फरहाद को भी न हुई होगी। वह मुस्कराहट न थी, मेरी तक़दीर की हंसी थी। हुज़र ने फ़रमाया—बड़ी खुशीकी बात है, मुल्क और क़ौम के लिए इससे ज्यादा खुशी की बात और क्या हो सकती है। मेरी दिली तमन्ना है, मुल्क का हर एक नौजवान ग्रेजुएट जाय। ये ग्रेजुएट ज़िन्दगी के जिस मैदान में जाय, उस मैदान को तरक्की ही देगा-मुल्की, माली, तमदुनी, मजहबी, ग़रज़ कि हर एक किस्म की तहरीक का जन्म और तरक्की ग्रेजुएटो ही पर मुनहसर है। अगर मुल्क में ग्रेजुएटों का यह अफसोसनाक अकाल न होता तो असहयोग की तहरीक क्यों इतनी जल्दी मुर्दा हो जाती ! क्यों बने हुए रंगे सियार, दगाबाज जरपस्त लीडरों को डाकेज़नी के ऐसे मौक़ मिलते ! तबलीग क्यों मुबल्लिगे अले हुस्सलाम की इल्लत बनती ! ग्रेजुएट में सच और झूठ की परख, निगाह का फैलाव और जांचने-तोलने की काबलियत होना जरूरी बात है। मेरी आंखें तो ग्रेजुएटों को देखकर नशे के दर्जे तक खुशी से भर उठती हैं। आप भी खुदा के फ़ज़ल से अपनी किस्म की बहुत अच्छी मिसाल हैं, बिल्कुल अप-टू-डेट ! यह शेरवानी तो बरकत एण्ड को की दुकान की सिली हुई होगी। जूते भी डासन के हैं। क्यों न हो। आप लोगों ने कौम की जिन्दगी के मेयर को बहुत ऊंचा बना दिया है और अब वह बहुत जल्द अपनी मंज़िल पर पहुंचेगी। ब्लैकबर्ड भी है वेस्ट एण्ड की रिस्टवाच भी है। बेशक अब कोमी बेड़े को ख्वाजा खिज़र की ज़रूरत भी नहीं। वह उनकी मिन्नत न करेगा।

हाय तकदीर और वाय तक़दीर ! अगर जानता कि यह शेरवानी और फ़ाउटेनपेज और रिस्टवाच यों मज़ाक का निशाना बनेगी, तो दोस्तों का एहसान क्यों लेता। नमाज़ बखशवाने आया था, रोजे गले पड़े। किताबों में पढ़ा था ग़रीबी की हुलिया ऐलान है अपनी नाकामी का; न्योता देना है अपनी ज़िल्लत को तजुर्बा भी यही कहता था। चीथड़े लगाये हुए भिखमंगों को कितनी बेदर्दी से दुतकारता हूं लेकिन अब कोई हज़रत सूफ़ी-साफ़ो बने हुए, लम्बे-लम्बे बाल कंधों पर बिखेरे, सुनहरा अमामा सर पर बांका-तिरछा शान से बांधे, संदली रंग का नीचा कुर्ता पहने, कमरे में आ पहुंचते हैं तो मजबूर होकर उनकी इज़्ज़त करनी पड़ती है और उनकी पाकीज़गी के बारे में हजारों शुबहे पैदा होने पर भी छोटी छोटी रकम जो उनकी नज़र की जाती है, वह एक दर्जन भिखारियों को अच्छा खाना खिलाने के सामान इकट्ठा कर देती। पुरानी मसल है-भेस से ही भीख मिलती है। पर आज यह बात ग़लत साबित हो गयी। अब बीवी साहिबा की वह तम्बीह याद आयीं जो उसने चलते वक्त दी थीक्यों बेकार अपनी बेइज्जती कराने जा रहे हो। वह साफ़ समझेंगे कि यह मांगे-जांचे का ठाठ है। ऐसे रईस होते तो मेरे दरवाजे पर आते क्यों। उस वक्त मैंने इस तम्बीह को बीवी की कमनिगाह और उसका गंवारपन समझा था। पर अब मालूम हुआ कि गंवारिने भी कभी-कभी सूझ की बातें कहती हैं। मगर अब पछताना बेकार है। मैंने आजिज़ी से कहा— हुजूर कहीं मेरी भी परवरिश फरमायें।

बड़े बाब ने मेरी तरफ़ इस अन्दाज़ से देखा जैसे मैं किसी दूसरी दुनिया का कोई जानवर हं और बहुत दिलासा देने के लहजे में बोलेआपकी परवरिश ख़ुदा करेगा। वही सब का रज्जाक ज दुनिया जब से शुरू हुई तब से तमाम शायर, हकीम और औलिया यही सिखाते आये हैं कि खुदा पर भरोसा रख और हम हैं कि उनकी हिदायत को भूल जाते हैं। लेकिन खैर, मैं आपको नेक सलाह देने में कंजूसी न करूंगा। आप एक अखबार निकाल लीजिए। यकीन मानिए इसके लिए बहुत ज्यादा पढ़े-लिखे होने की जरूरत नहीं और आप तो खुदा के फ़ज़ल से ग्रेजुएट हैं स्वादिष्ट तिलाओं और स्तम्भन-बटियों के नुस्खे लिधिए। तिब्बे अकबर में आपको हज़ारों नुस्खे मिलेंगे। लाइब्ररी जाकर नकल कर लाइए और अखबार में नये नाम से छापिए। कोकशास्त्र तो आपने पढ़ा ही होगा अगर न पढ़ा हो तो एक बार पढ़ जाइए और अपने अखबार में शादी के मर्जों के तरीके लिखिर। कामंन्द्रिय के नाम जितने ज्यादा आ सके, बेहतर है फिर देखिए कैंस डाक्टर और प्रोफ़ेसर और डिप्टी

कलेक्टर आपके भक्त हो जाते हैं। इसका खयाल रहे कि यह काम हकीमाना अन्दाज़ से किया जाय। ब्योपारी और हकीमाना अन्दाज थोड़ा फ़र्क हैं ब्योपारी सिर्फ अपनी दवाओं की तारीफ़ करता है, हकीम परिभाषाओं और सूक्तियों को खोलकर अपने लेखों को इल्मी रंग देता है। व्योपारी की तारीफ़ से लोग चिढ़ते हैं, हकीम की तारीफ़ ने भरोसा दिलाने वाली होती है। अगर इस मामले में कुछ समझने-बझने की जरूरत हो तो रिसाला दरवेश हाज़िर है। अगर इस काम में आपको कुछ दिक्कत मालूम होती हो, तो स्वामी श्रद्धानन्द की खिदमत में जाकर शुद्धि पर आमादगी जाहिर कीजिए फिर देखिए आपकी कितनी खातिर-तवाजो होती है। इतना समझाये देता हूं कि शुद्धि के लिए फौरन तैयार न हो जाइयेगा। पहले दिन तो दो-चार हिन्दु धर्म की किताबें मांग लाइएगा। एक हफ्ते के बाद जाकर कुछ एतराज कीजिएगा। मगर एतराज ऐसे हो जिनका जबाब आसानी से दिया जा सके। इससे स्वामीजी को आपकी छान-बीन और जानने की ख्वाहिश का यकीन हो जायगा। बस आपकी चांदी है। आप इसके बाद इसलाम की मुखालिफत पर दो-एक मजमून या मजमूनों का सिलसिला किसी हिन्द रिसाले में लिख देंगे तो आपकी जिन्दगी और रोटी का मसला हल हो जायगा। इससे भी सरल एक नुस्खा है। तबलीगी मिशन में शरीक हो जाइए, किसी हिन्द औरत, खासकर नौजवान बेवा, पर डोरे डालिए। आपको यह देखकर हैरत होगी कि वह कितनी आसानी से आपसे मुहब्बत करने लग जाती है। आप उसकी अंधेरी जिन्दगी के लिए एक मशाल साबित होंगे। वह उज्र नहीं करती, शौक से इसलाम कबूल कर लेगी। बस अब आप शहीदों में दाखिल हो गये। अगर जरा एहतियात से काम करते रहें तो आपकी जिन्दगी बड़े चैन से गुजरेगी। एक ही खेवे में दीनो-दुनिया दोनों ही पार हैं। जनाब लीडर बन जायंगे वल्लाह, एक हफ्ते में आपका शुमार नामी-गरामी लोगों में होने लगेगा, दीन के सच्चे पैरो। हजारों सीधे-सादे मुसलमान आपको दीन की डूबती हुई किश्ती.का मल्लाह समझेंगे। फिर खुदा के सिवा और किसी को खबर न होगी कि आपके हाथ क्या आता है और वह कहां जाता है और खुदा कभी राज नहीं खोला करता, यह आप जानते ही हैं। ताज्जुब है कि इन मौकों पर आपकी निगाह क्यों नहीं जाती। मैं तो बुड्ढा हो गया और अब कोई नया काम नहीं सीख सकता, वर्ना इस वक्त लीडरों का लीडर होता।

इस आग की लपट जैसे मज़ाक ने जिस्म में शोले पदा कर दिये। आंखों से चिनगारियां निकलने लगीं। धीरज हाथ से छुटा जा रहा था। मगर कहरे दरबेश बर

जाने दरबेश (भिखारी का गुस्सा अपनी जान पर) के मुताबिक सर झुकाकर खड़ा रहा। जितनी दलीलें दिमाग में कई दिनों से चुन-चुनकर रखी थीं, सब धरी रह गयीं। बहुत सोचने पर भी कोई नया पहल ध्यान में न आया। यों खुदा के फ़ज़ल से बेबकफ या कुन्दजेहन नहीं हूं, अच्छा दिमाग़ पाया है। इतने सोच विचार से कोई अच्छी-सी ग़जल हो जाती। पर तबीयत हो तो है, न लड़ी। इत्तफाक से जेब में हाथ डाला तो अचानक याद आ गया कि सिफारिशी खतौ का एक पोथा भी साथ लाया हं। रोब का दिमाग पर क्या असर पड़ता हैं इसका आज तजुर्वा हो गया। उम्मीद से चेहरा फूल की तरह खिल उठा। खतों का पुलिन्दा हाथ में लेकर बोला—हुजूर, यह चन्द खत हैं इन्हें मुलाहिजा फरमा लें।

बड़े बाबू ने बण्डल लेकर मेज़ पर रख दिया और उस पर एक उड़ती हुई नज़र डालकर बोले—आपने अब तक इन मोतियों को क्यों छिपा रक्खा था ?

मेरे दिल में उम्मीद की खुशी का एक हंगामा बरपा हो गया। ज़बान जो बन्द. थी, खल गयी। उमंग से बोला—हज़र की शान-शौकत ने मुझ पर इतना रोब डाल दिया और कुछ ऐसा जादू कर दिया कि मुझे इन खतों की याद न रही। हुजूर से मैं बिना नमक-मिर्च लगाये सच-सच कहता हूं कि मैंने इनके लिए किसी तरह की कोशिश या सिफारिश नहीं पहुंचायी। किसी तरह की दौड़-भाग नहीं की।

बड़े बाबू ने मुस्कराकर कहा—अगर आप इनके लिए ज्यादा से ज्यादा दौड़भाग करने में भी अपनीताक़त खर्च करते तो भी मैं आपको इसके लिए बुरा-भला न कहता। आप बेशक बड़े खुशनसीब हैं कि यह नायाब चीज आपको बेमांगे मिल गयी, इसे ज़िन्दगी के सफर का पासपोर्ट समझिए वाह, आपको खुदा के फ़ज़ल से एक से एक कद्रदान नसीब हुए। आप जहीन हैं, सीधे-कच्चे हैं, बेलौस हैं, फर्काबरदार हैं। ओफ्फ़ोह आपके गुणों की तो कोई इन्तहा हो नहीं है। कसम खुदा की, आपमें तो तमाम भीतरी औरबाहरी कमाल भरे हुए हैं। आपमें सूझ-बूझ,गम्भीरता, सच्चाई चौकसी कुलीनता, शराफत, बहादुरी सभी गुण मौजूद हैं। आप तो नुमाइश में रखे जाने क़ाबिल मालूल होते हैं कि दुनिया आपको हैरत की निगाह से देखे और दांतों तले उगली दबाये। आज किसी भले का मुंह देखकर उठा था कि आप जसे पाकीजा आदमी के दर्शन हुए। यह वे गुण हैं जो ज़िन्दगी के हर एक मैदान में अपको शोहरत की चोटी तक पहुंचा सकते हैं। सरकारी नौकरी आप जसे गुणियों की शान के काबिल नहीं। आपको यह कब गवारा होगा। इस दायरे में आते ही आदमी बिलकुल जानवर बन जाता है। बोलिए, आप इसे मंजूर कर सकते

हैं ? हरगिज़ नहीं।

मैंने डरते-डरते कहा—जनाब, ज़रा इन लफ्ज़ों को खोलकर समझा दीजिए। आदमी के जानवर बन जाने से आपकी क्या मशा है ?

बड़े बाबू ने त्योरी चढ़ाते हुए कहा—यह तो कोई पेचीदा बात न थी जिसका मतलब खोलकर बतलाने की ज़रूरत हो। तब तो मुझे बात करने के अपने ढंग में कुछ तरमीम करनी पड़ेगी। इस दायरे के उम्मीदवारों के लिए सबसे जरूरी और लाजिमी सिफ़त सूझ-बूझ है। मैं नहीं कह सकता कि मैं जो कुछ कहना चाहता है, वह इस लफ्ज़ से अदा होता है या नहीं। इसका अंग्रेजी लफ्ज़ है इनटुइशन-इशारे के असली मतलब को समझना। मसलन अगर सरकार बहादुर यानी हाकिम जिला को शिकायत हो कि आपके इलाके में इनकमटैक्स कम वसूल होता है तो आपका फ़र्ज़ है कि उसमें अंधाधुन्ध इज़ाफ़ा करें। आमदनी की परवाह न करें। आमदनी का बढ़ाना आपकी सूझ-बूझ पर मुनहसर है। एक हल्कीसी धमकी काम कर जायगी और इनकमटैक्स दुगुना-तिगुना हो जायगा। यक़ीनन आपको इस तरह अपना ज़मीर (अन्तःकरण) बेचना गवारा न होगा।

मैंने समझ लिया कि मेरा इम्तहान हो रहा है, आशिकों जैसे जोश और सरगर्मी से बोला—मैं तो इसे ज़मीर बेचना नहीं समझता, यह तो नमक का हक है। मेरा ज़मीर इतना नाजुक नहीं है।

बड़े बाब ने मेरी तरफ़ क़द्रदानी की निगाह से देखकर कहा—शाबाश मुझे तुमसे ऐसे ही जवाब की उम्मीद थी। आप मुझे होनहार मालूम होते हैं। लेकिन शायद यह दूसरी शर्त आपको मंजूर न हो। इस दायरे के मरीदों के लिए दूसरी शर्त यह है कि वह अपने को भूल जायं। कुछ आया आपकी समझ में?

मैंने दबी जवान में कहा—जनाब को तकलीफ़ तो होगी मगर ज़रा फिर इसको खोलकर बतला दीजिए।

बड़े बाबू ने त्योरियों पर बल देते हुए कहा—जनाब, यह बार-बार का समझाना मुझे बुरा मालूम होता है। मैं इससे ज्यादा आसान तरीके पर अपने ख़यालों को जाहिर नहीं कर सकता। अपने को भूल जाना बहुत ही आम मुहाबरा है। अपनी खुदी को मिटा देना, अपनी शख्सियत को फना कर देना, अपनी पर्सनालिटी को ख़त्म कर देना। आपकी वज़ा-कजा से आपके बोलने, बात करने के ढंग से, आपके तौर-तरीको से आपकी हिन्दियत मिट जानी चाहिए। आपके सज़हबी, अख़लाक़ी और तमदुनी असरों का बिलकुल गायब हो जाना जरूरी है। मुझे आपके चेहरे से

मालूम हो रहा है कि इस समझाने पर भी भाप मेरा मतलब नहीं समझ सके। सुनिए, आप गालिबन मुसलमान हैं। शायद आप अपने अकीदों में बहुत पक्के भी हों। आप नमाज और रोजे के पाबन्द हैं ?

मैंने फखा से कहा—मैं इन चीजों का उतना ही पाबन्द हूं जितना कोई मौलवी हो सकता है। मेरी कोई नमाज़ क़ज़ा नहीं हुई। सिवाय उन नक्तों के जब मैं बीमार था।

बड़े बाबू ने मस्कराकर कहा—यह तो आपके अच्छे अखलाख ही कहे देते हैं। मगर इस दायरे में आकर आपको अपने अक़ीदे और अमल में बहुत कुछ काट-छांट करनी पड़ेगी। यहां आपका मजहब मज़हबियत का जामा अख्तियार करेगा। आप भूलकर भी अपनी पेशानी को किसी के सामने सिजदे में न झुकायें, कोई बात नहीं। आप भूलकर भी ज़कात के झगडे में न फंसे, कोई बात नहीं। लेकिन आपको अपने मज़हब के नाम पर फ़रियाद करने के लिए हमेशा आगे रहना और दूसरों को आमादा करना होगा। अगर आपके ज़िले में दो डिप्टी कलक्टर हिन्दू हैं और मसलमान सिर्फ एक, तो, आपका फ़र्ज होगा कि हिज़ एक्सेलेसी गवर्नर की खिदमत में एक डेपुटेशन भेजने के लिए कौम के रईसों को आमादा करें। अगर आपको मालूम हो कि किसी म्युनिसिपैलिटी ने क साइयों को शहर से बाहर दुकान रखने की तजवीज़ दास कर दी है तो आपका फ़र्ज़ होगा कि क़ौम के चौधरियों को उस म्युनिसिपलिटी का सिर तोड़ने के लिए तहरीक करें। आपको सोते-जागते, उठते-बैठते जाति-प्रेत का राग अलापना चाहिए। मसलन इम्तहान के नतीजों में अगर आपको गुसलमान विद्यार्थियों की संख्या मनासिब से कम नज़र आये तो आपको फ़ौरन चांसलर के पास एक गुमनाम ख़त लिख भेजना होगा कि इस मामले में जरूर ही सख्ती से काम लिया गया है। यह सारी बातें उसी इनटुइशन वाली शर्त के भीतर आ जाती हैं। आपको साफ़-साफ़ शब्दों में या इशारों से यह काम करने के लिए हिदायत न की जायगी। सब कुछ आपकी सूझबूझ पर मुनहसर होगा। आपमें यह जोहर होगा तो आप एक दिन ज़रूर ऊंचे ओहदे पर पहुंचेगे। आपको जहां तक मुमकिन हो, अंग्रेजी में लिखना और बोलना पड़ेगा। इसके बगैर हुक्काम आपसे खुश न होंगे। लेकिन कौमी ज़बान की हिमायत और प्रचार की सदा आपकी ज़बात से बरावर निकलती रहनी चाहिए। आप शौक़ से अखबारों का चन्दा हज़म करें, मंगली की किताबें पढ़ें चाहे वापसी के वक्त किताब के फट-चिथ जाने के कारण आपको माफ़ी ही क्यों न मांगनी पड़े, लेकिन ज़बान की हिमायत बराबर ज़ोरदार तरीके से

करते रहिए। खुलासा यह कि आपको जिसका खाना उसी का बना होगा। आपको बातों से, काम से और दिल से अपने मालिक की भलाई में और मजबूती से उसको जमाये रखने में लगे रहना पड़ेगा। अगर आप यह खयाल करते हों कि मालिक की खिदमत के ज़रिये कौम की ख़िदमत भी करूंगा तो यह झूठ बात है, पागलपन है, हिमाकत है। आप मेरा मतलब समझ गये होंगे। फ़रमाइए, आप इस हद तक अपने को भूल सकते हैं ?

मुझे जवाब देने में ज़रा देर हुई। संच यह है कि मैं भी आदमी हूं और बीसवीं सदी का आदमी हूं। मैं बहुत जागा हुआ न सही, मगर बिलकुल सोया हुआ भी नहीं हूं , मैं भी अपने मुल्क और कौम को बलन्दी पर देखना चाहता हूं। मैंने तारीख पढ़ी है और उससे इसी नतीजे पर पहंचा हूं कि मजहब दुनिया में सिर्फ एक है और उसका नाम है-दर्द। मजहब की मौजूदा सूरत धड़ेबंदी के सिवाय और कोई हैसियत नहीं रखती। खतने या चोटी से कोई बदल नहीं जाता। पूजा के लिए कलिसा, मसजिद, मन्दिर की मैं बिलकुल ज़रूरत नहीं समझता। हां,यह मानता हूं कि घमण्ड और खुदगरजी को दबाये रखने के लिए कुछ करना जरूरी है। इसलिए नहीं कि उससे मुझे जन्नत निलेगी या मेरी मुक्ति होगी, बल्कि सिर्फ इसलिए कि मुझे दूसरों के हक छीनने से नफ़रत होगी। मुझ में खदी का खासा जूज़ मौजूद है। यों अपनी खुशी से कहिए तो अपकी जतियां सीधी करूं. लेकिन हुकमत की बरदाश्त नहीं। महकम बनना शर्मनाक समझता हूं। किसी गरीब को जुल्म का शिकार होते देखकर मेरे खन में गर्मी पैदा हो जाती है। किसी से दबकर रहने से मर जाना बेहतर समझता हूं। लेकिन ख़याल हालतों परतो फ़लह नहीं पा सकता। रोजी की फिक्र तो सबसे बड़ी है। इतने दिनों के बाद बड़े बाबू की निगाहें करम को अपनी ओर मुड़ले देखकर मैं इसके सिवा कि अपना सिर झुका हूँ, दूसरा कर ही क्या सकता था। बोला—जनाब, मेरी तरफ़ से भरोसा रक्खं। मालिक की खिदमत में अपनी तरफ़ से कुछ उठा न रक्खूंगा।

'गैरत को फ़ना कर देना होगा ?'

'मंजूर।'

'शराफ़ट के जज्बों को उठाकर ताक पर रख देना होगा?'

'मंजूर।'

'मुखबिरी करनी पड़ेगी।

'मंजूर।'

'तो बिस्मिल्लाह, कल से आपका नाम उम्मीदवारों की फेहरिस्त में लिख दिया जायगा।

मैंने सोचा था कल से कोई जगह मिल जायगी। इतनी जिल्लत क़बल करने के बाद रोज़ी की फ़िक्र से तो आजादी हो जाऊँगा। अब यह हकीकत खुली। बरबस मुंह से निकला—और अगह कब तक मिलेगी?

बड़े बाबू हंसे, वही दिल दुखानेवाली हंसी जिसमें तौहीन का पहा खास था- जनाब, मैं कोई ज्योतिषी नहीं, कोई फ़कीर-दरवेश नहीं; बेहतर है इस सवाल का जवाब आप किसी औलिया से पूछे। दस्तरखान विछा देना मेरा काम है। खाना आयेगा और वह आपके हलक में जायगा, यह पेशीनगोई मैं नहीं कर सकता।

मैंने मायूसी के साथ कहा—मैं तो इससे बड़ी इनायत का मुन्तज़िर था।

बड़े बाबू कुर्सी से उठकर बोले—कसम खुदा की, आप परले दर्जे के कड़मग्ज़ आदमी हैं। आपके दिमाग़ में भुसा भरा है। दस्तरखान का आ जाना आप कोई छोटी बात समझते हैं ? इन्तज़ार का मजा आपकी निगाह में कोई चीज़ ही नहीं? हालांकि इन्तजार में इन्सान उमरें गुज़ार सकता है। आप रोज़ाना कचहरी में आयेंगे, ग़रज़मन्दों से आपका सबका होगा। अमलों से आपका परिचय हो जायगा। मामले बिठाने, सौदे पटाने के सुनहरे मोके हाथ आयेंगे। हुक्काम के लड़के पढ़ाइए। अगर गडे-ताबीज़ का फ़न सीख लीजिए तो आपके हक में बहुत मुफीद हो। कुछ हकीमी भी सीख लीजिए। अच्छे होशियार सुनारों से दोस्ती पैदा कीजिए, क्योंकि आपको उनसे अक्सर काम पड़ेगा। हुक्काम की औरतें आप ही के मार्फत अपनी ज़रूरते पूरी करायेंगी। मगर इन सब लटकों से ज्यादा कारगर एक और लटका है अगर वह हुनर आप में है, तो यक़ीनन आपके इन्तजार की मुद्दत बहुत कुछ काम हो सकती है। आप बड़े-बड़े हाकिमों के लिए तफरीह का सामान जुटा सकते हैं ?

बड़े बाबू मेरी तरफ़ कनखियों से देखकर मुस्कराये। तफ़रीह के सामान से उनका क्या मतलब है, यह मैं न समझ सका। मगर पूछते हुए भी डर लगता था कि कहीं बड़े बाबू बिगड़ न जायं और फिर मामला ख़राब हो जाय। एक बेचैनी की-सी हालत में जमीन की तरफ़ ताकने लगा।

बड़े बाबू ताड़ तो मये कि इसकी समझ में मेरी बात न आयी लेकिन अबकी उनकी त्योरियों पर बल नहीं पड़े। न ही, उनके लहजे में हमदर्दी की झलक फ़रमाया—यह तो गैर-मुमकिन है कि आपने बाज़ार की सैर न की हो।

मैंने शर्माते हुए कहा— नहीं हुज़ूर, बन्दा इस कूचे को बिलकुल नहीं जानता।

बड़े बाबू-तो आपको इस कूचे की ख़ाक छाननी पड़ेगी। हाकिम भी आंख-कान रखते हैं। दिन भर की दिमागी थकन के बाद स्वभावत: रात को उनकी तबीयत तफरीह की तरफ़ झुकती है। अगर आप उनके लिए आंखों को अच्छा लगनेवाले रूप और कानों को भानेवाले संगीत का इन्तज़ाम सस्ते दामों कर सकते हैं या कर सकें तो...

मैंने किसी क़दर तेज़ होकर कहा— आपका कहने का मतलब यह है कि मुझे रूप की मंडी की दलाली करनी पड़ेगी?

बड़े बाब तो आप तेज़ क्यों होते हैं, अगर अब तक इतनी मोटीसी बात आप नहीं समझे तो यह मेरा क़सूर है या आपकी अक्ल का !

मेरे जिस्म में आग लग गयी। जी में आया कि बड़े बाब को जुजुत्सू के दो-चार हाथ दिखाऊँ, मगर घर की बेसरोसामानी का ख़याल आ गया। बीवी की इन्तज़ार करती हई आँखे और बच्चों की भूखी सरतें याद आ गयीं। जिल्लत का एक दरिया हलक़ से नीचे ढकेलते हए बोला—जी नहीं, मैं तेज़ नहीं हआ था। ऐसी बेअदबी मुझ से नहीं हो सकती। (आंखों में आँसू भरकर) ज़रूरत ने मेरी गैरत को मिटा दिया है। आप मेरा नाम उम्मीदवारों में दर्ज कर दें। हालात मुझसे जो कुछ करायेंगे वह सब करूंगा और मरते दम तक आपका एहसानमन्द रहूंगा।

—'ख़ाके परवाना' से

राष्ट्र का सेवक

राष्ट्र के सेवक ने कहा— देश की मुक्ति का एक ही उपाय है और वह है नीचों के साथ भाईचारे का सुलक, पतितों के साथ बराबरी का बर्ताव। दुनिया में सभी भाई हैं, कोई नीचा नहीं, कोई ऊँचा नहीं।

दिया ने जयजयकार की-कितनी विशाल दृष्टि है, कितना भावुक हृदय !

उसकी सुन्दर लड़की इन्दिरा ने सुना और चिन्ता के सागर में ड्ब गयी।

राष्ट्र के सेवक ने नीची जात के नौजवान को गले लगाया।

दुनियाने कहा यह फ़रिश्ता है, पैग़म्बर है, राष्ट्र की नैया का खेवैया है।

इन्दिरा ने देखा और उसका चेहरा चमकने लगा।

राष्ट्र का सेवक नीची जात के नौजवान को मंदिर में ले गया, देवता के दंशन कराये और कहा—हमारा देवता ग़रीबी में है,ज़िल्लत में है। पस्ती

दुनिया ने कहा —कैसे शुद्ध अन्तःकरण का आदमी है ! कैसा ज्ञानी !

इन्दिरा ने देखा और मुस्करायी।

इन्दिरा राष्ट्र के सेवक के पास जाकर बोली—श्रद्धेय पिता जी, मैं मोहन से ब्याह करना चाहती हैं।

राष्ट्र के सेवक ने प्यार की नजरों से देखकर पूछा—मोहन कौन है ?

इन्दिरा ने उत्साह भरे स्वर में कहा—मोहन बही नौजवान है, जिसे आपने गले लगाया, जिसे आप मंदिर में ले गये, जो सच्चा, बहादुर और दिया।

राष्ट्र के सेवक ने प्रलय की आँखों से उसकी ओर देखा और मुंह फेर लिया।

—'प्रेम चालीसी' से

आखिरी तोहफ़ा

सारे शहर में सिर्फ एक ऐसी दुकान थी, जहां विलायती रेशमी साड़ी मिल सकती थी। और सभी दुकानदारों ने विलायती कपड़े पर कांग्रेस की मुहर लगवायी थी। मगर अमरनाथ की प्रेमिका की फ़रमाइश थी, उसको पूरा करना ज़रूरी था। वह कई दिन तक शहर की दुकानों का चक्कर लगाते रहे, दुगुना दास देने पर तैयार थे, लेकिन कहीं सकल-मनोरथ न हुए और उसके तकाजे बराबर बढ़ते जाते थे। होली आ रही थी। आखिर वह होली के दिन कौन-सी साड़ी पहनेगी। उसके सामने अपनी मजबूरी को जाहिर करना अमरनाथ के पुरुषोचित अभिमान के लिए कठिन था। उसके इशारे से बह आसमान के तारे तोड़ लाने के लिए भी तत्पर हो जाते। आखिर जब कहीं मक़सद पूरा न हुआ, तो उन्होंने उसी ख़ास दुकान पर जाने का इरादा किया। उन्हें यह मालूम था कि उस दुकान पर धरना दिया जा रहा है। सुबह से शाम तक स्वयंसेवक तैनात रहते हैं और तमाशाइयों को भी हरदम खासी भीड़ रहती है। इसलिए उस दुकान में जाने के लिए एक विशेष प्रकार के नैतिक साहस की ज़रूरत थी और यह साहस अमरनाथ में ज़रूरत से कम या। पढ़े-लिखे आदमी थे, राष्ट्रीय भावनाओं से भी अपरिचित न थे, यथाशक्ति स्वदेशी चीजें ही इस्तेमाल करते थे। मगर इस मामले में बहुत कट्टर न थे। स्वदेशी मिल जाय तो बेहतर वर्ना विदेशी ही सही-इस उसूल के मानने वाले थे। और खासकर जब उपकी फ़रमाइश थी तब तो कोई बचाव की सरत ही न थी। अपनी ज़रूरतों को तो वह शायद कुछ दिनों के लिए टाल भी देते, मगर उसकी फ़रमाइश तो मौत की तरह अटल है। उससे मुक्ति कहां ! तय कर लिया कि आज साड़ी ज़रूर लायेंगे। कोई क्यों रोके ? किसी को रोकने का क्या अधिकार है ? माना स्वदेशी का इस्तेमाल अच्छी बात है लेकिन

किसी कोज-बर्दस्ती करने का क्या हक़ है? अच्छी आजादी की लड़ाई है जिसमें व्यक्ति क आजादी का इतना बेदर्दी से खून हो !

यों दिल को मजबूत करके वह शाम को दूकान पर पहुंचे। देखा तो पांच वालण्टिर पिकेटिंग कर रहे हैं और दूकान के सामने सड़क पर हजारों तमाशाई खड़े हैं। सोचने लगे, दुकान में कैसे जायं। कई बार कलेजा मजबूत किया और चले मगर बरामदे तक जाते-जाते हिम्मत ने जवाब दे दिया।

संयोग से एक जान-पहचान के पण्डितजी मिल गये। उनसे पूछा क्यों भाई, यह धरना कब तक रहेगा? शाम तो हो गयी।

पण्डितजी ने कहा—इन सिरफिरों को सुबह और शाम से क्या मतलब, जब तक दूकान बन्द न हो जायगी, यहां से न टलेंगे। कहिए, कुछ खरीदने का इरादा है? आप तो रेशमी कपड़ा नहीं खरीदते ?

अमरनाथ ने विवशता की मुद्रा बनाकर कहा—मैं तो नहीं खरीदता। मगर औरतों की फ़रमाइश को कैसे टालू।

पण्डितजी ने मुस्कराकर कहा—बाह, इससे ज्यादा आसान तो कोई बात नहीं। औरतों को भी वकमा नहीं दे सकते ? सौ होले और हजार बहाने हैं।

अमरनाथ—आप ही कोई हीला सोचिए।

पण्डितजी—सोचना क्या है, यहां रात-दिन यही किया करते हैं। सोपचास हीले हमेशा जेबों में पड़े रहते हैं। औरत ने कहा हार बनवा दो। कहा, आज ही लो। दो-चार रोज़ के बाद कहा, सुनार माल लेकर चम्पत हो गया। यह तो रोज का धन्धा है भाई। औरतों का काम फ़रमाइश करना है और मर्यों का काम उसे खूबसूरती से टालना है।

अमरनाथ-आप तो इस कला के पण्डित मालूम होते हैं !

पण्डितजी—क्या करें भाई, आबरू तो बचानी ही पड़ती है। सूखा जवाब दें तो शर्मिन्दगी अलग हो, बिगड़ें वह अलग से, समझें, हमारी परवाह ही नहीं करते। आबरू का मामला है। आप एक काम कीजिए। यह तो आपने कहा ही होगा कि आजकल पिकेटिंग है ?

अमरनाथ हां, यह तो बहाना कर चुका भाई, मगर वह सुनती ही नहीं, कहती है क्या विलायती कपड़े दुनिया से उठ गये। मुझसे चले हो उड़ने!

पण्डितजी—तो मालूम होता है, कोई धुन की पक्की औरत है। अच्छा तो मैं एक तरकीब बताऊं। एक ख़ाली कार्ड का बकस ले लो, उस में पुराने कपड़े जलाकर

भर लो। जाकर कह देना, मैं कपड़े लिये आता था, वालण्टियरों ने छीनकर जला दिये। क्यों, कैसी रहेगी?

अमरनाथ—कुछ जंचती नहीं। अजी, बीस एतराज़ करेंगी, कहीं पर्दा फाश हो जाय तो मुफ्त को मिन्दगी उठानी पड़े।

पण्डितजी—तो मालूम हो गया, आप बोदे आदमी हैं और हैं भी आप कुछ ऐसे ही। यहां तो कुछ इस शान से हीले करते हैं कि सच्चाई भी उसके आगे धूल हो जाय। ज़िन्दगी भर यही बहाने करते गुज़री और कभी पकड़े न गये। एक तरकीब और है। इसी नमने का देशी माल ले जाइए और कह दीजिए कि विलायती है।

अमरनाथ—देशी और विलायती की पहचान उन्हें मुझसे और आपते कहीं ज्यादा है। विलायती पर तो जल्द विलायती का यकीन आयेगा नहीं, देशी की तो बात ही क्या है!

एक खद्दरपोश महाशय पास ही खड़े यह बातचीत सुन रहे थे, बोल उठे—ए साहब, सीधी-सी तो बात है, जाकर साफ़ कह दीजिए कि मैं वदेशी कपड़े न लाऊंगा। अगर ज़िद करे तो दिन भर खाना न खाइये, आप सीधे रास्ते पर आ जायेगी।

अमरनाथ ने उनकी तरफ कुछ ऐसी निगाहों से देखा जो कह रही थीं आप इस कूचे को नहीं जानते और बोले—यह आप ही कर सकते हैं, मैं नहीं कर सकता।

खद्दरपोश—कर तो आप भी सकते हैं लेकिन करना नहीं चाहते। यहां तो उन लोगों में से हैं कि अगर विदेशी दुआ से मुक्ति भी मिलती हो तो उसे ठुकरा दें।

अमरनाथ—तो शायद आप घर में पिकेटिंग करते होंगे?

खद्दरपोश—पहले घर में करके तब बाहर करते हैं भाई साहब।

खद्दरपोश साहब चले गये तो पण्डितजी बोले—यह महाशय तो तीसमारखां से भी तेज़ निकले। अच्छा तो एक काम कीजिए। इस दूकान के पिछवाड़े एक दूसरा दरवाज़ा है, ज़रा अंधेरा हो जाय तो उधर चले जाइएगा, दायें-बायें किसी की तरफ़ न देखिएगा।

अमरनाथ ने पण्डितजी को धन्यवाद दिया और जब अंधेरा हो गया तो दूकान के पिछबाड़े की तरफ जा पहुंचे। डर रहे थे, कहीं यहां भी घेरा न पड़ा हो। लेकिन मैदान ख़ाली था। लपकर अन्दर गये, एक ऊंने दामों की साड़ी खरीदी और बाहर निकले तो एक देवीजी केसरिया साड़ी पहने खड़ी थीं। उनको देखकर इनकी रूह फ़ना हो गयी, दरवाजे से बाहर पांवरखने की हिम्मत नहीं हुई। एक तरफ़ देखकर तेजी से निकल पड़े और। कोई सौ कदम भागते हुए चले गये। कम का लिखा,

सामन स एक बुढ़िया लाठी टेकती चली आ रही थी। आप उसस लड़ गये। बुढ़िया गिर पड़ा और लगी कोसने-अरे अभागे, यह जवानी बहुत दिन न रहेगी, आंखो में चर्वी छा गयी है, धक्के देता चलता है!

अमरनाथ उसकी खुशामद करने लगे-माई माफ करो, मुझे रात को कुछ कम दिखाई पड़ता है। ऐनक घर भूल आया।

बुढ़िया का मिज़ाज ठण्डा हुआ, आगे बढ़ी और आप भी चले। एकाएक कानों में आवाज आयी, बाब साहब जरा ठहरिएगा' और वहीं केसरिया कपड़ोंवाली देवीजी आती हुई दिखायी दी।

अमरनाथ के पांव बंध गये। इस तरह कलेजा मजबूत करके खड़े हो गये जैसे कोई स्कूली लड़का मास्टर की बेत के सामन खड़ा होता है।

देवीजी ने पास आकर कहा—आप तो ऐसे भागे कि मै जेसे आपको काट खाऊंगी। आप जब पढ़-लिखे आदमी होकर अपना धर्म नहीं समझते तो दुख होता है। देश की क्या हालत है, लोगो को खद्दर नही मिलता, आप रेशमी साड़ियां खरीद रहे हैं!

अमरनाथ ने लज्जित होकर कहा—मैं सच कहता हू देवीजी, मैंने अपने लिए नहीं खरीदी, एक साहब की फरमाइश थी।

देवीजी ने झोली से एक चूड़ी निकाल कर उसकी तरफ़ बढ़ाते हुए कहा—ऐसे हीले रोज़ ही सुना करती है। या तो आप उसे वापस कर दीजिए या लाइए हाथ में चूड़ी पहना दू।

अमरनाथ—शौक से पहना दीजिए। मैं उसे बड़े गर्व से पहनूंगा। चूड़ी उस बलिदान का चिह्न है जो देवियों के जीवन की विशेषता है। चूड़ियां उन देवियों के हाथ में भी थीं। जिनके नाम सुनकर आज भी हम आदर स सिर झुकाते हैं। मैं तो उसे शर्म की बात नही समझता। आप अगर और कोई चीज़ पहनाना चाहें तो वह भी शोक से पहना दीजिए। नारी पूजा की वस्तु है, उपेक्षा की नहीं। अगरस्त्री, जो कोम को पैदा करती है, चूड़ी पहनना अपने लिए गौरव की बात समझती है तो मर्दों के लिए चूड़ो पहनना क्यों शर्म की बात हो?

देवीजी को उनकी इस निर्लज्जता पर आश्चर्य तो हुआ मगर वह इतनी आसानी से अमरनाथ को छोड़ने वाली न थी। बोली—आप बातो क शेर मालूम होते हैं। अगर आप हृदय से स्त्री को पूजा की वस्तु मानते हैं, तो मेरी यह विनती क्यों नहीं मान जाते?

अमरनाथ—इसलिए कि यह साड़ी भी एक स्त्री की फ़रमाइश है।

देवी—अच्छा चलिए, मैं आपके साथ चलूंगी, जरा देखू आपकी देव जी किस स्वभाव की स्त्री हैं।

अमरनाथ का दिल बैठ गया। बेचारा अभी तक बिन-ब्याहा था, इसलिए नहीं कि उसकी शादी न होती थी बल्कि इसलिए कि शादी को वह एक आजीवन कारावास समझता था। मगर वह आदमी रसिक स्वभाव के थे, शादी से अलग रहकर भी शादी के मज़ों से अपरिचित न थे। किसी ऐसे प्राणी की ज़रूरत उनके लिए अनिवार्य थी जिस पर वह अपने प्रेम को समर्पित कर सकें, जिसकी तरावट से वह अपनी रूखी-सूखी ज़िन्दगी को तरो-ताजा कर सकें, जिसके प्रेम की छाया में वह ज़रा देर के लिए ठण्डक पा सके, जिसके दिल में वह अपनी उमड़ी हुई जवानी की भावनाओं को बिखेरकर उसका उपना देख सकें। उनकी नजर ने मालती को चुना था जिसकी शहर में धूम थी। इधर डेढ़-दो साल से वह इसी खलिहान के दाने चुना करते थे। देवीजी के आग्रह ने उन्हें थोड़ी देर के लिए उलझन में डाल दिया। ऐसी शर्मिन्दगी उन्हें ज़िन्दगी में कभी न हुई थी। बोले—आज तो वह एक न्योते में गयी हैं, घर में न होंगी।

देवीजी ने अविश्वास से हंसकर कहा—तो मैं समझ गयी यह आपकी देवीजी का कुसूर नहीं, आपका कुसूर है।

अमरनाथ ने लज्जित होकर कहा—मैं आपसे सच कहता हूं आज वह घर पर नहीं।

देवी ने पूछा—कल आ जायेगी ?

अमरनाथ बोले—हां, कल आ जायेंगी।

देवी—तो आप यह साड़ी मुझे दे दीजिए और कल यहीं आ जाइएगा, मैं आपके साथ चलंगी। मेरे साथ दो-चार बहनें भी होंगी।

2

अमरनाथ ने बिना किसी आपत्ति के वह साड़ी, देवीजी को दे दी और बोले—बहुत अच्छा, मैं कल आ जाऊंगा। मगर क्या आपको मुझ पर विश्वास नहीं है जो साड़ी की जमानत ज़रूरी है?

देवीजी ने मुस्कराकर कहा—सच्ची बात तो यही है कि मुझे आप पर विश्वास नहीं।

अमरनाथ ने स्वाभिमानपूर्वक कहा—अच्छी बात है, आप इसे ले जाय।

देवी ने क्षण भर बाद कहा—शायद आपको बुरा लग रहा हो कि कहीं बड़े बाबू साड़ी गुम न हो जाय। इसे आप लेते जाइए, मगर कल आइए ज़रूर।

अमरनाथ स्वाभिमान के मारे बगैर कुछ कहे घर की तरफ़ चल दिये, देवीजी 'लेते जाइए लेते जाइए' करती रह गयीं।

अमरनाथ घर न जाकर एक खद्दर की दुकान पर गये और दो सूटों का खद्दर खरीदा। फिर अपने दर्जी के पास ले जाकर बोले—ख़लीफ़ा, इसे रातों-रात तैयार कर दो, मंहमांगी सिलाई दंगा।

दर्जी ने कहा—बाबू साहब, आजकल तो होली की भीड़ हैं। होली से पहले तैयार न हो सकेंगे।

अमरनाथ ने आग्रह करते हुए कहा—मैं मुंहमांमी सिलाई दूंगा, मगर कल दोपहर तक मिल जायं। मुझे कल एक जगह जाना है। अगर दोपहर तक न मिले तो फिर मेरे किसी काम के न होंगे।

दर्जी ने आधी सिलाई पेशगी ले ली और कल तैयार कर देने का वादा किया।

अमरनाथ यहां से आश्वस्त होकर मालती की तरफ़ चले। क़दम आगे बढ़ते थे लेकिन दिल पीछे रहा जाता था। काश वह उनकी इतनी विनती स्वीकार कर ले कि कल दो घण्टे के लिए उनके वीरान घर को रोशन करे ! लेकिन यकीनन वह उन्हें खाली हाथ देखकर मंह फेर लेगी, सीधे मुंह बात नहीं करेगी, आने का ज़िक्र ही क्या। एक ही बेमुरौवत है। तो कल आकर देवीजी से अपनी सारी शर्मनाक कहानी बयान कर दूं ? उस भोले चेहरे की निस्स्वार्थ उमंग उनके दिल में एक हलचल पैदा कर रही थी। उन आंखों में कितनी गंभीरता थी, कितनी सच्ची सहानुभूति, कितनी पविलता ! उसके सीधे-सादे शब्दों में कर्म की ऐसी प्रेरणा थी, कि अमरनाथ को अपने इन्द्रिय-परायण जीवन पर शर्म आ रही थी। अब तक कांच के टुकड़े को हीरा समझकर सीने से लगाये हुए थे। आज उन्हें मालूम हुआ हीरा किसे कहते हैं। उसके सामने वह टुकड़ा तुच्छ मालूम हो रहा था। मालती की वह जादूभरी चितवन, उसकी वह मीठी अदाएं, उसकी शोखियां और नखरे सब जैसे मुलम्मा उड़ जाने के बाद अपनी असली सूरत में नज़र आ रहे थे और अमरनाथ के दिल में नफ़रत पैदा कर रहे थे। वह मालती की तरफ जा रहे थे, उसके दर्शन के लिए नहीं, बल्कि उसके हायों से अपना दिल छीन लेने के लिए। प्रेम का भिखारी आज अपने भीतर एक विचिल अनिच्छा का अनुभव कर रहा

था। उसे आश्चर्य हो रहा था कि अब तक वह क्यों इतना बेख़बर था। वह तिलिस्म जो मालती ने वर्षों के नाज-नखरे, हाव-भाव से बांधा था, आज किसी छु-मन्तर से तार-तार हो गया था।

मालती ने उन्हें खाली हाथ देखकर त्योरियां चढ़ाते हुए कहा—साड़ी लाये या नहीं?

अमरनाथ ने उदासीनता के ढंग से जवाब दिया—नहीं।

मालती ने आश्चर्य से उनकी तरफ़ देखा नहीं! वह उनके मुंह से यह शब्द सुनने की आदी न थी। यहां उसने सम्पूर्ण समर्पण पाया था। उसका इशारा अमरनाथ के लिए भाग्य-लिपी के समान था। बोली—क्यों?

अमरनाथ—क्यों क्या, नहीं लाये।

भालती—बाजार में मिली न होगी। तुम्हें क्यों मिलने लगी, और मेरे लिए!

अमरनाथ—नहीं साहब, मिली मगर लाया नहीं।

मालती—आखिर कोई वजह ? रुपये मुझसे ले जाते।

अमरनाथ—तुम खामख़ाह जलाती हो। तुम्हारे लिए जान देने को मैं हाज़िर रहा।

मालती—तो शायद तुम्हें रुपये जान से भी प्यारे हों ?

अमरनाथ—तुम मुझे बैठने दोगी या नहीं? अगर मेरी सूरत से नफ़रत हो तो चला जाऊं!

मालती—तुम्हें आज हो क्या गया है, तुम तो इतने तेज मिज़ाज के न थे?

अमरनाथ—तुम बातें ही ऐसी कर रही हो।

मालती—तो आखिर मेरी चीज़ क्यों नहीं लाये ?

अमरनाथ ने उसकी तरफ बड़े वीर-भाव के साथ देखकर कहादुकान पर गया, जिल्लत उठायी और साड़ी लेकर चला तो एक औरत ने छीन ली। मैंने कहा, मेरी बीवी की फ़रमाइश है तो बोली—मैं उन्हीं को दूंगी, कल तुम्हारे घर आऊंगी।

मालती ने शरारतभरी नज़रों से देखते हुए कहा—तो यह कहिए आप दिल हथेली पर लिये फिर रहे थे। एक औरत को देखा और उसके क़दमों पर चढ़ा दिया!

अमरनाथ—वह उन औरतों में नहीं, जो दिलों की घात मैं रहती हैं।

मालती—तो कोई देवी होगी?

अमरनाथ—मैं उसे देवी ही समझता हैं।

मालती—तो आप उस देवी की पूजा कीजिएगा?

अमरनाथ—मुझ जैसे आवारा नौजवान के लिए उस मन्दिर के दरवाजे बन्द हैं।

मालती—बहुत सुन्दर होगी?

अमरनाथ—न सुन्दर है, न रूपवाली, न ऐसी अदाएं कुछ, न मधुर-भाषिणी, न तन्वंगी। बिल्कुल एक मामली मासूम लड़की है। लेकिन जब मेरे हाथ से उसने साड़ी छीन ली तो मैं क्या कर सकता था। मेरी गैरत ने तो गवारा न किया कि उसके हाथ से साड़ी छीन लूं। तुम्ही इन्साफ़ करो, वह दिल में क्या कहती?

मालती—तो तुम्हें इसकी ज्यादा परवाह है कि वह अपने दिल में क्या कहेगी। मैं क्या कहूंगी, इसकी जरा भी परवाह न थी ! मेरे हाथ से कोई मर्द मेरी कोई चीज छीन ले तो देखें, चाहे वह दूसरा कामदेव ही क्यों न हो।

अमरनाथ—अब इसे चाहे मेरी कायरता समझो, चाहे हिम्मत की कमी, चाहे शराफ़त, मैं उसके हाथ से न छीन सका।

मालती—तो कल वह साड़ी लेकर आयेगी, क्यों ? अमरनाथ–ज़रूर आयेगी।

मालती—तो जाकर मुंह धो आओ। तुम इतने नादान हो, यह मुझे मालूम न था। साड़ी देकर चले आये, अब कल वह आपको देने आयेगी ! कुछ भंग तो नहीं खा गये !

अमरनाथ—खर, इसका इम्तहान कल हो ही जायमा, अभी से क्यों बदगुमानी करती हो। तुम शाम को ज़रा देर के लिए मेरे घर तक चली चलना।

मालती—जिससे आप कहें कि यह मेरी बीवी है !

अमरनाथ—मुझे क्या ख़बर थी कि वह मेरे घर आने के लिए तैयार हो जायगी, नहीं तो कोई बहाना कर देता।

मालती—तो आपको साड़ो आपको मुबारक हो, मैं नहीं जाती।

अमरनाथ—मैं तो रोज तुम्हारे घर आता हूं, तुम एक दिन के लिए भी नहीं चल सकती ?

मालती ने निष्ठुरता से कहा—अगर मौक़ा आ जाय तो तुम अपने को मेरा शोहर कहलाना पसन्द करोगे? दिल पर हाथ रखकर कहना।

अमरनाथ दिल में कट गये, वात बनाते हुए बोले—मालती तुम मेरे साथ अन्याय कर रही हो। बुरा न मानना, मेरे व तुम्हारे बीच प्यार और मुहब्बत दिखलाने के बावजूद एक दूरी का पर्दा पड़ा था। हम दोनों एक दूसरे की हालत को समझते थे और इस पर्दे को हटाने की कोशिश न करते थे। यह पर्दा हमारे सम्बन्धों की

अनिवार्य शर्त था। हमारे बीच एक व्यापारिक समझौता—सा हो गया। हम दोनों उसकी गहराई में जाते हुए डरते थे। नहीं, बल्कि मैं डरता था और तुम जान-बूझकर न जाना चाहती थीं। अगर मुझे विश्वास हो जाता कि तुम्हें जीवन-सहचरी बनाकर मैं वह सब कुछ पा जाऊंगा जिसका मैं अपने को अधिकारी समझता; तो मैं अब तक कभी का तुमसे इसकी याचना कर चुका होता। लेकिन तुमने कभी मेरे दिल में यह विश्वास पैदा करने की परवाह न की। मेरे बारे में भी तुम्हें यह शक है मैं नहीं कह सकता, तुम्हें यह शक करने का मैंने कोई मौका नहीं दिया और मैं कह सकता हूं कि मैं उससे कहीं बेहतर शोहर बन सकता हूं जितनी तुम बीवी बन सकती हो। मेरे लिए सिर्फ एतबार की ज़रूरत है और तुम्हारे लिए ज्यादा वज़नी और ज्यादा भौतिक चीज़ों की मेरी स्थायी आमदनी पाँच सौ से ज्यादा नहीं, तुमको इतने में सन्तोष न होगा। मेरे लिए सिर्फ इस इत्मीनान की ज़रूरत है कि तुम मेरी और सिर्फ मेरी हो। बोलो मंजूर है?

मालती को अमरनाथ पर रहम आ गया। उसकी बातों में जो सच्चाई भरी हई थी, उससे वह इन्कार न कर सकी। उसे यह भी यकीन हो गया कि अमरनाथ की वफ़ा के पैर डगमगायेंगे नहीं। उसे अपने ऊपर इतना भरोसा था कि वह उसे रस्सी से मजबूत जकड़ सकती है, लेकिन खद जकड़े जाने पर वह अपने को तैयार न कर सकी। उसकी जिन्दगी मुहब्बत की बाजीगिरी में, प्रेम के प्रदर्शन में गुज़री थी। वह कभी इस, कभी उस शाख में चहकती फिरती थी, बैकद, आजाद, बेबन्द। क्या वह चिड़िया पिंजरे में बन्द रह सकती है जिसकी ज़बान तरह-तरह के मज़ों की आदि हो गयी हो? क्या वह सूखी रोटी से तृप्त हो सकती है ? इस अनुभूति ने उसे पिघला दिया। बोली—आज तुम बड़ा ज्ञान बघार रहे हो ?

अमरनाथ—मैंने तो केवल यथार्थ कहा है।

मालती—अच्छा मैं कल चलंगी, मगर एक घण्टे से ज्यादा वहां न रहूंगी।

अमरनाथ का दिल शुक्रिये से भर उठा। बोला—मैं तुम्हारा बहुत कृतज्ञ हूं मालती। अब मेरी आबरू बच जायेगी। नहीं तो मेरे लिए घर से निकलना मुश्किल हो जाता। अब देखना यह है कि तुम अपना पार्ट कितनी खूबसूरती से अदा करती हो।

मालती—उसकी तरफ़ से तुम इत्मीनान रखो। ब्याह नहीं किया मगर बरातें देखी हैं। मगर मैं डरती हूं कहीं तुम मुझसे दगा न कर रहे हो। मर्दो का क्या एतबार।

अमरनाथ ने निश्छल भाव से कहा—नहीं मालती, तुम्हारा सन्देह निराधार है। अगर यह जंजीर पैरों में डालने की इच्छा होती तो कभी का डाल चुका होता। फिर मुझ जैसे वासना के बन्दों का वहां गुज़र ही कहां।

3

दूसरे दिन अमरनाथ दस बजे ही दर्जी की दुकान पर जा पहुंचे और ' सिर पर सवार होकर कपड़े तैयार कराये। फिर घर आकर नये कपड़े पहने और मालती को बुलाने चले। वहाँ देर हो गयी। उसने ऐसा बनाव सिंगार किया कि जैसे आज बहुत बड़ा मोर्चा जीतना है।

अमरनाथ ने कहा—वह ऐसी सुन्दरी नहीं है जो तुम इतनी तैयारियां कर रही हो।

मालती ने बालों में कंघी करते हुए कहा—तुम इन बातों को नहीं समझ सकते, चुपचाप बैठे रहो।

अमरनाथ—लेकिन देर जो हो रही है।

मालती—कोई बात नहीं।

भय की उस सहज आशंका ने, जो स्त्रियों की विशेषता है, मालती को और भी अधिक सतर्क कर दिया था। अब तक उसने कभी अमरनाथ की ओर विशेष रूप से कोई कृपा न की थी। वह उससे काफी उदासीनता का बर्ताव करती थी। लेकिन कल अमरनाथ की भंगिमा से उसे एक संकट की सचना मिल चुकी थी और वह उस संकट का अपनी पूरी शक्ति से मुकाबला करना चाहती थी। शत्रु को तुच्छ और अपदार्थ समझनो स्त्रियों के लिए कठिन है। आज अमरनाथ को अपने हाथ से निकलते देखकर वह अपनी पकड़ को मज़बूत कर रही थी। अगर इस तरह उसकी चीजें एक-एक करके निकल गयीं तो फिर वह अपनी प्रतिष्ठा कब तक बनाये रख सकेगी? जिस चीज पर उसका क़ब्ज़ा है, उसकी तरफ़ कोई आंख ही क्यों उठाये? राजा भी तो एक-एक अंगुल जमीन के पीछे जान देता है। वह इस नये शिकारी को हमेशा के लिए अपने रास्ते से हटा देना चाहती थी। उसके जादू को तोड़ देना चाहती थी।

शाम को वह परी-जैसी, अपनी नौकरानी और नौकर को साथ लेकर अमरनाथ के घर चली। अमरनाथ ने सुबह दस बजे तक मर्दाने घर को जनानेपन का रंग देने में खर्च किया था। ऐसी तैयारियां कर रखी थों जैसे कोई अफ़सर मुआइना करने वाला

हो। मालती ने घर में पैर रखा तो उसकी सफाई और सजावट देखकर बहुत खुश हुई। ज़नाने हिस्से में कई सियां रखी थीं। बोली—अब लाओ अपनी देवीजी को मगर जल्द आना। वर्ना मैं चली जाऊंगी।

अमरनाथ लपके हुए विलायती कपड़े की दुकान पर गये। आज भी धरना था। तमाशाइयों की वही भीड़। वहां देवी जी नहीं। पीछे की तरफ़ गये तो देवी जी एक लड़की के साथ उसी भेस में खड़ी थीं।

अमरनाथ ने कहा—माफ़ कीजिएगा, मुझे देर हो गयी। मैं आपके वादे की याद दिलाने आया हं।

देवीजी ने कहा—मैं तो आपका इन्तजार कर रही थी। चलो सुमित्रा, ज़रा आपके घर हो आयें। कितनी दूर है ?

अमरनाथ—बहुत पास है।

एक तांगा कर लूंगा।

पन्द्रह मिनट में अमरनाथ दोनों को लिये घर पहुंचे। मालती ने देवीजी को देखा और देवीजी ने मालती को। एक किसी रईस का महल था, आलीशान; दूसरी किसी फ़क़ीर की कुटिया थी, छोटी-सी, तुच्छ। रईस के महल में आडम्बर और प्रदर्शन था, फ़कीर की कुटिया में सादगी और सफ़ाई। मालती ने देखा, भोली लड़की है जिसे किसी तरह सुन्दर नहीं कह सकते।पर उसके भोलेपन और सादगी में जो आकर्षण था, उससे वह प्रभावित हुए बिना न रह सकी। देवीजी ने भी देखा, एक बनी-संवरी बेधड़क और घमण्डी औरत है जो किसी न किसी वजह से उस घर में अजनबी-सी माल म हो रही है जैसे कोई जंगली जानवर पिंजरे में आ गया हो।

अमर नाथ सिर झुकाये मुज़ रिमों की तरह खड़े थे और ईश्वर से प्रार्थना कर रहे थे कि किसी तरह आज पर्दा रह जाये।

देवी ने आते ही कहा—बहन आप भी सिर से. पांव तक विदेशी कपड़े पहने हुई हैं ?

मालती ने अमरनाथ की तरफ़ देखकर कहा—मैं विदेशी और देशी के फेर में नहीं पड़ती। जो यह लाकर देते हैं वह पहनती हूं। लाने वाले हैं ये, मैं थोड़े ही बाज़ार जाती हूं।

देवी ने शिकायत भरी आंखों से अमरनाथ की तरफ़ देखकर कहाआप तो कहते थे यह इनकी फ़रमाइश है, मगर आप ही का कसूर निकल आया।

मालती—मेरे सामने इनसे कुछ मत कहो। तुम बाजार में भी दूसरे मों से बातें

कर सकती हो, जब वह बाहर चले जायं तो जितना जी चाहे कह-सुन लेना। मैं अपने कानों से नहीं सुनना चाहती।

देवीजी—मैं कुछ कहती नहीं और बहनजी, मैं कह ही क्या सकती हूं कोई जबर्दस्ती तो है नहीं, बस विनती कर सकती हूं।

मालती—इसका मतलब यह है कि इन्हें अपने देश की भलाई का ज़रा भी ख़याल नहीं, उसका ठेका तुम्हीं ने ले लिया है। पढ़े-लिखे आदमी हैं, दस आदमी इज़्ज़त करते हैं, अपना नफा-नुकसान समझ सकते हैं। तुम्हारी क्या हिम्मत'कि इन्हें उपदेश देने बैठो, या सबसे ज्यादा अक्लमंन्द तुम्ही हो?

देवीजी—आप मेरा मतलब ग़लत समझ रही हैं बहन।

मालती—हाँ ग़लत तो समझंगी ही, इतनी अक्ल कहां से लाऊंकि आपकी बातों का मतलब समझं ! खद्दर की साड़ी पहन ली, झोली लटका ली; एक बिल्ला लगा लिया, बस अब अख्तियार है जहां चाहें आयें-जायें, जिससे चाहें हंसें-बोलें, घर में कोई पूछता नहीं तो जेलखाने का भी क्या डर ! मैं इसे हड़दंगापन समझती हैं,जो शरीफ़ों की बह-बेटियों को शोभा नहीं देता।

अमरनाथ दिल में कटे जा रहे थे। छिपने के लिए बिल ढूंढ रहे थे। देवी की परेशानी पर ज़रा बल न था लेकिन आंखें डबडबा रही थीं।

अमरनाथ ने मालती से ज़रा तेज़ स्वर में कहा—क्यों खामखाह किसी का दिल दुखाती हो? यह देवियां अपना ऐश-आराम छोड़कर यह काम कर रही हैं, क्या तुम्हें इसकी बिल्कुल ख़बर नहीं ?

मालती—रहने दो, बहुत तारीफ़ न करो। ज़माने का रंग ही बदला जा रहा है, मैं क्या करूंगी और तुम क्या करोगे। तुम मर्दो ने औरतों को घर में इतनी बुरी तरह कैद किया कि आज वे रस्म-रिवाज, शर्म-हया को छोड़कर निकल आयी हैं और कुछ दिनों में तुम लोगों की हुकूमत का खातमा हुआ जाता है। विलायती और विदेशी तो दिखलाने के लिए हैं, असल में यह आजादी की ख्वाहिश है जो तुम्हें हासिल है। तुम अगर दो चार शादियां कर सकते हो तो औरत क्यों न करें! सच्ची बात यह है, अगर आंखें हैं तो अब खोलकर देखो। मुझे वह आज़ादी न चाहिए। यहाँ तो लाज ढोते हैं और मैं शम-हया को अपना सिंगार समझती हैं।

देवीजी ने अमरनाथ की तरफ़ फ़रियाद की आखों रो देखकर कहाबहन ने औरतों को जलील करने की कसम खा ली है। मैं बड़ी-बड़ी उम्मीदें लेकर आयी थी, मगर शायद यहां से नाकाम जाना पड़ेगा।

अमरनाथ ने बह साड़ी उसको देते हुए कहा— नहीं बिलकुल नाकाम तो आप नहीं जायेंगी, हां जैसी कामयाबी की आपको उम्मीद थी वह न होगी।

मालती ने डपटते हुए कहा—वह मेरी साड़ी है, तुम उसे नहीं दे सकते!

अमरनाथ ने मिन्दा होते कहा—अच्छी बात है, नदं गा। देवीजी, ऐसी हालत में तो शायद आप मुझे माफ करेंगी।

देवीजी चली गयी तो अमरनाथ ने त्योरियां बदलकर कहा—यह तुमने आज मेरे मुंह में कालिख लगा दी। तुम इतनी बदतमीज और बदजबान हो, मुझे मालूम न था

मालती ने रोषपूर्ण स्वर में कहा—तो अपनी साड़ी उसे दे देती? मैंने ऐसी कच्ची गोलियां नहीं खेली। अब तो बदतमीज़ भी हं, बदज़बान भी, उस दिन इन बुराइयों में से एक भी न थी जब मेरी जतियां सीधी करते थे? इस छोकरी ने मोहिनी डाल दी। जैसी रूह वैसे फरिश्ते। मुबारक हो।

यह कहती हुई मालती बाहर निकली। उसने समझा था ज़बान चलाकर और ताक़त से वह उस लड़की को उखाड़ फेंकेगी. लेकिन जब मालम हआ कि अमरनाथ आसानी से काबू में आने वाला नहीं तो उसने फटकार बताई। इन दामों अगर अमरनाथ मिल सकता था तो बुरा न था। उससे ज्यादा कीमत वह उसके लिए दे न सकती थी।

अमरनाथ उसके साथ दरवाजें तक आये। जब वह तांगें पर बैठी तो विनती करते हुए बोले—यह साड़ी दे दो न मालती, मैं तुम्हें कल इससे अच्छी साड़ी ला दूंगा।

मगर मालती ने रूखेपन से कहा—यह साढ़ी तो अब लाख रुपए पर भी नहीं दे सकती!

अमरनाथ ने त्योरियां बदलकर जवाब दिया—अच्छी बात है, ले जाओ मगर समझ लो यह मेरा आखिरी तोहफ़ा है।

मालती ने होंठ चबाकर कहा—इसकी परवाह नहीं। तुम्हारे बग़ैर मैं मर न जाऊंगी, इसका तुम्हें यकीन दिलाती हं!

—'आखिरी तोहफा' से

क़ातिल

जाड़ों की रात थी। दस बजे ही सड़कें बन्द हो गयी थीं और गलियों में सन्नाटा था। बूढ़ी बेवा मां ने अपने नौजवान बेटे धर्मवीर के सामने थाली परोसते हुए कहा—तुम इतनी रात तक कहां रहते हो बेटा? रखे-रखे खाना ठंडा हो जाता है। चारों तरफ़ सोता पड़ गया। आग भी तो इतनी नहीं रहती कि इतनी रात तक बैठी तपती रहूं।

धर्मबीर हृष्ट-पुष्ट, सुन्दर नवयुवक था। थाली खींचता हुआ बोला अभी तो दस भी नहीं बजे अम्मां। यहां के मुर्दादिल आदमी सरे-शाम ही सो जाए तो कोई क्या करे। योरोप में लोग बारह-एक बजे तक संरसपाटे करते रहते हैं। ज़िन्दगी के मज़े उठाना कोई उनसे सीख ले। एक बजे से पहले तो कोई सोता ही नहीं।

मां ने पूछा—तो आठ-दस बजे सोकर उठते भी होंगे।

धर्मवीर ने पहलू बचाकर कहा—नहीं, वह छः बजे ही उठ बैठते हैं। हम लोग बहुत सोने के आदी हैं। दस से छ: बजे तक, आठ घण्टे होते हैं। चौबीस में आठ घंटे आदमी सोये तो काम क्या करेगा? यह बिलकुल गलत है कि आदमी को आठ घण्टे सोना चाहिए। इन्सान जितना कम सोये, उतना ही अच्छा। हमारी सभा ने अपने नियमों में दाखिल कर लिया है कि मेम्बरों को तीन घण्टे से ज्यादा न सोना चाहिए।

मां इस सभा का जिक्र सुनते-सुनते तंग आ गयी थी। यह न खाओ, वह न खाओ, यह न पहनो, वह न पहनो, न ब्याह करो, न शादी करो, न नौकरी करो, न चाकरी करो, यह सभा क्या लोगों को सन्यासी बनाकर छोडेगी? इतना त्याग तो सन्यासी ही कर सकता है। त्यागी सन्यासी भी तो नहीं मिलते। उनमें भी ज्यादातर इन्द्रियों के गुलाम, नाम के त्यागी हैं। आज सोने की भी कैद लगा दी। अभी तीन

महीने का घूमना खत्म हुआ। जाने कहां कहां मारे फिरते हैं। अब बारह बजे खाइए। या कोन जाने रात को खाना ही उड़ा दें। आपत्ति के स्वर में बोलो-तभी तो यह सूरत निकल आयो है कि चाहो तो एक-एक हडडी गिन लो। आखिर सभावाले कोई काम भी करते हैं या सिर्फ आदमियों पर कैदें ही लगाया करते हैं ?

धम वीर बोला—जो काम तुम करती हो वही हम करते हैं। तुम्हारा उद्देश्य राष्ट्र की सेवा करना है. हमारा उद्देश्य भी राष्ट्र की सेवा करना है।

बडी विधवा आजादी की लड़ाई में दिलो-जान से शरीक थी। दस साल पहले उसके पति ने एक राजद्रोहात्मक भाषण देने के अपराध में सज़ा पाई थीं। जेल में उसका स्वास्थ्य बिगड़ गया और जेल ही में उसका स्वर्ग वास हो गया। तब से यह विधवा बड़ी सच्चाई और लग्न से राष्ट्र की सेवा में लगी हुई थी। शुरू में उसका नौजवान बेटा भी स्वयं सेवकों में शामिल हो गया था। मगर इधर पांच महीनों से वह इस नयी सभा में शरीक हो गया और उसको जोशीले कार्यकर्ताओं में समझा जाता था।

मां ने सन्देह के स्वर में पूछा—तो तुम्हारी सभा का भी कोई दफ्तर है?

'हां है।'

'उसमें कितने मेम्बर हैं ?'

'अभी तो सिर्फ़ पचीस मेम्बर हैं? वह पचीस आदमी जो कुछ कर सकते हैं, वह तुम्हारे पचीस हज़ार भी नहीं कर सकते। देखो अम्मां, किसी से कहना मत वर्ना सबसे पहले मेरी जान पर आफ़त आयेगी। मुझे उम्मीद नहीं कि पिकेटिंग और जलसों से हमें आज़ादी हासिल हो सके। यह तो अपनी कमज़ोरी और बेबसी का साफ़ एलान है। झंडियां निकालकर और गीत गाकर कोमें नहीं आजाद हुआ करती। यहाँ के लोग अपनी अकल ले काम नहीं लेते। एक आदमी ने कहा—यों स्वराज्य मिल जाएगा ! बस आंखें बन्द करके उसके पीछे हो लिए। वह आदमी गुमराह है और दूसरों को भी गुमराह कर रहा है। यह लोग दिल में इस ख्याल से खुश हो लें कि हम आज़ादी के करीब आते-जाते हैं। मगर मुड़ा तो काम करने का यह ढंग बिल्कुल खेल-सा मालूम होता है। लड़कों के रोनेधोने और मचलने पर खिलौने और मिठाइयां मिला करती हैं। वही इन लोगों को मिल जाएगा। असली चीज़ तो तभी मिलेगी, जब हम उसकी कीमत देने को तैयार होंगे।

माँ ने कहा—उसकी कीमत क्या हम नहीं दे रहे हैं? हमारे लाखों आदमी जेल नहीं गये? हमने डंडे नहीं खाये ? हमने अपनी जायदादें नहीं जब्त करायीं?

धर्मवीर—इससे अंग्रेजों को क्या नुकसान हुआ? वे हिन्दुस्तान उसी वक्त छोड़ेगे, जब उन्हें यकीन हो जाएगा कि अब वे एक पल भर भी नहीं रह सकते। अगर आज हिन्दोस्तान के एक हजार अंग्रेज क़त्ल कर दिए जाएं तो आज ही स्वराज्य मिल जाए। रूस इसी तरह आजाद हुआ, आयरलैण्ड भी इसी तरह आजाद हुआ, हिन्दोस्तान भी इसी तरह आज़ाद होगा और कोई तरीका नहीं। हमें उनका खातमा कर देना है। एक गोरे अफ़सर के कत्ल कर देने से हुकमत पर जितना डर छा जाता है, उतना एक हजार जुलूसों से मुमकिन नहीं।

मां सर से पांव तक कांप उठी। उसे विधवा हुए दस साल हो गए थे। यही लड़का उसकी जिन्दगी का सहारा है। इसी को सीने से लगाए, मेहनत मजदूरी करके अपने मुसीबत के दिन काट रही है। वह इस ख़याल से खुश थी कि यह चार पैरो कमायेगा, घर में बह आएगी, एक टुकड़ा खाऊंगी, और पड़ी रहंगी। आरजुओं के पतले—पतले तिनकों से उसने एक किश्ती बनाई थी। उसी पर बैठकर ज़िन्दगी के दरिया को पार कर रही थी। वह किश्ती अब उसे लहरों में झकोले खाती हुई मालूम हुई। उसे ऐसा महसूस हुआ कि वह किश्ती दरिया में डूबी जा रही है। उसने अपने सीने पर हाथ रखकर कहा—बेटा, तुम कैसी बातें कर रहे हो। क्या तुम समझते हो, अंग्रेजों को कत्ल कर देने से हम आज़ाद हो जायेंगे ? हम अंग्रेजों के दुश्मन नहीं। हम इस राज्य प्रणाली के दुश्मन हैं। अगर यह राज्य-प्रणाली हमारे भाई-बन्दों के ही हाथों में हो—और उसका बहुत बड़ा हिस्सा है भी-तो हम उसका भी इसी तरह विरोध करेंगे। बिदेश में तो कोई दूसरी कोम राज न करती थी, फिर भी रूस वालों ने उस हुकूमत को उखाड़ फेंका तो उसका कारण यही था कि जार प्रजा की परवाह न करता था। अमीर लोग मजे उड़ाते थे, गरीबों को पीसा जाता था। यह बातें तुम मुझसे ज्यादा जानते हो। वही हाल हमारा है। देश की सम्पत्ति किसी न किसी बहाने निकलती चली जाती है और हम गरीब होते जाते हैं। हम इस अवैधानिक शासन को बदलना चाहते हैं। मैं तुम्हारे पैरों पड़ती हूं, इस सभा से अपना नाम कटवा लो। खामख़ाह आग में न कदो। मैं अपनी आंखों से यह दृश्य नहीं देखना चाहती कि तुम अदालत में खून के जुर्म में लाए जाओ।

धर्मवीर पर इस विनती का कोई असर नहीं हुआ। बोला इसका कोई डर नहीं। हमने इसके बारे में काफ़ी एहतियात कर ली है। गिरफ्तार होना तो बेवकूफ़ी है। हम लोग ऐसी हिकमत से काम करना चाहते हैं कि कोई गिरफ्तार न हो।

मां के चेहरे पर अब डर की जगह शर्मिंदगी की झलक नज़र आयी। बोली—यह तो उससे भी बुरा है। बेगुनाह सज़ा पायें और क़ातिल चैन। से बैठे रहें ! यह शर्मनाक हरकत है। मैं इसे कमीनापन समझती हूं। किसी को छिपकर कत्ल करना दगाबाजी है, मगर अपने बदले अपने बेगुनाह भाइयों को फंसा देना देशद्रोह है। इन बेगुनाहों का खून भी कातिल की गर्दन पर होगा।

धर्मवीर ने अपनी मां की परेशानी का मजा लेते हुए कहा—अम्मां, तुम इन बातों को नहीं समझतीं। तुम अपने धरने दिए जाओ, जुलस निकाले जाओ। हम जो कुछ करते हैं, हमें करने दो। गुनाह और सवाब पाप और पुण्य, धर्म और अधर्म, यह निरर्थक शब्द हैं। जिस काम को तुम पाप समझती हो, उसे मैं पुण्य समझता हूं। तुम्हें कैसे समझाऊं कि यह सापेक्ष शब्द हैं। तुमने भगवदगीता तो पढ़ी है। कृष्ण भगवान ने साफ कहा है-मारने वाला मैं हूं, जिलाने वाला मैं हूं, आदमी न किसी को मार सकता है, न जिला सकता है। फिर कहां रहा तुम्हारा पाप? मुझे इस बात की क्यों शर्म हो कि मेरे बदले कोई दूसरा मुजरिम करार दिया गया। यह व्यक्तिगत लड़ाई नहीं, इंग्लैण्ड की सामूहिक शक्ति से युद्ध है। मैं मरूं या मेरे बदले कोई दूसरा मरे, ईसमें कोई अन्तर नहीं। जो आदमी राष्ट्र की ज्यादा सेवा कर सकता है, उसे जीवित रहने का ज्यादा अधिकार है।

मां आश्चर्य से लड़के का मुंह देखने लगी। उएसे बहस करना बेकार था। अपनी दलिलों से वह उसे कायल न कर सकती थी। धर्मबीर खाना खाकर उठ गया। मगर वह ऐसी बैठी रही कि जैसे लकवा मार गया हो। उसने सोचा-कहीं ऐसा तो नहीं कि वह किसी का क़त्ल कर आया हो। या कत्ल करने जा रहा हो। इस विचार से उसके शरीर में कपकंपी आ गयी। आम लोगों की तरह हत्या और ख न के प्रति घृणा उसके शरीर के कण-कण में भरी हुई थी। उसका अपना बेटा खून करने, इससे ज्यादा लज्जा. अपमान, घृणा की बात उसके लिए और क्या हो सकती थी। वह राष्ट्र सेवा का उस कसौटी पर जान देती थी जो त्याग, सदाचार, सच्चाई और साफ़दिली का वरदान है। उसकी आंखों में राष्ट्र का सेवक वह था जो नीच से नीच प्राणी का दिल भी न दुखाये, बल्कि ज़रूरत पड़ने पर खुशी से अपने को बलिदान कर दे। अहिंसा उसकी नैतिक भावनाओं का सबसे प्रधान अंग थी। अगर धर्मवीर किसी गरीब कि हिदायत में गोली का निशाना बन जाता तो वह रोती जरूर मगर गर्दन उठाकर। उसे गहरा शोक होता, शायद इस शोक में उसकी जान भी चली जाती। मगर इस शोक में गर्व मिला हुआ होता। लेकिन

वह किसी का खुन कर आये यह एक भयानक पाप था, कलंक था। लड़के को रोके कैसे, यही सवाल उसके सामने था। वह यह नौबत हरगिज न आने देगी कि उसका बेटा ख न के जुर्म में पकड़ा न जाय। उसे यही बरदाश्त था कि उसके जुर्म की सजा बेगुनाहों को मिले। उसे ताज्जुब हो रहा था, लड़के में यह पागलपन आया क्योकर? वह खाना खाने बैठी मगर कौर गले के नीचे न जा सका। कोई जालिम हाथ धर्मवीर को उसकी गोद से छीने लेता है। वह उस हाथ को हटा देना चाहती थी। अपने जिगर के टुकड़े को वह एक जण के लिए भी अलग न करेगी। छाया की तरह उसके पीछे-पीछे रहेगी। किसकी मजाल है, जो उसके लड़के को उसकी गोद से छीने!

धर्मवीर बाहर के कमरे में सोया करता था। उसे ऐसा लगा कि कहीं वह न चला गया हो। फ़ौरन उसके कमरे में आयी। धर्मवीर के सामने दीवट पर दिया जल रहा था। वह एक किताब खोले पढ़ता—पढ़ता सो गया था। किताब उसके सीने पर पड़ी थी। मां ने वहीं बैठकर अनाथ की तरह बड़ी सच्चाई और विनय के साथ परमात्मा से प्रार्थना की कि लडके का हृदय परिवर्तन कर दे। उसके चेहरे पर अब भी वही भोलापन वही मासूमियत थी जो पन्द्रह-बीस साल पहले नज़र आती थी। कर्कशता या कठोरता का कोई चिन्ह न पा। मां की सिद्धांतपरता एक तृण के लिए ममता के आंचल में छिप गई। मां ने हृदय से बेटे की हादिक भावनाओं को देखा। इस नौजवान के दिल में सेवा की कितनी उमंग है, कौम का कितना दर्द है, पीड़ितों से कितनी सहानुभूति है। अगर इस में बूढ़ों की-सी सूझ-बूझ, धीमी चाल और धैर्य है तो इसका क्या कारण है। जो व्यक्ति प्राण जैसी प्रिय वस्तु को बलिदान करने के लिए तत्पर हो, उसकी तड़फऔर जलन का कौन अन्दाजा कर सकता है। काश यह जोश, यह दर्द हिंसा के पंजे से निकल सकता तो जागरण की प्रगति कितनी तेज़ हो जाती !

मां की आहट पाकर धर्मवीर चौंक पड़ा और किताब संभालता हआ बोला—तुम कब आ गयीं अम्मां? मुझे तो न जाने कब नींद आ गयी।

मां ने दीवट को दूर हटाकर कहा— चारपाई के पास दिया रखकर न सोया करो। इससे कभी-कभी दुर्घटनाएं हो जाया करती हैं। और क्या सारी रात पढ़ते ही रहोगे? आधी रात तो हई, आराम से सो जामो। मैं भी यहीं लेटी जाती हूं। मुझे अन्दर न जाने क्यों डर लगता है।

धर्मवीर—तो मैं एक चारपाई लाकर डाले देता हूं।

'नहीं, मैं यहों ज़मीन पर लेट जाती हं।'

'वाह, मैं चारपाई पर लेट् और तुम ज़मीन पर पड़ी रहो। तुम चारपाई पर आ जाओ।

'चल, मैं चारपाई पर लेटू और तू जमीन पर पड़ा रहे, यह तो नहीं हो सकता।'

'मैं चारपाई लिये आता हूं। नहीं तो मैं भी अन्दर ही लेटता हूं। आज आप डरों क्यों ?'

'तुम्हारी बातों ने डरा दिया। तू मुझे भी क्यों अपनी सभा में नहीं शरीक कर लेता?'

धर्मबीर ने कोई जवाब नहीं दिया। बिस्तर और चारपाई उठाकर अन्दर वाले कमरे में चला। मां आगे-आगे चिराग़ दिखाती हुई चली। कमरे में चारपाई डालकर उस पर लेटता हुआ बोला—अगर मेरी सभा में गरीक हो जाओ तो क्या पूछना। बेचारे कच्ची-कच्ची रोटियां खाकर बीमार हो रहे हैं। उन्हें अच्छा खाना मिलने लगेगा। फिर ऐसी कितनी ही बातें हैं जिन्हें एक बूढ़ी स्त्री जितनी आसानी से कर सकती है, नौजवान हरगिज़ नहीं कर सकते। मसलन किसी मामले का सुराग़ लगाना, औरतों में हमारे विचारों का प्रचार करना। मगर तुम दिल्लगी कर रही हो !

मां ने गम्भीरता से कहा—नहीं बेटा, दिल्लगी नहीं कर रही। दिल से कह रही हूं। मां का दिल कितना नाजुक होता है, इसका अन्दाजा तुम नहीं कर सकते। तुम्हें इतने बड़े खतरे में अकेला छोड़कर मैं घर नहीं बैठ सकती। जब तक मुझे कुछ न मालूम था, दूसरी बात थी। लेकिन अब यह बातें जान लेने के बाद मैं तुमसे अलग नहीं रह सकती। मैं हमेशा तुम्हारे बग़ल में रहंगी और अगर कोई ऐसा मौक़ा आया तो तुमसे पहले मैं अपने को कुर्बान करूगी। मरते वक्त तुम मेरे सामने होगे। मेरे लिए यही सबसे बड़ी खुशी है। यह मत समझो कि मैं नाजुक मौक़ों पर डर जाऊंग, चीखंगी, चिल्लाऊंगी। हरगिज़ नहीं। सख्त से सख़्त खतरों के सामने भ तुम मेरी ज़बान से एक चीख न सुनोगे। अपने बच्चे की हिफाजत के लिए। गाय भी शेरनी बन जाती है।

धर्मवीर ने भक्ति से विह्वल होकर मां के पैरों को चम लिया। उसकी दृष्टि में वह कभी इतने आदर और स्नेह के योग्य न थी।

2

दूसरे ही दिन परीक्षा का अवसर उपस्थित हुआ। यह दो दिन बुढ़िया ने रिवाल्वर चलाने के अभ्यास में खर्च किये। पटाखे की आवाज पर कानों पर हाथ रखने वाली, अहिंसा और धर्म की देवी, इतने साहस से रिवाल्वर चलाती थी और उसका निशाना इतना अचूक होता था कि सभा के नौजवानों को भी हैरत होती थी।

पुलिस के सबसे बड़े अफसर के नाम मौत का परवाना निकला और यह काम धर्मवीर के सुपुर्द हुआ।

दोनों घर पहुंचे तो मां ने पूछा—क्यों बेटा, इस अफ़सर ने तो कोई ऐसा काम नहीं किया फिर सभा ने क्यों उसको चना?

धर्मवीर मां की सरलता पर मुस्कराकर बोला—तुम समझती हो हमारे कानिस्टिबिल और सब-इन्सपेक्टर और सुपरिण्टेण्डेण्ट जो कुछ करते हैं, अपनी खुशी से करते हैं ? वे लोग जितने अत्याचार करते हैं, उनके लिए यही आदमी ज़िम्मेदार है। और फिर हमारे लिए तो इतना ही काफ़ी है कि उस मशीन का एक ख़ास पुर्जा है जो हमारे राष्ट्र को चरम निर्दयता से बर्बाद कर रही है। लड़ाई में व्यक्तिगत बातों से कोई प्रयोजन नहीं, वहां तो विरोध पक्ष का सदस्य होना ही सबसे बड़ा अपराध है।

मां चुप हो गयी। क्षण-भर बाद डरते-डरते बोली—बेटा, मैंने तुमसे कभी कुछ नहीं मांगा। अब एक सवाल करती हैं, उसे पूरा करोगे?

धर्मवीर ने कहा—यह पूछने की कोई जरूरत नहीं अम्मां, तुम जानती हो मैं तुम्हारे किसी हुक्म से इन्कार नहीं कर सकता।

मां—हां बेटा, यह जानती हूं। इसी वजह से मुझे यह सबाल करने की हिम्मत हुई। तुम इस सभा से अलग हो जाओ। देखो, तुम्हारी बूढ़ी मां हाथ जोड़कर तुमसे यह भीख मांग रही है।

और वह हाथ जोड़कर भिखारिन की तरह बेटे के सामने घडी हो गयी। धर्मवीर ने कहा हा मारकर कहा—यह तो तुमने बेढब सवाल किया, अम्मां। तुम जानती हो इसका नतीजा क्या होगा? जिन्दा लोटकर न आऊंगा। अगर यहां से कहीं भाग जाऊं तो भी जान नहीं बच सकती। सभा के सब मेम्बर ही मेरे खून के प्यासे हो जायेंगे और मुझे उनकी गोलियों का निशाना बनना पड़ेगा। तुमने मुझे यह जीवन दिया है, इसे तुम्हारे चरणों पर अर्पित कर सकता हूं। लेकिन भारतमाता

ने तुम्हें और मुझे दोनों हीको नीवन दिया है और उसका हक सबसे बड़ा है। अगर कोई ऐसा मौका हाथ आ जाय कि मुझे भारतमाता की सेवा के लिए तुम्हें कत्ल करना पड़े तो मैं इस अप्रिय कर्तव्य से भी मह न मोड़ सकुंगा। आंखों से आंसू जारी होंगे, लेकिन तलवार तुम्हारी गर्दन पर होगी। हमारे धर्म में राष्ट्र की तुलना में कोई दूसरी चीज़ नहीं ठहर सकती। इसलिए सभा को छोड़ने का तो सवाल ही नहीं है। हां, तुम्हें डर लगता हो तो मेरे साथ न जाओ। मैं कोई बहाना कर दूंगा और किसी दूसरे कामरेड को साथ ले लंगा। अगर तुम्हारे दिल में कमजोरी हो, तो मुझे फ़ौरन बतला दो।

मां ने कलेजा मजबूत करके कहा—मैंने तुम्हारे ख़याल से कहा था भइया, बर्ना मुझे क्या डर।

अंधेरी रात के पर्दे में इस काम को पूरा करने का फैसला किया गया था। कोप का पात्र रात को क्लब से जिस वक्त लोटे वहीं उसकी ज़िन्दगी का चिराग़ बुझा दिया जाय। धर्मवीर ने दोपहर ही को मौके का मुआइना कर लिया और उस खास जगह को चुन लिया जहां से वह निशाना मारेगा। साहब के बंगले के पास करील और करौंदे की एक छोटी-सी झाड़ी थी। बही उसकी छिपने की जगह होगी। झाड़ी के बायीं तरफ़ नीची जमीन थी। उसमें बेर और अमरूद के बाग़ थे। भाग निकलने का अच्छा मौका था।

साहब के क्लब जाने का वक्त सात और आठ बजे के बीच था, लौटने का वक्त ग्यारह या बारह बजे था। इन दोनों वक्तों की बात पक्की तरह मालूम कर ली गयी थी। धर्मवीर ने तय किया कि नौ बजे चलकर उसी करौंदेवाली झाड़ी में छिपकर बैठ जाय। वहीं एक मोड़ भी था। मोड़ पर मोटर की चाल कुछ धीमी पड़ जायगी। ठीक इसी वक्त उसे रिवाल्वर का निशाना बना लिया जाय।

ज्यों-ज्यों दिन गुज़रता जाता था, बूढ़ी मां का दिल भय से सूखता जाता था। लेकिन धर्मवीर के दैनंदिन आचरण में तनिक भी अन्तर न था। वह नियत समय पर उठा, नाश्ता किया, सन्ध्या की और अन्य दिनों की तरह कुछ देर पढ़ता रहा। दो-चार मित्र आ गये। उनके साथ दो-तीन बाजियां शतरंज की खेलीं। इत्मीनान से खाना खाया और अन्य दिनों से कुछ अधिक। फिर माराम से सो गया, कि जैसे उसे कोई चिन्ता नहीं है। मां का दिल उचाट था। खाने-पीने का तो ज़िक्र ही क्या, वह मन मारकर एक जगह बैठ भी न सकती थी। पड़ोस की औरतें हमेशा की तरह आयीं। वह किसी से कुछ न बोली। बदहवास-ई इधर-

उधर-दौड़ती फिरती थी कि जैसे चुहिया बिल्ली के डर से कसे सूराख ढूंढती हो। कोई पहाड़-सा उसके सिर पर गिरता था। उस कही मुक्ति नहीं। कहीं भाग जाय, ऐसी कोई जगह नहीं। वे घिसे-पिटे दार्शनिक विचार जिनसे अब तक उसे सान्त्वना मिलती थी-भाग्य, पुनर्जन्म, भगवान की मर्जी-वे सब इस भयानक विरक्ति के सामने व्यर्थ जान पड़ते थे। जिरहबख्तर और लोहे की टोपी तीर-तपक से रक्षा कर सकते हैं लेकिन पहाड़ तो उसे उन सब चीजों के साथ कुचल डालेगा। उसके दिलो-दिमाग़ बेकार होते थे। अगर कोई भाव शेष था, तो यह भय था। मगर शाम होते-होते उसके हृदय पर एक शान्ति-सी छा गयी। उसके अन्दर एक ताकत पैदा हुई जिसे मजबूरी की ताकत कह सकते हैं। चिड़िया उस वक्त तक फड़फड़ाती रही, जब तक उड़ निकलने की उम्मीद थी। उसके बाद वह बहेलिये के पंजे और क़साई के छुरे के लिए तैयार हो गयी। भय की चरम सीमा साहस है।

उसने धर्मवीर को पुकारा—बेटा, कुछ आकर खा लो।

धर्मवीर अन्दर आया। आज दिन भर मां-बेटे में एक बात भी न हुई थी। इस वक्त मां ने धर्मवीर को देखा तो उसका चेहरा उतरा हुआ था। वह संयम जिससे आज उसने दिन भर अपने भीतर की बेचैनी को छिपा रखा था. जो अब तक उड़े-उड़े-से दिमाग की शकल में दिखायी दे रही थी, ख़तरे के पास आ जाने पर पिघल गया था—जैसे कोई बच्चा भालू को दूर से देखकर तो खुशी से तालियां बजाये लेकिन उसके पास आने पर चीख उठे।

दोनों ने एक दूसरे की तरफ देखा। दोनों रोने लगे।

मां का दिल खुशी से खिल उठा। उसने आंवल से धर्मवीर के आंसू पोंछते हुए कहा—चलो बेटा, यहां से कहीं भाग चलें।

धर्मवीर चिन्ता—मग्न खड़ा था। मां ने फिर कहा—किसी से कुछ कहने की ज़रूरत नहीं। यहां से बाहर निकल जायं जिसमें किसी को खबर भी न हो। राष्ट्र की सेवा करने के और भी बहुत-से रास्ते हैं।

धर्मदीर जैसे नींद से जागा, बोला—यह नहीं हो सकता अम्मां। कर्तव्य तो कर्तव्य है, उसे पूरा करना पड़ेगा। चाहे रोकर पूरा करो, चाहे हंसकर। हां, इस खयाल से डर लगता है कि नतीजा न जाने क्या हो। मुमकिन है निशाना चक जाये और गिरफ्तार हो जाऊं या उसकी गोली का निशाना बनं। लेकिन खैर जो हो, सो हो। मर भी जायेंगे तो नाम तो छोड़ जायेंगे।

क्षण भर बाद उसने फिर कहा—इस समय तो कुछ खाने को जी नहीं चाहता, मां। अब तैयारी करनी चाहिए। तुम्हारा जी न चाहता हो तान चलो, मैं अकेला चला जाऊंगा।

मां ने शिकायत के स्वर में कहा— मुझे अपनी जान इतनी प्यारी नहीं है बेटा, मेरी जान तो तुम हो। तुम्हें देखकर जीती थी। तुम्हें छोड़कर मेरी ज़िन्दगी और मौत दोनों बराबर हैं, बल्कि मौत जिन्दगी से अच्छी है।

धर्मवीर ने कुछ जवाब न दिया। दोनों अपनी-अपनी तैयारियों में लग गये। मां की तैयारी ही क्या थी। एक बार ईश्वर का ध्यान किया, रिवाल्वर लिया और चलने को तैयार हो गयी।

धर्मवीर को अपनी डायरी लिखनी थी। वह डायरी लिखने बैठा त भावनाओं का एक सागर-सा उमड़ पड़ा। यह प्रवाह, विचारों की यह स्वतः स्फूर्ति उसके लिए नयी चीज़ थी। जैसे दिल में कहीं सोता खुल गया हो। इन्सान लाफ़ानी है, अमर है, यही उस विचार-प्रवाह का विषय था। आरम्भ एक दर्दनाक अलविदा से हुआ—

'रुखसत ! ऐ दुनिया की दिलचस्पियो, रुखसत ! ऐ ज़िन्दगी की बहारो, रुखसत! ऐ मीठे ज़ख्मो रुख़सत ! देशभाइयो, अपने इस आहत और अभागे सेवक के लिए भगवान से प्रार्थना करना ! जिन्दगी बहुत प्यारी चीज़ है, इसका तजुर्बा हुआ। आह ! वही दुख-दर्द के नश्तर, वही हसरतें और मायसियां जिन्होंने ज़िन्दगी को कड़वा बना रखा था, इस समय जीवन की सबसे बड़ी पूंजी हैं। यह प्रभात की सुनहरी किरनों की वर्षा, यह शाम की रंगीन हवाएं, यह गली—कूचे, यह दरो-दीवार फिर देखने को न मिलेंगे। जिन्दगी बन्दिशों का नाम है। बन्दिशें एक-एक करके टूट रही हैं। जिन्दगी का शीराजा बिखरा जा रहा है। ऐ दिल की आजादी ! आओ तम्हें नाउम्मीदी की कब्र में दफ़न कर दं। भगवान से यही प्रार्थना है कि मेरे देशवासी फले—फूलें, मेरा देश लहलहाये। कोई बात नहीं, हम क्या और हमारी हस्ती ही क्या, मगर गुलशन बुलबुलों से खाली न रहेगा। मेरी अपने भाइयों से इतनी ही विनती है कि जिस समय आप आजादी के गीत गायें तो इस ग़रीब की भलाई के लिए दुआ करके उसे याद कर लें।'

डायरी बन्द करके उसने एक लम्बी सांस खींची और उठ खड़ा हुआ। कपड़े पहने, रिवाल्वर जेब में रखा और बोला—अब तो वक्त हो गया अम्मां !

मां ने कुछ जवाब न दिया। घर सम्हालने की किसे परवाह थी, जो चीज़ जहां

पड़ी थी, वहीं पड़ी रही। यहां तक कि दिया भी न बुझाया गया। दोनों खामोश घर से निकले—एक मर्दानगी के साथ कदम उठाता, दूसरी चिन्तित और शोक-मग्न और बेबसी के बोझ से झुकी हुई। रास्ते में भी शब्दों का विनिमय न हुआ। दोनों भाग्य-लिपि की तरह अटल, मौन और तत्पर थे-गद्यांश तेजस्वी, बलवान पुनीत कर्म की प्रेरणा; पद्यांश दर्द, आवेश और विनती से कांपता हुआ।

झाडी में पहंचकर दोनों चुपचाप बैठ गये। कोई आध घण्टे के बाद साहब की मोटर निकली। धर्मवीर ने गौर से देखा। मोटर की चाल धीमी थी। साहब और लेडी दोनों बैठे थे। निशाना अचूक था। धर्मवीर ने जेव से रिवाल्वर निकाला। मां ने उसका हाथ पकड़ लिया और मोटर आगे निकल गयी।

धर्मवीर ने कहा—यह तुमने क्या किया अम्मां ! ऐसा सुनहरा मौका फिर हाय न आयेगा।

मां ने कहा—मोटर में मेम भी थी। कहीं मेम को गोली लग जाती तो? _ तो क्या बात थी। हमारे धर्म में नाग, नागिन और संगोले में कोई भी अन्तर नहीं।'

मां ने घृणा के स्वर में कहा—तो तुम्हारा धर्म जंगली जानवरों और वहशियों का है, जो लड़ाई के बुनियादी उसूलों की भी परवाह नहीं करता। स्त्री हर एक धर्म में निर्दोष समझी गयी है। यहां तक कि वहशी भी उसक आदर करते हैं।

'मैं वापसी के समय हरगिज़ न छोड़ेगा।'

'मेरे जो ते-जी तुम स्त्री पर हाथ नहीं उठा सकते।'

'मैं इस मामले में तुम्हारी पाबन्दियों का गुलाम नहीं हो सकता।'

मां ने कुछ जवाब न दिया। इस नामर्दी जैसी बात से उसकी ममता ट कड़े-टुकड़े हो गयी। मुश्किल से बीस मिनट बीते होंगे कि वही मोटर दूसरी तरफ़ से आती दिखायी पड़ी। धर्मवीर ने मोटर को गौर से देखा और उछलकर बोला—लो अम्मां अबकी बार साहब अकेला है। तुम भी मेरे साथ निशाना लगाना।

मां ने लपककर धर्मवीर का हाथ पकड़ लिया और पागलों की तरह जोर लगाकर उसका रिवाल्वर छीनने लगी। धर्मवीर ने उसको धक्का देकर गिरा दिया और एककदम रिवाल्वर साधा। एक सेकेण्ड में मां उठी। उसी वक्त गोली चली। मोटर आगे निकल गयी, मार मां जमीन पर पड़ी तढ़प रही थी।

धर्मवीर रिवाल्वर फेंककर मां के पास गया और घबराकर बोला— अम्मां, क्या हुआ ? फिर यकायक इस शोकभरी घटना की प्रतीति उसके अन्दर चमक उठी-वह अपनी प्यारी मां का कातिल है। उसके स्वभाव की सारी कठोरता और

तेजी और गर्मी बुझ गयी। आंसुओं की बढ़ता हई थर थरी को अनुभव करता हुआ वह नीचे झुका, और मां के चेहरे की तरफ आंसूओं में लिपटी हुई शर्मिन्दगी से देखकर बोला—यह क्या हो गया अम्मां! हाय, तुम कुछ बोलती क्यों नहीं ! यह कैसे हो गया। अंधेरे में कुछ नजर भी तो नहीं आता। कहां गोली लगी, कुछ तो बताओ। आह ! इस बदनसीब के हाथों तुम्हारी मौत लिखा थी। जिसको तुमने गोद में पाला उसी ने तुम्हारा खून किया। किसको बुलाऊं, कोई नज़र भी त नहीं आता।

मां ने डुबती हुई आवाज में कहा—मेरा जन्म सफल हो गया बेटा। तम्हारे हाथों मेरी मिट्टी उठेगी। तुम्हारी गोद में मर रही हैं। छाती में घाव लगा है। ज्यों ही तुमने गोली चलायी, मैं तुम्हारे सामने खड़ी हो गयी। अब नहीं बोला जाता, परमात्मा तुम्हें खुश रखें। मेरी यह दुआ है। मैं ओर क्या करती बेटा। मां की आबरू तुम्हारे हाथ में है। मैं तो चली!

क्षण भर बाद उस अंधेरे सन्नाटे में धर्मवीर अपनी प्यारी मां के नीमजान शरीर को गोद में लिये घर चला तो उसके ठंडे तलओं से अपनी आंसू भरी आंखें रकड़कर आत्मिक आहालद से भरी हई दर्द की टीस अनुभव कर रहा था।